W0393481

Ouvrage publié sous la direction de
Henri Dhellemmes

Pour être tenu régulièrement informé de nos publications,
il suffit de nous faire parvenir vos nom et adresse à :
H&O éditions - BP 14090 - 34502 Béziers cedex
ou de consulter notre site web : www.ho-editions.com

Vade retro

Du même auteur

Marie-Christine
roman, d'Halluin ed. (épuisé)

Quand meurt le fantastique
nouvelles, Aléa

Poussières
théâtre, Aléa

La Pieuvre par neuf
roman, Baleine, coll. « Le Poulpe »

Les Frontières de l'aube
roman, Stock

Indécente mémoire
roman, H&O

ISBN 2-84547-087-8
© H&O éditions, 2004.

Paul
VECCHIALI

Vade retro

roman

H&O
ÉDITIONS

Pour Malik

Ô vertu misérable
Tu n'étais qu'un vain mot
et moi qui te suivais,
te croyant une chose

Brutus
(au seuil de la mort)

1

Sa tête glisse sur la vitre réfrigérée. Il ne se réveille pas. Derrière son visage, les collines défilent au ralenti à travers la brume estivale. Le train s'arrête. Hassan n'a que le temps d'arracher son bagage, de sauter sur le quai, ahuri, pour contempler la vieillotte gare de Toulon. Trente ans qu'elle a pris le parti de se moderniser : ravalement assassin. Le charme de jadis, on peut l'apprécier, le nez vers l'horloge, en oubliant le verre et l'aluminium qui déparent l'édifice.

Hassan emprunte le boulevard Vauban, oblique sur la gauche, s'attarde Place de la Liberté où les cafetiers commencent d'installer leurs terrasses. Douceur menacée par les premières vagues de chaleur. Il hésite, repousse l'idée du « petit noir », flâne jusqu'au port où quelques barques se faufilent entre les grands bâtiments orgueilleux. Les étals sauvages des pêcheurs embaument l'iode et le poisson frais. Il s'assoit au Café de la Rade, dehors, contemple pour la dixième fois l'e-mail de Maître Denvers qui le convoque à onze heures dans son étude, boulevard de Strasbourg. Café bu, il somnole. Une sirène de bateau, suraiguë, le fait sursauter. Ardent maintenant, le soleil ramène les souvenirs d'enfance. Son père vient de mourir. Tout un pan de vie, oblitéré sans effort, réclame, sournoisement, sa résurrection. Il s'y résignerait.

Les touristes pour Porquerolles ou l'île du Levant précipitent leur course vers les embarcations. Il envie l'insouciance légère et chaleureuse de la jeunesse. En même temps, son esprit se cabre devant les filles aux trois-quarts nues. Il supporte mal leurs voix trop hautes, la familiarité presque vulgaire qu'elles affichent envers les hommes. Un tel comportement l'irrite d'autant plus qu'il tâche, *malgré tout*, de respecter son deuil dans la décence. La honte s'immisce en lui ; la honte, ridicule, injustifiée, d'être vivant au milieu de gens vivants et joyeux.

Le discours du notaire est laconique : Hassan hérite de tous les biens paternels. Grâce à une donation antérieure, aucun frais à débourser. Maître Denvers lui remet les clés de la « Jika », une villa sise sur les hauteurs de San Peïre, ainsi que celles du coffre loué dans une banque de Sainte-Maxime. Il lui tend une enveloppe contenant deux mille Euros : *petite avance en liquide.* Enfin, il sort de l'un de ses tiroirs un paquet assez volumineux sur lequel est inscrit « Pour mon fils Hassan ».

– Si la propriété ne vous intéresse pas, je peux vous en obtenir un excellent prix.

– J'y réfléchis. Connaissez-vous le contenu de ce paquet ?

– Oui.

– Mon père était seul quand il est mort ?

– Les corps sont restés dans la villa.

Hassan comprend qu'il ne tirera rien de plus du notaire dont le visage a brusquement perdu son aménité professionnelle.

La chaleur s'est installée. Il enlève sa cravate, la glisse dans son bagage, achète une carte de la région. San Peïre se trouve au-delà de Plan de la Tour, en direction de Saint-Pons-les-Mûres. Il loue une Audi décapotable, un peu démodée, rêve d'adolescent : petit cadeau dont il se persuade qu'il sera le dernier… La villa vendue, il distribuera l'argent autour de lui, au village natal, puis reprendra son travail comme si tout cela n'avait pas existé, comme si son père était mort depuis bien plus longtemps : au moment où il avait tout abandonné pour fuir sa famille et l'Algérie. Lâchement.

Après la presqu'île de Giens, il attaque avec entrain la forêt du Dom. Il doit être midi. Quelques gargouillements le confirment. Au Col du Gratte-Loup, en direction de La Môle, un grand panneau annonce le Clos Mistinguett. Zohra, la mère d'Hassan, faisait quelquefois tourner le disque de la chanteuse : « On dit que j'ai de belles gambettes, c'est vrai ». En souvenir des moments joyeux, bien que cette star du passé fût un symbole de décadence et de superficialité, il opte pour l'auberge. Les prix affichés sur le menu, exorbitants, ne le découragent pas : riche, il serait sot de ne pas en profiter. Refusant le traditionnel pastis, il commande une friture du Golfe à la farigoule, pour commencer. « Pas de vin, non. De l'eau en carafe, s'il vous plaît. »

Inquiétude et sérénité se partagent le territoire. Il souhaiterait *oublier* là ce paquet, encombrant à tous points de vue, mais ses coordonnées s'y trouvent sûrement. Le mieux est de le brûler en arrivant à la villa. Il ouvre sa valise, relit « Pour mon fils Hassan ». Mon fils ! Il avait donc eu un père ? Un père indigne, un traître, un paria… L'écriture est ferme. Les lettres ressortent, dessinées avec *(oui, on peut le dire)* avec amour. Le mot, tendre et rassurant, cache tant de choses inavouables qu'il en a la nausée.

L'odeur du poisson frit, et du thym qui l'accompagne, précède le serveur. Hassan referme la valise, arrose la friture d'une *lichée* d'huile d'olive, sale et, tout en savourant la chair craquante et moelleuse, entreprend de dénouer la ficelle qui enveloppe le paquet. De l'emballage défait surgit un manuscrit où, de nouveau, est calligraphié « Pour mon fils Hassan » avec, juste en dessous « À remettre après ma mort ».

« Dimanche 17 septembre 2000. À dater de ce jour et quand mon travail me le permettra (journées pleines, fatigue), je vais tâcher de noter mes aventures, repenser mes souvenirs pour en tirer des enseignements. Je ne suis pas sûr de mon assiduité, encore moins de la perspicacité de mes analyses. Mais cela me permettra d'aller au-devant de mes contradictions et, peut-être, de justifier mes comportements. »

Hassan s'arrête de lire pour se nourrir, de manger pour lire. L'intérêt qu'il porte au récit l'irrite. L'assassinat de son grand-père harki... L'atroce massacre de sa grand-mère... Les effrois de son père adolescent... L'horreur pure ! Il comprend qu'il n'aura plus le courage de brûler ce document. Le mépris où il tenait son père, il lui faudra sans doute le justifier ou le reconsidérer. Il devra subir sans l'expurger le récit des *turpitudes* que Zohra, la mère, rabâchait constamment, juger son père, lui offrir un rôle d'accusé posthume avec l'espoir – insensé – de comprendre et l'envie – plus suspecte – de pardonner.

Il règle l'addition, laisse un gros pourboire, va s'asseoir sous les châtaigniers, se concentre. Comme il finit de lire la première partie de *l'héritage*, il est frappé par une coïncidence : la dernière intervention est datée du 21 juin 2002, quatorze années plus tôt, jour pour jour. Quatorze années que Kébir, son père, a vengé dans le sang et le sperme la mémoire du grand-père harki : *façon comme une autre de célébrer le premier jour de l'été ?* Hassan estime qu'il a tort de se moquer. L'extrême gravité des événements le concerne de trop près. Serait-il déjà contaminé par cette *terre profane* ? Il se promet de fuir une telle région, luxurieuse, gangrenée par la débauche ! Mais comment ne pas être sensible à cette nature qui, résistant aux incendies avec un orgueil fatigué, dresse ses arbres noircis comme autant de reproches ?

Au volant de la décapotable, souffleté par un mistral modéré, Hassan se répète les paroles *(oubliées !)* qu'il avait adressées à Kébir, son père, retranscrites dans le journal « Tu n'es qu'un lâche.

Maman a raison. Je vois ce que tu vas devenir et, malgré tes connaissances, tu es en train de te perdre. Tu n'es plus musulman, tu n'es plus algérien, bientôt tu ne seras plus un homme... » Il n'a jamais protesté. Il s'est abstenu de révéler la vérité. Livrer son secret, c'eût été se livrer lui-même. *Soucieux de sa nouvelle liberté, il l'aurait ainsi préservée ? En se laissant accuser sans réagir, il se serait volontairement éloigné des liens familiaux ?* Hassan se demande ce qu'il y a de pire : la lâcheté ou cet acte, monstrueux, sadique, révoltant, explicité dans le journal.

« ...Il *(l'Arabe, il ne l'appelle jamais que l'Arabe !)* passa sa langue ensalivée sur ma queue, lubrifia un peu plus son anus, se mit en position, la tête dans les coussins, les reins en l'air. Je le fis se redresser avant de le pénétrer. Je le limai de toutes mes forces et, au moment où il allait éjaculer, j'abattis la matraque sur son crâne. J'entendis les os craquer. Il s'amollit contre moi. Mon sperme coulait à flots dans ses entrailles. Je le forçai à me regarder. Quasi-inconscient, il vit que j'enlevais mon masque, me reconnut : sourire étrange. Je me rhabillai, traînai le grand corps inerte de l'Arabe jusqu'à une petite clairière que nous avions repérée avec Jean, retournai à l'Audi *(encore une coïncidence !)* pour y prendre le jerrycan, arrosai l'Arabe d'essence, y mis aussitôt le feu. J'ajoutai ses vêtements. Ni haine ni bonheur : un rite s'était accompli. Je perdis connaissance. »

Jean ! Ce fameux Jean qu'il va très certainement retrouver dans la maison. Jean, le complice, l'ordonnateur peut-être...

La beauté de l'environnement incline à l'oubli. Mais cet assassinat, même justifié par la vengeance, même considéré comme légitime, reste le fruit de la perversité, preuve supplémentaire de trahison envers les principes fondamentaux du Coran. Il dévale un peu nerveusement les derniers kilomètres, des Brugassières à l'embranchement de San Peïre. Avant d'attaquer la côte, il prend un répit : trop de pensées contradictoires. Peu lui importe qu'on l'attende. Sur ce qu'il va découvrir, au-delà du massif de *buissons ardents*, il n'ose même pas décliner des hypothèses. Son malaise, incontrôlable, le déroute. Il tâche d'en diminuer les effets, allongé au bord de la route, dans l'herbe sèche.

Éparpillées sur la terrasse de la Jika, la villa offerte par Kébir, quatre personnes jouissent de la splendeur du site, du panorama vertigineux jusqu'à la mer où de minuscules et innombrables blancheurs crêtent les vagues.

Le portail est ouvert. Brouillée par les reflets solaires, fantomatique, l'Audi glisse dans le jardin. Bagage en main, Hassan s'approche des visiteurs, aussitôt regroupés. Aréopage cérémonieux, conforme aux circonstances. Un homme âgé se détache.

– Vous êtes Hassan, je présume ? (Il enchaîne sans attendre la réponse.) Je suis le médecin légiste. C'est sur la demande de Madame que voici, une voisine, une proche, étonnée de voir les volets clos toute la journée, que la Gendarmerie a forcé la porte. J'ai pu alors constater le décès. Les décès. Décès qui remontaient à huit heures environ pour votre père, à dix heures pour l'autre personne. Si vous souhaitez voir les corps, tout est resté en l'état. Nous nous conformerons à vos décisions…

Hassan hoche la tête, scrute ses interlocuteurs, un par un. Qui sont-ils pour son père ? *Le capitaine de gendarmerie et le docteur, bon, ils font leur devoir. Mais cette femme trop bien habillée au visage de madone, ne cachant pas ses larmes ? Et ce petit homme massif, jardinier sans doute, qui calme les grognements d'un très vieux chien en jetant des regards sournois ?*

– OK, mais seul.

Seul. Une nouvelle lâcheté ? Ne pas être pris en flagrant délit d'émotion, ou de révolte, ou d'exaspération… ou de quoi ?

La femme s'approche.

– Je suis Yvonne, j'ai très bien connu Kébir, votre père, et son compagnon, Jean.

Elle tend la main. Hassan se détourne. Yvonne poursuit.

– Vous les trouverez à l'étage. Nous n'avons pas pu les séparer.

– Je me plierai à toutes les démarches nécessaires, et le reste, mais plus tard. Dès demain si vous le jugez utile. Je désire être seul.

Il n'emploie même pas le conditionnel.

Assis devant le frigidaire ouvert, il rumine : les sentes obliques, les chemins de traverse, les rivières sinueuses ne font pas partie de son itinéraire. Dès l'enfance, il s'est cantonné dans une route droite, bordée de principes inaltérables. La confession de son père suggère que les contradictions ne sont pas seulement possibles mais inévitables et, présentées de cette façon, pourquoi pas enrichissantes ! Hassan ne peut s'empêcher de ricaner.

Son regard se promène sur les nourritures engrangées là : restes de lasagnes au four sur une assiette de style, ébréchée ; tupperwares de volumes divers contenant du rôti d'agneau, du gratin de courgettes ou des légumes cuits à la vapeur, du quinoa bouilli avec des raisins secs, de la compote de pommes… À l'intérieur de la porte, trois bouteilles de champagne et une d'eau minérale.

Hassan se veut nonchalant. Il pourrait chercher la clim' *(Il y en a sûrement une !)*, échapper plus radicalement à la touffeur ambiante. Pour cela, il faudrait parcourir la maison, recevoir des ondes étrangères, des senteurs d'homme, plonger dans un univers fatalement sordide, louche, dont il craint les émanations. La fraîcheur que dégage le frigo le préserve. Du moins s'en persuade-t-il.

Il revient donc aux contradictions de Kébir : fils de harki, *éduqué* par Martial Delbœuf, un capitaine de l'armée française ; porteur de messages secrets vers les willayas ; initié à l'amour par *l'Arabe* ; amant passager de Zohra à qui il avait fait un enfant : lui, Hassan. Les autres, ses frères, il ne les avait pas reconnus. À juste titre ! Rachid, nouveau chef de la famille, régnait sur la tribu. Après la révolte, l'indignation, la colère, le dégoût, surviennent les interrogations, la curiosité.

Les actes *contre nature* décrits par Kébir sans complaisance mais avec crudité deviennent sous sa plume de vibrants témoignages d'amour. Les *turpitudes* annoncées par Zohra ne seraient-elles que des manifestations d'hommes libres, et qui le revendiqueraient ? Inadmissible ! Ressent-il un trouble, si léger fût-il ? Non. Éprouve-t-il quelque lassitude vis-à-vis de son rôle quotidien de mâle reconnu, légitimé par la morale musulmane ? Pas davantage ! Il croit alors nécessaire, juste même, pense-t-il, de relire certains passages qui, normalement, devraient déclencher en lui le désir de punir, de tuer...

« Jean se redressa, sexe raidi, contempla ce corps étonnamment puissant, passa ses bras sous les cuisses du Turc, revint à son sexe qu'il engloutit totalement cette fois. Le va-et-vient dans sa bouche déformée par la verge surdimensionnée m'excitait à tel point que je faillis jouir. Le Turc gémissait de plus en plus fort. Toujours aveugle à sa manière, il arquait ses reins pour venir à la rencontre de Jean. Lui arrêta de pomper, mouilla deux de ses doigts et, délicatement, les introduisit dans l'anus de Fahri. J'eus à peine le temps d'écarter mon caleçon. Mon sperme jaillit sur le tapis. »

Hassan jette le manuscrit sur la table, claque le frigidaire et, fermement décidé, monte les marches. La porte de la chambre est entrouverte. De l'entrée, il aperçoit le drap qui, sur le lit immense, voile une forme extraordinaire, diabolique sculpture. Il dégage le tissu. Son père est nu. Nu dans les bras de Jean, nu lui aussi. En chien de fusil, encastré presque, Kébir retient dans ses mains les mains de son amant. Sa tête inclinée touche l'épaule de Jean. Hassan regarde le sexe de son père. Il n'a jamais vu de sexe d'homme. Même pas au hammam où la pudeur est de mise. Il s'assoit. La fureur, née dans l'instant, s'apaise. Il n'y a devant lui que deux hommes puissants, liés par des sentiments puissants, qui se sont rejoints dans la mort.

2

San Peïre, mercredi 23 juillet 2003

Je pensais, après mon installation *définitive* auprès de Jean, ne plus jamais recourir à ce monologue-miroir. Que pouvaient m'apporter de nouvelles élucubrations quand mon quotidien, stabilisé par l'amour, devait se banaliser, sans aspérités, dans le calme et l'équilibre ? Mais il y avait toi, ce que je voulais te léguer de mes expériences, de mes douleurs et de mes enthousiasmes. Toi à qui, si souvent, j'ai désiré me confier. Et aussi, subites, de graves menaces sur la santé de mon compagnon. (Je suis tellement fier d'écrire ce mot !)

Après le départ d'Ibrahima le Sénégalais, d'Adrien le Martiniquais, après notre visite à Toulon chez maître Denvers pour régler la question du viager (Me voici propriétaire ! Méritais-je ces cadeaux : l'héritage du capitaine Delbœuf; Jean – « mon prisonnier » –; une liberté absolue de manœuvre ?), j'ai craint de rester inoccupé.

À coup sûr, tu ne comprends rien de ce que je te raconte. Je résume. Adrien, père de six enfants, infirmier de nuit, a rencontré Jean dans la clinique où il officiait, rencontre fulgurante, à l'issue de laquelle Adrien (amoureux d'un ami de longue date, Ibrahima, musulman prude, comme toi convaincu et pratiquant), s'est assuré la complicité de Jean pour faire « chuter » l'indomptable Sénégalais ! C'est ainsi que nous nous sommes trouvés tous les quatre autour de ce fragile prétexte : agrandir la villa. Six semaines de travail intensif dans une atmosphère trouble avec psychodrames et conflits. Lorsque, sur le quai de Saint-Raphaël, j'ai vu Ibrahima embrasser Jean, ses yeux fébriles trahissaient une intimité récente. La *mission* semblait accomplie : le Sénégalais avait goûté aux *fruits défendus*. Adrien était déjà dans son compartiment, furieux, hagard. Imprévisible, l'amour ! Sur le chemin de la Jika, Jean, prostré, regardait obstinément vers la mer. Je devinais combien son sentiment inexprimé pour Ibrahima recelait de violence. Je n'avais rien vu venir. Habitué à subir machinalement mes journées (me lever, déjeuner, prendre la douche, aller au chantier, satisfaire au plus vite mes besoins sexuels, lire un peu, dormir beaucoup), j'assistais, indifférent, à toutes les manœuvres de Jean et d'Adrien. J'attendais le dénouement ; « happy end » ou pas, je m'en moquais. Je tâchais d'adoucir les tensions par des plaisanteries, des provocations puériles, souvent efficaces : elles retournaient les colères sur moi ! Lorsque j'ai accepté d'être lucide, il était trop tard. Jean était devenu « mondain ». Ses sourires, ses attentions pour moi, je les savais dictés par la courtoisie, l'éducation... Sans l'en informer, je déposai un permis de construire et me mis au travail. Paresseusement. Huit mois furent nécessaires pour édifier une vaste pièce-bureau à son intention. Une large baie vitrée ouvrait sur le bleu miroitant. Des rangements fonctionnels s'offraient aux ordinateurs et, isolé par un rideau de velours rouge, l'espace *cinéma chez soi* invitait les futurs spectateurs à se prélasser sur un épais matelas flanqué de *coussins à l'orientale*. Deux magnétoscopes mixtes cassettes-DVD, un peu vieillots, assuraient les projections. Je lui avais interdit le chantier. Obéissant mais narquois, il me regardait de l'étage, sourcils en accents circonflexes.

Un matin, je jetai les clés du bureau sur la table de la cuisine, sautai dans l'Audi, m'enfuis, assiégé par le trac. Revenu à la tombée de la nuit, je le découvris en smoking, faisant rouler une bouteille de champagne dans la glace. Franc sourire à mon adresse, verre présenté, regard embarrassé... Manifestement satisfait, il me dit « Change-toi. J'ai retenu aux Muscardins. Tu verras, c'est redevenu excellent. »

Passablement ivres tous deux, nous avons erré une grande partie de la nuit au bas de la citadelle, près du cimetière jadis fréquenté par les dragueurs obstinés. Quelques silhouettes, spectrales, se dissolvaient dans la brume. La nostalgie, au galop, ramenait la vieillesse. Jean s'est approché de la mer, lisse, reposante. Assis dans le sable, secoué de sanglots, il refusa mon aide. Outre la boisson qui facilite les émois, il y avait en lui des regrets ou des remords, le souvenir d'Ibrahima qui persistait à ne pas répondre à ses lettres, l'angoisse de la mort si proche au flanc du cimetière marin flatté par la lune, l'impuissance à manifester une quelconque gratitude, cette fondamentale répugnance à utiliser les mensonges formels qu'imposent les usages. Je lui savais gré de se taire.

Quand, tenaillé par le désir que j'avais de lui, je l'ai rejoint dans sa chambre, l'aube tressait de fines lamelles de lumière sur le carrelage. Nous avons tiré les rideaux, gagné le lit à tâtons. Je l'ai aidé à se déshabiller. Il s'est laissé faire, enfant pudique, entre lassitude et confusion. Et un peu de méfiance. Méconnaissable !

Nu, allongé sur le dos, aussitôt endormi, impressionnant de beauté...

Moi, assis à ses côtés, maladroit, vainement empressé. Ma première caresse l'a fait sursauter. J'ai retiré ma main. Je me suis défait de mes vêtements. La tête sur son ventre, j'ai dû dormir. Quelques minutes seulement. Réveillé par le sexe dressé de Jean, chaud contre ma nuque. Besoin d'uriner ou rêve érotique ?

J'approchai ma langue et, me rappelant les récits de Jean, je crus bon de m'en inspirer. J'effleurai les couilles étalées sur ses cuisses massives qu'il écarta par réflexe. Le sac glissa, dégageant la bite qui tressautait mécaniquement. J'en léchai le pourtour avec application. M'arrêtai de temps à autre de peur que, s'éveillant, il ne se moquât de mes efforts. Tourmenté par l'idée que, d'une certaine façon, j'étais en train de le violer, je ne bandai même pas. Mon obsession : l'entraîner au plaisir, qu'il fasse avec moi ce qu'il avait fait avec tant d'autres, dont j'étais privé sans savoir pour quelles raisons. La queue perdit de sa fermeté. Je me penchai, la pris tout entière dans ma bouche, ne bougeai plus. Quelques frémissements sous ma langue inactive provoquèrent enfin mon désir ; désir violent, irrépressible, qui, surchauffant mes tempes, me rendit imprudent. Déchaîné, je pompai la verge durcie, cherchant la manière dans mes souvenirs, essoufflé, haletant. N'y tenant plus, je me redressai, enduisis mon anus de crème. À califourchon au-dessus de son ventre, je me disposai à la pénétration.

Un « Je t'en prie » tendre, impératif, stoppa mes élans. Je voulus regagner mon lit, enfouir là mon embarras et ma frustration. Il me retint par le bras, m'allongea près de lui. « C'est trop tôt, Kébir. » Et il m'a branlé. Savamment. Loin de toute passion. Sans tendresse. J'ai joui très vite. Il m'a massé le ventre avec mon foutre, a plaqué un bécot sonore sur mon front, s'est rendormi. J'ai pris sa main. J'ai pleuré.

Le lendemain soir, nous avons étrenné le *cinéma chez soi*, confortablement adossés aux coussins orientaux. Jean avait choisi un vieux film français : *Cœur de Lilas*. « Ne te braque pas dès le début, laisse venir même si tu trouves ça sans intérêt. Ensuite, j'espère que la modernité inconsciente de ce nanar t'intéressera et, qui sait, te passionnera. » « Tu veux pas m'en dire plus ? » « Non, après. Si tu le désires encore. » Il actionna la télécommande. Nos corps se touchaient. Sa chaleur devenait ma chaleur. Le bonheur intense que je ressentais me prédisposait favorablement. Je n'eus pas à attendre longtemps pour apprécier. L'intrigue, assez classique, me plut tout de suite : un flic se fait passer pour un truand afin de démasquer un criminel. Il s'en approche par l'intermédiaire d'une femme certainement liée au crime, étrange et belle. J'ignorais tout de la comédienne, Marcelle Romée, délicate femme fatale à la Marlène Dietrich. Le criminel, c'était Gabin, dont les yeux clairs et la gestuelle m'avaient toujours fasciné. Le flic, André Luguet. Son jeu acéré, sa diction métallique rendaient le personnage peu sympathique. Inversion des valeurs morales ? Était-ce la modernité dont parlait Jean ? Et puis, après la chanson de Gabin qui, déçu de se voir supplanter par cet *étranger*, interprète avec une colère incongrue *C'est la môme caoutchouc*, je compris mieux encore la singularité du film. Jean dormait. D'où lui venait cette fatigue ? Sa tête avait quitté mon épaule. Je me concentrai sur les images, heureux de la confiance qu'il me témoignait en sommeillant ainsi. À la fin, quand tout se résout, quand Marcelle Romée apprend qu'elle a été dupée, quand Gabin meurt, je me trouvai envahi d'une douce émotion ; et de reconnaissance. J'arrêtai le magnétoscope, éteignis la télé, me retournai vers Jean. Je faillis hurler en voyant son visage écarlate, ses yeux révulsés. Je le secouai, l'appelai. Pas la moindre réaction : il *s'en allait*. Je me suis précipité sur le téléphone. Le docteur me demanda s'il avait de la fièvre. Je criai que je n'avais pas de temps à perdre, qu'il fallait qu'il rapplique tout de suite. Il me répondit avec calme que ça lui était impossible, que la canicule faisait des ravages, qu'il suffisait de réhydrater le malade. « Couvrez-le de glaçons. Ça passera ! » J'avais tout prévu sauf la climatisation ! J'obéis au docteur, ôtai le survêtement de Jean, posai sur son cou, sa tête et sa poitrine des gants emplis de glaçons. Une heure plus tard, il revint à lui. Respiration courte, œil mort, une larme sur la joue. Je le couchai sur les coussins, lui fis absorber un grand verre de citronnade glacée. Il se rendormit. La nuit entière, je l'ai passée à rafraîchir sa nuque, à masser ses tempes avec tendresse. Ce n'est qu'au petit matin qu'il recouvra un peu de conscience. « Je te dois la vie, on dirait ? » Je suis parti dans la cuisine préparer un copieux petit-déjeuner. Il frôlait les soixante-dix-sept ans, je l'avais oublié.

Je le priai de me laisser coucher avec lui toute la semaine. « C'est une avance ou une revendication ? » « De l'inquiétude. » « Tu me harcèles, Marcel ! » Son humour ne parvenait pas à me rasséréner. Il le comprit à mon regard exaspéré. « Habitue-toi à l'idée de me perdre bientôt. Pense au viager, tu seras libéré de tes dettes. » Je ne le connaissais pas sarcastique. C'était donc un jeu nouveau pour éviter la compassion, repousser la sollicitude. « Que tu le veuilles ou non, je serai dans ton lit ce soir. » « Terroriste ! » Son œil était tendre : il capitulait. Je pus rire, enfin.

Il ne sortait plus. J'avais dégoté un *rafraîchisseur* d'occasion, aussitôt installé dans le bureau. Il y passait ses journées et quelquefois ses nuits. La semaine *lit commun* avait été un calvaire. « Ne me touche pas. Tu sais bien que je suis malade. » Il citait un vieux film qu'il m'avait montré jadis.

Aussi loin de lui que possible, je faisais mon nid, dormant brièvement, par à-coups. Ne pas pouvoir me blottir, recevoir à distance sa chaleur, humer ses effluves, soucieux de ses mouvements, attentif à ses respirations... N'osant pas l'abandonner, je regardais vers la Méditerranée en contrebas, nostalgique et las. Le jour, des longueurs et des longueurs de piscine calmaient mon ardeur, apaisaient les colères rentrées. Jamais une caresse, même pas une tape affectueuse. Jamais un mot gentil. Le silence permanent. Et l'ironie à fleur d'œil... Il attendait (il souhaitait) que je craque, que je m'énerve, que je l'envoie à tous les diables. De fait, l'envie d'exploser me tenaillait. Au contraire, je me suis appliqué à la réserve, à la ponctualité, silencieux moi aussi dans mes interventions : les repas allégés, la tisane de quatre heures pour les rhumatismes, les gouttes d'æsculus composé pour la circulation, l'argentum nitricum du soir contre les insomnies... J'aurais tant voulu qu'il me proposât des films, qu'il me les raconte à sa manière. J'aurais tant voulu être *vraiment* son compagnon.

Quand, par hasard, son regard s'attardait sur moi, mes gestes devenaient désordonnés, j'étais incapable de contrôler mes émotions. Il le constatait, accroissait mon désarroi en soupirant longuement, me demandait si j'en avais pour longtemps. Il désirait être seul, revoir un vieux film dans le recueillement. Ma présence l'aurait dérangé. « Tu as toujours quelque chose à demander. Ça me distrait. Et ça m'agace ! » Voilà, il fallait que je fasse avec. Et plus les jours défilaient, plus la distance entre nous se creusait, plus je perdais patience : ce qui devait arriver, qu'il avait prévu et provoqué, arriva.

Jeudi 9 octobre 2003

Je reviens de Pampelonne. La mer était bleu foncé, étale, engageante. L'air, pur et doux. J'ai nagé jusqu'à la pointe de Camarat, sans forcer. Une heure et demie aller retour. J'avais laissé sur le sable une vieille natte fatiguée et mon sac. À mon retour, une *sentinelle* veillait sur mes affaires. « Pardonnez ma liberté. J'ai cru bon de me poster là pour éviter les tentations. » Je lui ai répondu que ses craintes étaient inutiles, que les clients de la plage étaient des gens scrupuleux. Il éclata de rire, nerveusement, me sembla-t-il. « De l'arrière peuvent surgir d'autres personnes moins scrupuleuses, à l'affût des imprudents. Mais peut-être n'avez-vous rien d'important qui vaille la peine de se compromettre ? » Son langage me sidérait. Je m'abattis sur la natte. Il soupira, s'appuya sur son coude droit, penché vers moi. J'étais nu. Il était nu. Je vis son sexe gonfler tandis qu'il inspectait le mien avec avidité. Il se dissimula derrière sa serviette. Son désir ne m'excitait guère au début. Je savais trop ce qui suivrait. Ces histoires-là ne me satisfaisaient plus. Je leur préférais les rencontres inattendues, les surprises du hasard. Quelques banalités sur les gens, le temps, la canicule et ses dégâts, les incendies *criminels*, les restaurants fréquentables, l'aidèrent à camoufler son trouble, tout en lui permettant de conserver le contact. Ensuite il parla de lui. Professeur d'éducation physique à Munich, oui, allemand mais sans accent, *n'est-ce pas ?* et dans un français très châtié, il tenait beaucoup à ce qu'on le *remarquât*. J'avais remarqué ! Marié depuis une trentaine d'années avec quatre garçons à leur tour chefs de famille. Aujourd'hui séparé de sa femme. Pourquoi ? Était-il nécessaire de le préciser ?

« Je vis mal dans le mensonge. La double vie ne me convient pas. Savez-vous que vous êtes très beau ? Ce bleu intense de l'œil dans un visage presque noir et le bronzage intégral, vous m'impressionnez infiniment. » Il déploya son parasol, le ficha dans le sable de façon à nous isoler des regards, se pencha un peu plus, commença de me caresser. Timide, la main monta des chevilles jusqu'aux cuisses, hésita. Un doigt se glissa sous mes couilles brûlantes, les fit rouler. Sachant que mon apparente inertie l'exciterait davantage, je ne bandais pas (j'ai toujours eu cette maîtrise de moi dans des cas semblables). Délicatement, il prit mon sexe, le pressa, porta sa bouche vers lui. Je le saisis aux cheveux pour l'écarter. Cette réaction l'égara. « Je vous prie de m'excuser. Je croyais... On m'avait affirmé que sur cette plage... » Il se disposait à partir. « Pas ici. » Rassuré, il replia son corps d'athlète sur le sable, sourit. « Où alors ? » Je lui demandai si, dans ses *prospectus*, on lui avait signalé la pinède dans les terres, derrière... « Montrez-moi, je vous suis. » Puis, très emprunté, il me toucha l'épaule. Ses mains tremblaient. « Je sais que c'est indiscret: qu'aimez-vous exactement? » « La mer, la nage épuisante, le soleil, la lune, la musique, le cinéma. » Il s'impatienta. « En amour. » « D'après vous ? » De plus en plus embarrassé, il se détourna. « Comme vous êtes maghrébin, je crains que nous ne... Je ne me fais pas prendre. » « Maghrébin actif: idée reçue, non ? » « Vraiment ? Vous accepteriez... » Je me levai, enfermai mes secrets dans mon slip de bain, ramassai mon bagage et me dirigeai vers les roseaux. Je devinais sa panique, son scepticisme. Il suivait quand même. De passage dans la région, il n'en connaissait ni les lieux ni les usages. Je marchais sans hâte, intérieurement réjoui par la situation. Lui, très certainement, anticipait notre étreinte... à sa façon. Je le laissais, dans l'erreur, développer son exaltation: une ruse, mon arme de toujours.

Les pins parasols, proches les uns des autres à certains endroits, ménagent un abri, sorte de cabane naturelle, sans autre fenêtre que l'interstice des branchages. Le sol, jonché de souples aiguilles dispersées dans les herbes, peut agréablement servir de lit. J'y disposai ma grande serviette de bains, ôtai mon slip et m'allongeai sur le dos, cuisses serrées, bras croisés derrière la tête. Avant de me rejoindre, il tournicota, épia les environs, constata que nous étions bien seuls. Lorsqu'il revint vers moi, mon sexe se dressait, palpitant, épanoui. Il se jeta sur lui, l'avala avec une fièvre prometteuse, tout en se dévêtant.

Après quelques minutes que j'appréciai fort, il écarta mes cuisses pour tâter mon anus. Je le relâchai, permettant à son doigt de me pénétrer. Ce qu'il fit avec adresse et douceur. Maintenant, il prenait de l'assurance. Presque brutalement, il me retourna, plaqua sa langue dans mon intimité. Son excitation culminait. C'était l'instant que j'attendais. Je me redressai vivement, lui pinçai les seins. Il ferma les yeux, s'offrit. J'en profitai pour le mettre sur le ventre. J'écartai ses fesses rebondies, de belles fesses de sportif entraîné, posai ma langue sur son trou. Haussant ses hanches, j'avais passé une main impérieuse, m'étais saisi de sa bite. Le méat suintait. Sans cesser de lui lécher l'anus, j'enduisis de crème mon préservatif avant de l'enculer d'un seul mouvement. Il cria « Non ! » plusieurs fois sans se débattre vraiment. Je mordillais tantôt sa nuque, tantôt ses oreilles. Son sperme se répandit par flots denses sur ma main ouverte, prête à le recueillir.

« Vous n'avez pas joui ? » Je secouai la tête. « J'ai pas eu le temps de prendre des précautions, c'est plus prudent comme ça, même si vous n'avez rien à craindre. » Il m'affirma que c'était la première fois que... « Je sais ce que vous pensez : ils disent tous ça ! Je vous jure, en ce qui me concerne, que c'est absolument vrai. » « Quelle importance ? » « Mais c'est très important parce que... j'y ai pris grand plaisir. » « Vous ne vous y attendiez pas, c'est pour ça. » « Bien sûr que non ! Je voudrais vivre avec toi. » Il me serra contre lui, embrassa mon torse, lécha le sel sur mon cou. « Je voudrais passer toutes mes nuits dans ton lit, collé à ton sexe. Dis-moi que c'est possible. »

Jean à qui je racontai cette aventure me demanda comment je m'étais tiré de ce traquenard. « Eh bien, j'ai répondu que je n'étais pas libre. » « Pur mensonge ! » Pensait-il que j'avais fantasmé cette rencontre ? Pour l'appâter ? Je lui proposai de m'accompagner le lendemain. Il serait sûrement là. « Je ne sors plus. » « Tu verras, c'est une belle occasion. » « Merci infiniment ! Je préfère le neuf. » Par les mots, il réussissait toujours à m'échapper.

Fin septembre, deuxième crise d'hyperthermie. Au bord du coma, il ne se manifestait pas. Fier ou sournois ? Quelques secondes, me traversa le désir de laisser faire : médiocre réflexe de vengeance ! Je savais trop que j'aurais davantage souffert de sa mort que de cette *absence* qu'il m'infligeait pour m'éprouver et qui, paradoxalement, me rapprochait de lui. De nouveau, les glaçons, la *garde à domicile*, les veilles, l'insupportable attente, la panique au ventre. De nouveau, le retour à la *normale*, qui signifiait tortures plus ou moins conscientes, rebuffades et moqueries.

J'avais en effet explosé au lendemain de la première alerte. Déballant dans le désordre injures et reproches accumulés depuis des mois. La violence qui me prenait à contre-pied s'en trouvait accrue. Il ne m'avait pas interrompu. Il s'était calé dans son fauteuil comme s'il assistait à une conférence, attentif, concentré. Puis : « Tu es riche. Pars. *Pars sans te retourner* ! Pourquoi ne me quittes-tu pas ? Ce que tu viens de me décrire est affreux : les deux orphelines mâtinées de Docteur Jekyll et Mister Hyde. Comment as-tu pu supporter si longtemps un tel martyre ? » Presque nez contre nez, je hurlai. « Parce que je t'aime, imbécile ! » « Ah bon ? » La gifle partit sans que j'y prenne garde. J'en ai encore des remords aujourd'hui. Le soir, je l'implorai de me pardonner. « De quoi ? De la gifle ou de ta colère ? » Je revois la scène. Sa phrase sonne comme une comptine dans ma mémoire. Son sang-froid me crucifie. Là encore, le ton de sa réplique me paraissait faux. Trop cruel, volontairement acerbe… Mais pourquoi donc ? Pourquoi ? « Pourquoi ? » « Veux-tu être assez aimable *et* fermer la porte derrière toi ? »

Samedi 11 octobre 2003

Les roses d'automne sont les plus jolies : ramassées, fragiles, elles ne durent pas longtemps. Leur parfum, plus discret, ne s'impose pas, il s'exprime quelques heures à peine autour du vase qui retient les fleurs prisonnières. Chaque matin, Rodolphe, notre jardinier, en apporte un bouquet, les abandonne sur la table du séjour : il sait que j'aime les arranger moi-même avant de fleurir la chambre de Jean.

Rodolphe ne me tient plus rigueur de notre algarade. Son discours hypocrite sur les homosexuels (« Je me demande comment ils font les hommes qui couchent ensemble. ») m'avait exaspéré. Je l'avais provoqué un peu bêtement devant Ibrahima et Adrien. Lui avait conservé sa dignité jusqu'au bout. Maintenant nous sommes amis, complices devrais-je dire, au service de Monsieur Jean... Il me raconte ses frasques avec les putes de Nice ou ses visites aux saunas de la région ou encore ses promenades dans les roseaux de la plage. Je refuse de me confier. Mes arrangements *avec le ciel* ne le regardent pas. « C'est beau, un amour comme le vôtre, Kébir ! Gardez-le le plus longtemps possible. Ça n'arrive qu'une fois dans la vie. » C'est bien ce que je me dis. Pourtant...

Hier, Jean a reçu une cargaison de cassettes VHS et de DVD, plus une étagère en kit pour les loger. Lui, si pratique, aisément bricoleur, s'est plaint au livreur de son manque d'expérience. Bref, il lui a demandé de l'aide. Rodolphe est venu me prévenir. « Si je me mêle de ce qui est pas mes affaires, vous me le dites, hein... Le livreur, là, c'est un beau costaud, tout à fait dans les goûts de Monsieur Jean. Ils se sont enfermés dans le bureau. Possible que ce soit pour monter l'étagère... » « Sûrement, Rodolphe. Sûrement. » « Ah ben, les voilà ! » Serviettes de bains sur l'épaule et rien d'autre, parlant fort, décontractés, ils ont plongé dans la piscine. Moi, j'ai feint d'aller débroussailler le fond du jardin et, comme ils ne s'intéressaient pas à moi, je me suis faufilé dans le bureau. Les coussins à l'orientale ressemblaient à des punching-balls éventrés, le plaid sentait le foutre et la corbeille à papier, sublime précaution, recelait, fièrement lovée, une capote. J'ai nettoyé, rangé, déposé la capote en l'état sur la cassette porno près du magnétoscope.

Je me suis déshabillé. J'ai éclaboussé la terrasse en plongeant rageusement dans la piscine. J'ai fait mes longueurs en les ignorant totalement. Eux s'ébattaient, rieurs. Un instant, j'aperçus Rodolphe qui fermait le portail, s'éloignait à reculons, suintant la désapprobation : véritable statue du commandeur en marche ! J'ai fermé les yeux, je nage toujours de cette façon. Lorsque je les ai rouverts, Jean avait disparu. Le livreur était complaisamment allongé sur une chaise longue. Je me frottai le corps avec la grande serviette, vigoureusement, presque jusqu'au sang. « Je peux vous aider ? » Je lui dis qu'il avait déjà fait beaucoup et que non, merci. Il s'est levé, s'est approché de moi, la quille en l'air. Mon regard l'a stoppé. Rhabillé, il a regagné son camion. Je suis allé ouvrir le portail. Jean qui m'observait de la fenêtre a battu des mains comme un forcené. Je l'ai rejoint. « Bravo ! Toi non plus, tu n'aimes pas les occasions ? » « Je ne suis pas d'humeur à rire. » « Tu as bien tort, tout ton charme tient dans ton rire. Souviens-toi de notre rencontre près du banc. » Je m'en souvenais trop bien. Il était plus intelligent que moi, je le lui dis, et plus habitué à la dialectique, détaché de tout, à l'aise auprès de n'importe qui, pur français de race, nourri par l'expérience, suffisamment comblé par la vie pour mépriser le reste du monde. « Ça nous emmène où, ce discours ? » « Peux-tu être sérieux une minute ? » « Une minute, oui, est-ce que ça te suffira ? » « J'ai besoin, là tout de suite, que tu m'expliques ton comportement, que tes reproches, si tu en as, soient clairement exprimés, que nous fassions le point. » « Fais-le toi-même. Seul. »

Puis sèchement : « Si tu le permets, je finis de m'habiller. Le beau livreur ne connaît pas Saint-Tropez, je compte le lui faire découvrir. Nous aurions pu y aller tous les trois mais tu n'as pas voulu de lui. »

Dix fois, j'ai recommencé ma lettre. J'ai tout brûlé, bouclé ma valise. Rodolphe m'attendait. Je suis monté sur sa moto, derrière lui. Direction : la gare de Saint-Raphaël.

3

De forts bruits d'eau, imprévisibles, empêchent Hassan de se concentrer. Revenu au présent, il ressent les effets de la canicule. La sueur mouille son entrejambe, ses aisselles. Le dos de sa chemise est trempé. De grosses gouttes glissent, visqueuses, le long de ses joues. Il a bien besoin d'une douche… De la fenêtre, il peut identifier les bruits : un homme bat des pieds dans la piscine, nageant sur le dos avec force. Lorsqu'il parvient au bord, il repart en immersion totale sur toute la longueur. Alors, il sort la tête, expire bruyamment. Ainsi de suite, une dizaine de fois. D'aussi loin, en contre-jour, Hassan ne peut deviner de qui il s'agit. Fatigué, l'homme agrippe la petite échelle, se hisse. Il est nu. Hassan fonce.

– Tu fais quoi, toi, ici ?

Pas démonté, l'autre.

– Ben, vous me remettez pas ? Miguel…

– Couvre-toi et fiche le camp !

Miguel, au lieu de se rhabiller, plonge.

– Comme ça, on voit plus rien… C'est que votre père, il m'a payé pour l'année. Alors, je suis venu jardiner. Je dois encore six mois ou plus ! Sinon, je ferai à votre volonté. Pas question que je rende l'argent, je pourrais pas… Monsieur Kébir et Monsieur Jean, y se baignaient à poil, juste pour expliquer que moi, j'avais pas de raison de mettre le maillot.

– Je suppose que ça les gênait pas.

– Hein ?

Miguel tape sur ses oreilles pour évacuer l'eau. Hassan est dépassé. Sa situation nouvelle de patron, la simplicité trop appliquée du jardinier l'embarrassent. Il fait tout de même face.

– Pour l'instant, vous remettez le maillot.

– Mais j'en ai pas !

– Vous voulez peut-être que je vous en achète ?

Le jardinier se braque.

– J'ai pas l'habitude qu'on me parle comme ça, hein ! Si vous pouvez pas me blairer, faut le dire, je me casse. En voilà des histoires ! À poil… Y a même pas d'enfants et puis on est entre hommes…

– Entre hommes ? Avec qui vous couchiez ? Mon père ou l'autre ?

– Je devrais pas vous répondre, c'est pas bien correct de demander. On s'arrangeait, voilà ! Un ou *l'autre*, quelquefois à trois. Mais Monsieur Jean, y préférait regarder, il était trop vieux, qu'y disait !

Il remonte, frotte son corps de ses mains pour en chasser les gouttelettes, s'attardant sur son sexe.

– Moi, j'étais pas regardant. J'aimais bien avec Kébir.

Il s'approche, tente un geste. Hassan recule.

– Les clés du bureau ?

– C'est ouvert. Ils fermaient jamais. Cent fois, je leur ai dit que c'était pas prudent. Ils avaient la tête dure.

– Revenez demain. On parlera. Pour le travail.

Miguel s'éloigne vers le fond du jardin. Hassan baisse les yeux, se décide pour la douche. Il préférerait la piscine. Avec Miguel dans les parages, il n'ose pas.

Longtemps, sous le jet, il étudie la meilleure façon de se comporter avec cet homme *à tout faire* qui, l'habitude aidant, se sent chez lui dans la villa ; et qu'il faudra peut-être ménager. « *Le mieux, c'est de vendre. Qu'il aille se faire pendre ailleurs !* » Puis il pense au bonheur des enfants (et de sa femme ?). Il les imagine gambadant dans le jardin, s'aspergeant d'eau, hurlant de bonheur ; le soir, profiter du panorama, voir se coucher le soleil sur la Méditerranée. Pourquoi refuser de leur offrir ce qu'ils ne connaîtraient jamais autrement ?

Il fait comme Miguel, chasse les gouttelettes le long de son corps, s'approche du lavabo, s'étrille avec la serviette. Par réflexion dans le miroir d'en face, plus haut, plus étroit que celui du lavabo, il aperçoit une silhouette dense, un dos droit sans bourrelets à la taille, des jambes de footballeur, des fesses bien pleines qu'il découvre pour la première fois. La quarantaine passée, on lui donnerait à peine vingt-cinq ans. Il fait demi-tour, s'examine de face avec le même étonnement. Son regard s'attarde sur le sexe circoncis, long, épais, identique à celui de son père. Il se sent d'autant plus mal à l'aise qu'un début d'érection dégage la bite des couilles.

De la fenêtre de la salle de bains, il aperçoit Miguel. Casquette sur le visage, le jardinier s'expose complaisamment. « *Bon, je le vire tout de suite !* » Il enfile son kimono. La chaleur gagne. Il met la clim' en marche, s'allonge sur le canapé du séjour, apaisé pour un temps. Il somnole. Réveillé par la faim, il revient au réfrigérateur, il inventorie la nourriture, perplexe, incapable de rien décider. La petite pendule égrène huit coups aigrelets. Il ouvre la porte. Le soleil, encore chaud, joue avec les branches hautes des cyprès, agitées par la brise du soir. Personne à l'horizon. Il tombe le kimono, court vers la piscine. Tiède, l'eau glisse sur son corps, il en éprouve la caresse. Avec le sentiment ambigu de ne rien savoir de la vie, rien de la volupté. Mais ces perspectives nouvelles, il en est persuadé, ne sont pas exemptes de pièges. Après une série de longueurs qu'il compte scrupuleusement *(« Quarante-huit, quarante-neuf, cinquante. »)*, la planche.

– Comme votre père. Lui aussi, il comptait en nageant…

Son bermuda couvert de terre sale, Miguel le nargue à nouveau.

– Vous pouvez y aller. Pendant que vous nagiez, j'ai préparé le repas. Et puis je suis monté les voir… C'est beau de s'aimer tant que ça… J'en pleure encore, vous voyez.

Peut-être bien qu'il pleurait. Ça ne l'empêchait pas de lorgner avidement le sexe d'Hassan.

– Bon, vous me le direz si ça vous va, le dîner, que je m'en aille. À vous regarder, ça me retourne les sangs. On dirait Kébir dans le temps. Faut pas m'en vouloir : j'ai du mal à m'habituer qu'y soit plus là !

Ayant retrouvé sa maîtrise, Hassan passe, nu, devant Miguel, kimono jeté sur l'épaule.

– Si tu me touches, je te crève la gueule, compris ?

Il entre. Le couvert est mis. Près de la carafe de vin, un soliflore où s'épanouit une rose pâle. Hassan se détend.

– Mets-toi une assiette. J'aime pas manger seul.

Ils dînent face à face. Miguel, ému, le nez dans le plat, craintif, sournois.

– Vous décidez quoi pour les corps ?

– 'Sais pas.

– Monsieur Hassan, faut pas les séparer. Ne défaites pas ce que Dieu a fait.

– Dieu ? (Il a un petit rire.) Tu es croyant, toi ?

– Ben oui. On sait jamais. Vaut mieux être de son côté des fois qu'il existerait…

– Tu as des enfants ?

– Si j'en ai eu, j'suis pas au courant. Moi, les femmes, depuis que je suis ici, je les fréquente plus.

– Le notaire, il m'a dit que t'avais été en taule…

– Marijuana. Ça paye bien par ici. En douce, je veux dire qu'y z'étaient pas au courant, eux. (Il désigne l'étage.) Sûr, on m'a donné. Les gens se font des ronds avec les flics, qu'est-ce que vous voulez, l'argent on le trouve où on peut… Vous allez dormir où ?

– Sur le canapé.

– Oh ! C'est des conneries. Y a la chambre de votre père. Je m'en suis occupé hier. Pas grand-chose à faire, juste la poussière. Kébir, de toute façon, il y couchait plus depuis deux ans. Allez, je me faderai la vaisselle et tout. J'ai l'habitude. Vous avez une mine de papier mâché. Les émotions, hein…

(« *Les émotions ? La colère plutôt, le trouble, cette putain de canicule, et l'abruti, là, qui tremble rien qu'à me regarder ! Qu'est-ce qu'il espère, ce con ?* »)

– Comment ça se passait ?

– Entre eux vous voulez dire ? Le bonheur. Pas au début. Du temps de Rodolphe, ça coinçait, enfin, ça allait pas tout seul. Ils se frittaient souvent, y paraît.

– Et avec toi ?

– Pareil, ça s'est fait peu à peu. Enfin, pas vraiment. J'ai joué au con. J'ai planqué les chaises longues, la pieuvre de la piscine, la table à roulettes pour l'apéritif, comme si qu'on les avait volés, quoi. (Un peu ivre, il ricane.) Y me regardaient jamais. J'étais rien plus qu'un portemanteau. Mais Kébir, pas con, il a deviné que c'était moi. Il m'a fichu une de ces raclées. Et puis, ça va pas vous plaire, mais c'est la vérité, toute la vérité, rien que la vérité, après il m'a jeté sur le canapé et il me l'a mis bien profond. Faut croire que c'est ça qui me manquait. À partir de là, nickel, c'était. Ah ! Fallait pas m'interroger. La vérité, c'est la vérité. Maintenant, vous tirez la tronche. Tenez, vous êtes bien requinqué, descendez à Saint-Tropez, y a que ça, des gonzesses qui demandent à se faire sauter.

Il commence de débarrasser.

– Le soir, été comme hiver, Kébir, il s'étendait sur la table, celle qui est repliée derrière l'armoire, tout nu sur le ventre. Je lui massais les épaules, le dos, et quelquefois il s'endormait. Une tape sur les fesses pour le réveiller. Il me criait « Pas pour toi, ça, pour mon homme ! » Il riait et il bandait. Il bandait toujours, pardonnez-moi, c'est la vérité, Monsieur Hassan, la vérité vraie, il bandait parce qu'il allait rejoindre Jean, qu'il l'aimait plus que sa vie. Ma parole, plus que sa vie ! Si vous allez pas au village, je peux vous faire comme à votre père, ça pousse au sommeil.

Comme il n'obtient pas de réponse, Miguel termine sa tâche en chantonnant un fado d'Amalia Rodriguez *Lisboa antiga.* Il adore *trafiquer* dans la maison. Mieux que ses anciens patrons, il en connaît les ordonnancements. Les yeux bandés, il pourrait, spontanément, trouver ce dont il a besoin. N'a-t-il pas participé activement à l'organisation de leur quotidien ? Quand Monsieur Jean et Kébir vadrouillaient dans la campagne, que les oiseaux seuls, ou les cigales, lui tenaient compagnie, il furetait partout, nettoyait, triait, jetait, mettait la sono à fond, dansait sur le carrelage *nickel.*

Subitement angoissé à l'idée de perdre bientôt son confort matériel et moral, il range la serpillière, s'éponge le front. Hassan dort. Miguel n'a plus qu'à éteindre la lumière, fermer la porte et regagner dans les environs de Cogolin le misérable HLM où il loue un petit deux pièces sans agrément, avec, pour seule compagnie, Alexandre, le vieux chien de la villa.

Le séjour n'est plus éclairé que par un vif rayon de lune qui jaunit en biais le corps du Kabyle. Ce dernier change d'appui, soulève sa jambe droite. La cuisse se découvre. Miguel hésite : doit-il le réveiller, lui redire que la chambre l'attend ? Le kimono bâille. Les lèvres d'Hassan s'entrouvrent pour de petits soupirs. Un enfant et un homme tout à la fois, attendrissant, vulnérable, offert.

Asphyxié par le désir, Miguel approche du canapé à pas de chat. Une question, absurde et puérile, l'obsède : Hassan a-t-il pris le temps de revêtir un caleçon ? Est-il nu sous le kimono ? D'une main délicate, Miguel tire sur la ganse, défait le nœud, le tissu s'entrouvre. Pas assez… Miguel s'agenouille. Ses mains trouvent l'équilibre entre efficacité et prudence. Le sexe apparaît, mollement étendu sur la cuisse gauche. Les couilles, elles, reposent à même le cuir. Sachant que ces merveilles lui seront interdites,

Miguel se branle, discrètement, mouillant sa paume de salive, pressant la tige de la base vers le bout. Et, comme si les ondes de son désir étaient parvenues jusqu'à Hassan, la bite de ce dernier remonte par paliers vers l'aine. Miguel n'y tient plus. Il plaque sa bouche grande ouverte sur le gland, l'engloutit voluptueusement. Il pense jouir ainsi sans aller plus avant mais sa langue, chatouillée par le contact de la chair qui durcit, se met aussitôt en action. Le gland maintenant touche la glotte. Miguel s'abîme dans le plaisir. Il pompe, pompe, se masturbe, hâte le final. Il n'en a pas le temps. Hassan, réveillé, le propulse contre la table basse. Hurlant des injures en arabe, il frappe au hasard, des pieds et des poings. Le visage très vite ensanglanté, Miguel se protège mal. Il rampe sur la moquette en gémissant. Peut-être pour échapper aux assauts du Kabyle, il se couche sur le ventre, la tête enfouie dans ses mains, le bermuda aux chevilles. Plus rien ne se passe. Miguel s'imagine dans cette position. Il cambre les reins, écarte les jambes, ouvre son anus, murmure « Baise-moi ! » Petit instant de silence. Miguel attend, les yeux clos, étourdi par les coups, enivré d'espoir. La ceinture de cuir s'abat sur son postérieur avec une violence telle qu'Hassan lui-même en est stupéfait, si bien qu'après une vingtaine de coups, il cesse, s'effondre sur le canapé. La salive du Portugais goutte encore de son sexe. Miguel se redresse, l'œil extasié. La moquette est maculée de sperme. Ce spectacle, qui représente de façon paroxystique ce qu'il a toujours condamné devient insoutenable pour Hassan. Cependant, la colère s'estompe, faisant place à de la confusion.

– Va te laver et reviens, faut qu'on se parle.

Ils s'installent au bord de la piscine. Miguel a branché le *grille-moustiques.* De brefs éclairs, accompagnés de grésillements sporadiques, bleuissent les visages, donnant à l'entretien des accents dramatiques. L'absence de fraîcheur accroît la lassitude. Les corps, alourdis, ne consentent à se mouvoir que pour se désaltérer. Les paroles, elles-mêmes, s'espacent, ralenties par la touffeur. Miguel craint l'explication. Il se reproche sa stupidité. Il s'en veut de cette énorme bévue qui pourrait lui coûter sa place et qui, de toute façon, handicapera leurs relations. Pour rétablir la confiance, il s'est habillé correctement : chemise et pantalon le boudinent. Hassan a conservé son kimono.

– C'est ton truc, de jouir sous les coups ?

– Faut croire.

– Tu réponds pas.

– Avec vous, on sait pas s'il faut dire ou pas dire. Non, c'est pas mon truc. Première fois. Ou deuxième, je me souviens plus bien avec Kébir parce que lui, il m'avait baisé, alors... Ça, oui, je suis sûr que ça me plaît. Autrement non. Je préfère les caresses aux coups.

– Si tu es gêné, on n'en parle plus.

– Non, j'ai pas de gêne pour ça. J'étouffe. Si vous y voyez pas de malice, j'aimerais garder que mon bermuda.

Hassan sourit.

– Tu peux tout enlever, même ton bermuda, on a plus rien à se cacher.

Il ôte son kimono pour que Miguel se sente à l'aise. Sans se concerter, les deux hommes plongent dans la piscine, se mesurent à la nage comme deux adolescents. Hassan sort le premier, avale une grande rasade de citronnade, s'installe sur la chaise longue.

Miguel le découvre nu, les yeux fermés. Dort-il ? Fait-il semblant pour le tester ? Le Portugais ne veut plus prendre de risque.

– Tu n'as rien tenté, je t'en remercie. Comme ça, nous pouvons être amis.

Il n'a même pas ouvert les yeux.

– Je voulais vous dire : je resterai pas à votre service. J'peux pas oublier ce qui s'est passé. Dans cette maison, j'ai vécu le bonheur. Même quand y avait rien, même quand Monsieur Jean et Kébir, y me parlaient à peine. J'étais comme un roi. Chacun son coin, chacun ses habitudes. La liberté... Quand j'avais envie, ils le sentaient, j'avais ce que je désirais de l'un ou de l'autre. Croyez pas que je fais le chantage. Ça vaut mieux que je reste pas.

– Cette maison a besoin de toi, tu le sais. Qu'est-ce qu'il faudrait pour que tu partes pas ?

Miguel s'arrête, bouleversé.

– Me demandez pas.

– Vas-y, franchement !

– Vous le savez. Ce que vous cherchez, c'est m'humilier. Ça vous donne du plaisir d'humilier les gens ?

Hassan comprend.

– Tu te trompes. J'ai jamais eu de rapport avec un homme, le Coran me l'interdit. En plus, ça me dégoûte, rien que le contact...

– Vous vous êtes jamais branlé ?

– Dans ma jeunesse, rarement : deux ou trois fois.

– Et alors, votre main, c'était une main de femme ou une main d'homme ?

– T'es un malin, toi ! Viens, touche-moi, je te permets.

– Non, je veux plus.

– Viens, je te dis. J'aimerais savoir comment tu t'y prends.

– C'est pas bien, Monsieur Hassan, vraiment pas bien.

Hassan bande. Son sourire cruel dément ses promesses. Il se lève, avance vers le Portugais, en caressant sa bite.

– Elle est à toi. Fais-en ce que tu veux.

Miguel secoue la tête. Son regard se mouille.

– C'est pas bien.

Il part sans se hâter, les épaules basses.

Hassan entre dans la maison, boit un peu de champagne, se remet à lire.

Il oublie les outrances du récit, les provocations *(volontaires ?)* pour ne retenir que ce qui le déconcerte profondément : la tendresse, surprenante, inexplicable, de son père pour Jean, cet amour que des comportements insensés, à coup sûr répréhensibles, ne parviennent pas à dénaturer.

4

Le Kremlin-Bicêtre, vendredi 3 juin 2005

En revenant sur Paris, mon premier souci fut d'aller au sauna Saint-Denis dans l'espoir d'y croiser cet homme qui *m'avait appris le sexe dans le calme* (mon journal au 17 février 2002). Je l'ai repéré tout de suite. Il traînait dans la vapeur. Je l'approchai, main tendue. Il loucha vers ma queue, se frotta le dos à mon ventre, chercha la pénétration sans préambule. Lorsque je voulus l'emmener à l'étage dans la chambre où nous avions si bien fait l'amour, il me repoussa. Je lui avais prêté mes sentiments, mes fantasmes si tu veux : pour lui, l'instant seul avait compté. Rien n'est jamais ressenti de la même façon. Ce qui me manquait le plus finalement, c'était cette tendresse diffuse qui allège le quotidien, facilite la résistance à la routine. Cette tendresse que Jean me refusait et que j'avais, stupidement, recherchée dans le sauna.

Je m'étais installé à l'hôtel Campanile aux abords de la Porte d'Italie, côté Kremlin. « *Pour combien de temps ?* » J'avais loué au mois, incertain de mes projets. Je ne pensais pas que j'y resterais un an et demi. Je ne pensais pas non plus que ce long séjour pût me paraître si court. Cette période, je ne l'ai pas vécue, je l'ai dévorée alternativement dans l'inconscience et la douleur. En moi comme une écharde oubliée, douleur sourde à laquelle je n'étais pas préparé, sauf peut-être par mon enfance au moment où ton grand-père recevait des menaces, lorsque notre avenir ne se décidait pas.

Dès le lendemain de mon arrivée, après l'échec au sauna, je voulus refaire l'expérience du jardin. Peu d'animation, une chaleur aimable qui mettait le désir à fleur d'œil. J'allai d'abord m'asseoir sur *notre* banc, celui de ma rencontre avec Jean. Partir ne m'avait pas éloigné de lui, bien au contraire. Était-ce trop tôt pour les promeneurs ? Je guettais une connaissance : quelqu'un qui pût me parler de lui, du passé, de ses vieilles fredaines qu'il n'avait jamais gardé secrètes. C'était un samedi. Sur le mail du haut donnant boulevard Kellermann, chaque banc était occupé par une personne seule. Nul ne s'aventurait à troubler cette solitude. Moi, j'avais le mien de banc, celui des premières caresses, des premières étreintes. Ma main palpait le bois, comme pour interroger sa mémoire. Je reconnus de loin le Chinois-Japonais qui m'avait indiqué la clinique où Jean fut soigné après son agression. Je le reconnus à sa démarche en balançoire, à ses cuisses... Il vint droit à moi.

– On te voyait plus...

– Lassitude.

– J'ai entendu dire que t'avais quitté Villejuif, et même Paris.

– Il y a du vrai. Tu m'emmènes chez toi ?

– Je vis avec quelqu'un maintenant. Remarque, tu es du genre qu'il aime. On tente le coup ?

J'atermoyai. Qu'avais-je besoin de plonger dans ces plans partouze qui ne m'avaient jamais branché, même avant d'avoir connu Jean, où je me sentais imbécile, de trop ? Sa gentillesse sereine, les regards intéressés qu'il dardait sur ma braguette me décidèrent.

– Tu te souviens de Jean ?

– L'architecte ? Bien sûr !

– Je vis avec lui dans le Midi.

– Qu'est-ce que tu fais là alors ?

Du pur bon sens ! Qu'est-ce que je faisais là ! Je menais une enquête masochiste sur mes sentiments, voilà ce que j'aurais dû répondre. Je n'en eus pas le courage.

– Bon ! Tu viens ou pas ?

Nous sommes allés à Vitry: un trois-pièces pas désagréable dans un de ces immeubles à l'architecture grossière que des terrasses fleuries essayaient en vain de rendre attrayants. Heureusement, l'appartement était au dernier étage. La vue permettait d'échapper à l'environnement. Le compagnon du Sino-Japonais était « hôtesse de l'air » comme il aimait à se désigner. Plus grand, plus fort que son compagnon, il était aussi très gourmand de sexe. Je compris que je faisais son affaire pendant les préliminaires de principe: thé, petits gâteaux, scrutations de toutes sortes. La partouze semblait devoir être reportée. Je restai seul avec « l'hôtesse ». Il s'agenouilla à mes pieds, actionna mon zip, chercha ma bite. Je lui facilitai la tâche, détachai mon ceinturon. Il ouvrit lui-même le pantalon, baissa le slip, œuvra avec sa bouche, remonta son tee-shirt sous lequel il était torse nu et s'empara de mes mains qu'il porta à ses tétons. Je tentai de stopper ses ardeurs, craignant de lui jouir dans la bouche. Je ne fis que les décupler. Je me relevai, pressé de le pénétrer. Me prenant par le bras, il me conduisit dans la chambre, ôta le bas de son survêtement, s'allongea sur le dos, jambes relevées. Je retrouvai les gestes machinaux du passé, soulevai ses jambes avec mes bras. Au moment où j'allais l'enculer, avec une dextérité qui prouvait son expérience, il m'enfila un préservatif, le massa avec du gel. Tête renversée, il haussa le fessier. Pendant que je le baisais, prenant mon temps, par de très lents mouvements, m'enfonçant au plus profond, il soupirait de plus en plus fort. Je me rendis compte que je ne pensais qu'à son plaisir. Nouveau par rapport à mes habitudes! La porte s'ouvrit. Le Sino-Japonais que j'aperçus dans un miroir (la chambre en était pourvue de façon à profiter de tous les axes) s'était entièrement dévêtu. Il s'installa sur le lit, me caressa le dos. Je ne changeai pas de rythme mais, en me retirant, je prenais plus de recul, me cambrais fortement pour offrir mon cul à ses regards. J'espérais qu'il me toucherait l'anus, qu'il me lécherait, qu'il tenterait de me baiser. J'étais encore vierge, bien décidé à ne pas le rester. Mais non, il ne parut pas intéressé. Il se pencha de côté pour admirer le va-et-vient de ma bite dans le trou de son ami. De temps en temps, il le couvrait de baisers. Je pris son sexe dans ma main, l'humectai avec ma salive et commençai de le branler. Il m'arrêta. Le steward venait de jouir abondamment. Il se rendit aussitôt dans la salle de bains. J'eus bientôt sous mes yeux une croupe dodue qui ne demandait qu'à être prise en levrette. Je pénétrai donc cet anus qui m'avait donné tant de bonheur lors de notre première nuit. Nous jouîmes en même temps lorsque le steward, de retour, se mit à caresser son ami tout en me mordillant les seins.

Après la douche, nous revînmes au thé et aux petits gâteaux. Très détendu mais toujours insatisfait, je demandai, peut-être imprudemment, s'ils avaient fait l'amour avec Jean. Oui, mais l'un après l'autre, jamais ensemble.

– Ça le branchait pas ?

– Il prétendait qu'à trois, y a trop de dispersion, que la meilleure des partouzes, c'est à deux.

– Est-ce que (j'hésitai à poser la question) l'un de vous l'a baisé ?

– Tu rigoles ! Il nous en aurait pas laissé le temps. Il avait la manière, hein Freddy ?

Le Sino-Japonais se marrait.

– Tu m'étonnes ! Un vrai prestidigitateur. Une pieuvre ! Tu te trouvais empalé sans savoir comment. C'est un don de deviner les faiblesses du partenaire. Ce don-là, il le possédait au plus haut point, crois-moi, mais tu te l'es fait, non ?

– Jamais. Il m'a jamais baisé.

– Et toi ?

– Moi non plus.

Ce constat me rendit triste, infiniment triste. J'aurais pu leur mentir, raconter nos *sauvages accouplements*. La dépression me gagnait. Ils comprirent que la séance était terminée, me proposèrent de revenir quand j'en aurais envie. J'eus droit à quelques compliments et au numéro de portable. Je retournai au jardin attendre la fermeture. Le gardien me fit le même signe que cette fin de journée où j'étais arrivé à temps avec mon couteau pour secourir Jean, blesser son agresseur. Je n'avais plus goût à rien. « Omne animal triste… », aurait-il répété.

Pour rester dans la note orientale, j'allai dîner au Sinostar, avenue de Fontainebleau. Il y avait de la musique, des chansons. Les filles étaient belles. L'alcool de riz me rendit mon optimisme.

Je dormis jusqu'à dix heures. L'hôtel était plein : un congrès de journalistes italiens. Leur parler chantant, les apostrophes comiques, l'agitation perpétuelle de ces gens m'incitèrent à trouver refuge dans le jardin. J'avais auparavant acheté un rouleau de printemps avec sa sauce piquante, un sandwich grec, des viennoiseries. Mes paquets posés sur le banc, je somnolai en attendant la faim.

Ce sont les enfants qui m'ont réveillé : leurs cris, leurs rires. Ils sautaient du toit de la semi-rotonde, se défiaient, hurlaient des encouragements. Je pensais à toi, à la liberté dont tu avais pu jouir, livré à toi-même, sans père pour surveiller ton éducation. Fallait-il leur recommander la prudence ? Ils étaient tellement heureux ! Je n'avais pas eu cette enfance-là. Prisonnier des événements, de la gravité des événements, entraîné trop tôt dans la spirale politique, confronté à une sexualité d'autant plus vivace que, partout, se profilait le danger… Mes stations au pied du platane face à la pissotière souterraine, le chantage de l'Arabe, le sermon de mon père, le conflit avec le capitaine Delbœuf, je revoyais tout cela et surtout l'énorme bite de l'Arabe, ses fesses qu'il m'avait offertes pour faire de moi un homme, me révélant en fait à mes vrais désirs, sa mort ensuite. Et me revoilà auprès de Jean. De quelque côté que se dirigent mes investigations, c'est vers lui, tôt ou tard, que ma mémoire revient inexorablement.

J'ouvris mon paquet, trempai le rouleau de printemps dans la sauce aigre-douce, fortement pimentée. Oiseaux et pigeons m'assaillirent immédiatement. J'émiettai un morceau de brioche, pensant ainsi avoir la paix. Funeste calcul ! Ils s'enhardirent, sautant sur le banc, griffant le bois de leurs pattes impatientes. Je terminai mon repas, jetai consciencieusement mes reliefs dans le sac poubelle et descendis près du bassin. Oui, à l'endroit où il m'était réapparu, la tête couverte de bandes Velpeau, amène et fatigué.

TGV, mardi 7 juin 2005

Je voyage en première. Si mes yeux bleus parlent pour moi, mon teint basané renforcé par le soleil – J'ai passé de longues heures sur les quais de la Seine, Paris-Plage ! – déclenche des regards suspicieux chez mes voisins. Au mieux, de la condescendance. Cette fameuse tolérance initiée par les intellectuels de gauche, verts ou rouges, aussi prompts à la démagogie qu'à l'autodéfense.

Cinq heures de rail à peu près pour faire l'autre chemin, celui de la mémoire, conserver l'essentiel (pour toi et pour moi) de cette *fuite en avant* au terme de laquelle deux ou trois certitudes se sont esquissées.

Excédé par la drague systématique dont j'étais l'objet dans le jardin, je changeai d'approche, me dirigeai vers la rue Croulebarbe. L'immeuble avait été ravalé ; la cour intérieure, reconditionnée, prenait des allures coquettes qui auraient déplu à Jean. Le concierge, lui, était encore là. Il me reçut avec effusion et sympathie, l'œil légèrement coquin.

– Vous pensez si je me rappelle de Monsieur Jean ! Sacré gaillard ! Il en est venu des hommes et des femmes par chez lui, du beau monde ! Ça lui fait combien à ce jour ?

– Soixante-dix-huit et des poussières.

– C'est ça le plus grave, les poussières !... Vous passiez par hasard ou pour me saluer ?

– Pas seulement. Vous l'avez connue, Lily ?

– Je vois pas.

– Il y a très longtemps. La femme au doux regard, disait Jean... Un peu rousse, un peu blonde.

– Non... Ou alors, attendez, Liliane. C'est ça, Liliane. Méchante affaire ! Vous avez su ?

– Le métro. Oui. J'aimerais rencontrer quelqu'un de sa famille.

Il me pria d'entrer dans sa loge, fouilla dans de vieux registres. « Je suis très ordonné. Je garde tout. On sait pas, hein ? » Liliane, dont je tairai le nom de famille, avait une vieille adresse dans le XIVe, rue d'Alésia, près de la rue des Plantes. C'était insensé, je m'en rendais compte, d'espérer quoi que ce soit. Scrupules et doutes me freinaient moins qu'ils ne me stimulaient.

Plus précoce que prévu, l'hiver avait, en ce début décembre, blanchi les trottoirs. La neige stagnait aux fers forgés des balcons. Noël dans l'air… La mairie, opportunément, avait déjà décoré le haut des rues. Les lumières se reflétaient sur l'asphalte mouillé. Je me demandais comment et avec qui Jean passerait ce réveillon. Malgré ma jalousie toujours aiguisée, qu'il eût quelqu'un à ses côtés, je le souhaitais, peut-être pour endormir ma conscience !

J'entrai. La gardienne me parut très âgée : une chance en l'occurrence. Elle ressemblait à Colette sur la fin de sa vie. Une Colette pimpante, disponible.

– Oh la la ! Carrément la préhistoire ! Oui, oui, une très jolie femme avec des seins qui se remarquaient. Elle est née ici même, s'est mariée par deux fois. Pas de chance, sans intérêt… Mais riches, ça compensait un peu. Pas assez !

Elle avait un rire désarmant.

– Et puis, elle a rencontré comme on dit l'homme de sa vie. Dans le métro. Elle aimait à le préciser : « Surtout que je le prenais pas souvent ! » Dans le métro ! Vous connaissez la suite. C'était un bel homme, architecte, je crois me souvenir. Il était venu l'aider à empaqueter quelques affaires. Mais elle entendait garder l'appartement. « Ça risque de pas durer », elle m'avait dit, sous le sceau de la confidence. Y a prescription maintenant… En quoi puis-je vous aider ?

Elle se donnait brusquement des airs mondains. Même s'il y avait dans le fond de ses yeux une moquerie légère. Même si cette moquerie s'additionnait d'une curiosité contenue. Je ne savais quoi demander.

– Jean a des remords. Aussi bête que ça ! Peut-être y a-t-il encore des personnes attachées à Lily qu'il pourrait rencontrer ou joindre par lettre, par téléphone…

Elle me scruta. Mon mensonge se voyait-il ? Un nom fut lâché, puis une adresse. De proche en proche, tel une boule de flipper, j'étais ballotté, dévié d'une route idéale qui aurait traversé Paris plus élégamment. Après Alésia, la Porte de Versailles, Billancourt, la rue de Varenne, la rue Lepic, le boulevard Exelmans, la rue Séguier, boulevard Arago... Square d'Anvers enfin, je pris du repos et de la distance. Les images de Lily se superposaient les unes aux autres, ne coïncidant jamais entre elles. Son profil, au lieu de se préciser, se perdait dans le flou. Les informations, de plus en plus évasives, ne convergeaient que sur sa beauté et le malheur que cette beauté avait engendré. Des enfants jouaient à mes pieds, mollement surveillés par des mères ou des nurses qui, malgré le froid, préféraient caqueter sur le monde. La neige ressortait d'autant mieux que la lumière ambiante déclinait. J'avais faim. J'étais heureux.

Le lendemain, je repris ma quête, à pied toujours. Square d'Anvers, on m'avait conseillé une personne rue Boulard. J'atterris dans une chambre mansardée où un vieillard vigoureux et malicieux m'accueillit de son regard pétillant.

– Liliane ? Ma dernière histoire d'amour. Après elle, je n'ai plus vécu de sentiments. Je baisais de bon cœur mais plus avec le cœur. Liliane était ce que les méchantes bourgeoises appellent une cochonne. Une cochonne avec un visage de Sainte-Vierge. Ça leur agaçait les dents ! Les hommes en étaient fous. Et quelques femmes aussi. Voyez-vous, monsieur... Monsieur comment ?

Je lui dis mon vrai nom.

– Kébir ? Connais pas. Peu importe d'ailleurs ! Voyez-vous, cette femme qui aimait tant le sexe était la fidélité incarnée, attentive et délicate. Bon, je vais pleurer un peu, ne vous formalisez pas. Faut pardonner à un vieillard qui a encore, hélas, toute sa mémoire. Du reste, vous vous en moquez sûrement de ce que je vous raconte. Vous, vous voulez quoi ? Encore une adresse ? Bien que vous me sembliez plutôt... maghrébin (j'ai du mal avec les Musulmans), vous m'êtes sympathique. Allez donc voir cette dame. Et téléphonez avant de ma part, on ne vous ouvrirait pas. Soyez patient et adroit. Elle perd un peu la tête.

– Quel rapport avec Lily ?

– Ne me demandez rien. Je peux vous dire que ce sera la dernière station de votre... chemin de croix ! Ah ! Ah ! Ah !

Lorsque je connus l'adresse, j'éclatai de rire : rue du Général Leclerc, au Kremlin-Bicêtre, à quelques pas du Campanile. Je regagnai ma chambre, pris une douche, oubliai tout devant un horrible feuilleton de TF1.

La sonnerie du téléphone saccagea ma pauvre cervelle saturée de visages, d'adresses et de paroles. Une erreur ! En plus ! Me désencombrer me parut nécessaire. Dehors, le vent et la pluie, en quelques heures, avaient joué les chasse-neige. Les colifichets de Noël tremblotaient avec de bizarres cliquetis. Les parapluies, secoués par les rafales, se tenaient près des corps, à contrevent. Les gens poussaient de toutes leurs jambes pour ne pas être jetés à terre. Et malgré cela régnait une sorte de gaieté enfantine qui cadrait bien avec l'approche des fêtes. Pas de concierge. Pas d'interphone. Pas de panneau récapitulatif. La première porte où je frappai s'ouvrit comme si j'étais attendu.

–Vous n'avez pas tenu compte des conseils. Entrez quand même. Vous deviez téléphoner, non ?

J'avais complètement oublié. Penaud, je proposai de revenir.

– Maintenant que le mal est là, on va faire comme si nous avions rendez-vous. Quand il s'agit de ma Lily, je suis très indulgente. Quelque chose me dit que vous ne l'avez pas connue vous-même.

– En effet. Je viens de la part de Jean.

– Jeune homme (oui, pour moi, vous êtes un jeune homme même si vous avez passé la cinquantaine, je me trompe ?), nous n'allons pas commencer par des mensonges. Pourquoi exactement cette traversée de Paris sans cochon ? (Elle plissait les yeux, comprit que j'avais saisi la référence) Il faut me dire du vrai ou je ferme mon clapet à tout jamais.

– Je peux résumer ?

– Of course ! Natürlich ! Naturalmente !

Sa gaieté, contagieuse, fit tomber toutes mes défenses.

– Je vis avec Jean. Tout ce qui l'a touché de près m'intrigue. Lily a compté dans sa vie et me voilà. Sans qu'il le sache.

– Querelle d'amoureux ?

– Même pas ! « Suprême indifférence » serait plus adapté.

Elle m'indiqua un siège, servit le thé. Son visage s'était teinté d'une émotion furtive vite domestiquée.

– Nous étions nombreuses à l'aimer. Je parle de votre Jean. Lui ne voyait que Lily. Au lieu de la jalouser, nous nous sommes mises à l'adorer. Il était évident que cette grande passion était destinée à s'éteindre. Alors, nous nous préparions. Et nous la préparions. (Elle pensait que nous n'étions que des mauvaises langues.) La rupture, nous l'avions prévue. Je ne sais pas pourquoi j'emploie ce terme. Il n'y a pas eu rupture : effilochement, érosion, bien plus douloureux !

– Et elle s'est jetée sous le métro !

– Pas du tout ! Elle est *tombée* sous le métro, poussée par un fou, un violent qui la voulait pour lui tout seul. Un ancien amant, très ancien, qui la retrouvait par hasard. Le hasard, en voilà un de criminel ! Il se mêle sans arrêt de ce qui ne le concerne pas !

Elle allait poursuivre. Sa bouche s'entrouvrit mais aucune parole n'en sortit. La porte venait de se refermer. Pétrifiée, main tendue vers la théière, elle semblait souffrir la malemort. Je n'osai me retourner. Très grave de tessiture, la voix traversa la pièce.

– Bouge pas, mamie. Je ressors aussitôt changé. Bonjour monsieur…

Déjà, les intonations. Déjà, l'extrême aisance. Et maintenant devant moi, le sourire et les yeux, verts. Je me levai, tendis une main hésitante dont il s'empara avec les deux siennes, empressé.

– La direction m'a lâché tôt pour que je rejoigne le staff au dîner jusqu'à très tard…

Il tenait toujours mes mains, cherchait sans doute à savoir s'il me connaissait. La femme ne l'aida pas. Nous nous regardions, figés. Moi, par la stupéfaction. Lui, par l'inquiétude ?

Me privant brutalement du paysage, un TGV à contre-courant surgit. L'air, par rafales, mitraille les vitres, affole mes sens. Mon vis-à-vis, réveillé en sursaut, l'œil hagard, tente de surmonter une absurde frayeur. L'orage passé, il semble me découvrir, tripote le magazine sur lequel il s'était endormi, me le tend, s'excuse aussitôt. « Je n'avais pas vu que vous travailliez. Romancier ? » « Pas le moins du monde ! » « Votre point de chute, c'est où ? » « Les Arcs. » « Maxime ou Saint-Tropez ? » « Ni l'un ni l'autre. » J'essaie de cerner son envie brusque de communiquer avec moi : s'ennuie-t-il ? Est-il simplement curieux ? Ou plus si affinité ? Son genou heurte le mien. Il l'écarte sans brusquerie. Un pardon à peine murmuré. « Voulez-vous m'accompagner au wagon-bar ? Je déteste boire seul. » Je ne suis pas disponible, le lui fais savoir presque sans ménagement. Nouveau murmure. « Ce n'est pas ce que vous croyez… » « Ça ne m'aurait pas dérangé, ce que vous croyez que j'aurais pu croire. Juste une question de moment. » « J'attendrai. » Il se cale sur son appuie-tête, ferme les yeux. Il est beau, un peu trop élégant, massif, sportif à l'évidence. Les mouvements du train facilitent mon érection. Je vais aux toilettes pour pisser. Sitôt fait, lorsque j'ouvre la porte, il est devant moi, me repousse à l'intérieur, veut m'y rejoindre. Fermement, je l'en dissuade, lui intime de se contenir. Sa main effleure ma braguette. Je parviens à me libérer. Comment Jean aurait-il réagi en de pareilles circonstances ? Il aurait décidé qu'il n'y avait pas grand risque à prendre son pied dans ce local exigu, qu'il suffisait d'en sortir, le verbe haut pour montrer que tout était normal, qu'être entrés là à deux n'avait rien de suspect, « surtout entre hommes ! ». Je vois son visage dans la vitre, qui se superpose à mon reflet : le sourire et les yeux, verts…

Lorsque nous fûmes seuls à nouveau, la vieille dame gardait la tête baissée. J'aurais aimé la secourir. Je me sentais trop maladroit !

– Le thé s'est refroidi ! Une misère ! Voulez-vous que je vous en réchauffe une tasse ?

– Il faut m'expliquer. Ne craignez rien de moi.

– Personne ne doit savoir. Je vous en prie. C'était la volonté de Lily. Elle a prétexté un travail à l'étranger : une exposition à préparer. Précaution inutile : il ne posait jamais de question. Elle s'est réfugiée en Suisse où elle a mis au monde le petit Jean que vous venez de rencontrer, mon petit-fils !

Elle soupira.

– Je suis la mère de Lily, vous l'avez compris.

J'étais abasourdi, plus embarrassé qu'autre chose par un secret trop difficile à contenir face à Jean : peur que mon visage n'en porte les stigmates ? J'envisageai même de ne jamais revenir à la Jika, de fuir à l'étranger, en Suisse pourquoi pas ? Dans mon délire, je m'imaginai attendre un enfant de Jean. Au-delà du possible, au-delà du rêve, ce désir m'exaltait. Je m'identifiai à cette Lily devenue mythique. La vieille dame devina à quel point j'étais bouleversé.

– Personne ne sait. Personne ne doit savoir.

– Je ne peux pas prendre d'engagement. Vous le connaissez mal, il est capable de tout savoir rien qu'en me regardant. Je le crains. Il le sait. Il en use, en abuse même. Si je suis parti, c'est pour échapper à ses tortures. Et, ici, je passe mon temps à mettre mes pas dans ses traces. Ridicule, non ?

– L'amour n'est jamais ridicule. En revanche, la crainte de l'amour peut l'être. Il me semble, comme ça, permettez à une moribonde de vous le dire, que Jean et vous êtes faits l'un pour l'autre, qu'il a du mal à l'admettre. Même à son âge, on a peur de perdre sa liberté.

Je l'ai quittée, presque rasséréné. Apprendre à lâcher prise, ne pas m'arrêter aux mots. Les fouiller pour savoir ce qu'ils cachent. Me contrôler. Rire de ses sarcasmes sans lui montrer ma panique. Attendre que se tarisse le déluge.

Je n'ai pas pu m'en empêcher: j'ai acheté un portable (seule façon de ne pas être repéré), j'ai appelé Jean. Juste entendre sa voix, sa respiration. M'assurer qu'il n'était pas malade, seul.

– Allô ?

Une femme !

– Allô...

Un silence bref, puis...

– Pourquoi tu appelles si c'est pour rien dire ? Joyeuses fêtes, le Kabyle !

Le ton était ferme, moqueur et, en même temps, nuancé de tendresse. J'attendis qu'il raccroche. Pour parvenir à le tromper, mes ruses étaient bien pauvres ! Un petit vent glacial me brûlait les oreilles. Je suis entré dans un cinéma place d'Italie. La chaleur me poussait au sommeil, avec, au-dedans de moi, cette autre chaleur venue de son souvenir. En moi jusqu'à la mort, je n'en doutais plus.

C'est donc l'âme légère que je retournai au jardin, quelques jours plus tard, au sortir des fêtes. Le froid s'était carapaté. Trompés par l'annonce fallacieuse des beaux jours, certains arbres bourgeonnaient. Le printemps était dans l'air et dans les corps. Je ne tardai pas à le vérifier. « Abeilles et faux bourdons » butinaient dans les fourrés, se répandaient dans les allées, parcouraient le jardin d'étage en étage à la recherche de fleurs disponibles. J'avais retrouvé le goût des rencontres, comme si la phrase de Jean et les paroles de la vieille dame m'y avaient autorisé. Un nouveau coup de vent chassa les derniers nuages. Le soleil apparut. J'eus un violent besoin d'aimer. Je me mis en chasse.

– Eh ! Tu me reconnais pas ?

À cette minute, je découvris à quel point je m'étais modifié intérieurement. Non, je ne l'avais pas reconnu, mon avaleur de foutre, obsédé de propreté, précautionneux, prudent. Ce que je n'avais pas reconnu surtout, c'était l'image de moi qui se reflétait dans ses yeux. Le Kébir de son passé, je n'en voulais plus ! Nous nous assîmes sur un banc. Il se pressa contre moi, avec le froid pour prétexte. Je lui fis remarquer qu'il faisait plutôt doux.

– Le froid, c'est pas seulement dans le physique, c'est aussi dans le mental. Je suis content de te voir, je suis si seul à présent, abandonné de tout le monde. On me fuit, on me méprise.

Il m'expliqua ses nouveaux fantasmes.

– Tu te souviens du jour où, exaspéré par mon besoin de caresses, tu m'avais enfermé, nu, dans le placard ?

– Tu es sûr que c'était avec moi ?

– Je tapais contre la porte. Tu hurlais « Si t'arrêtes pas, je te file une branlée que tu te rappelleras jusqu'au jour de ta mort ! »

– Moi, j'ai dit ça ?

– Tu l'as dit et tu l'as fait. Au lieu de me sentir humilié, au lieu d'avoir mal, j'ai eu un tel plaisir que j'ai joui. Depuis, j'ai besoin qu'on me frappe.

Il me raconta l'une de ses aventures : un Maghrébin qui tenait un bar près de la Porte d'Ivry, l'air tellement sévère qu'il l'avait dragué, espérant que ce serait un sadique.

– J'étais au-dessous du vrai ! Huit, ils étaient, huit à me cingler les fesses avec des ceinturons. Ils m'ont baisé tous les huit, l'un après l'autre, sans ménagement, sans capote. Je suis resté par terre, dégoulinant de sperme, harassé, ravi.

Ensuite, il avait vécu avec un Black.

– Rencontré dans le jardin aussi ?

– Non. Dans le bus.

– Il s'appelait pas Carl ?

– J'sais même pas mais je crois pas. Il a pas voulu donner son nom. Une fois, j'ai entendu qu'on lui disait Mammouth. Ça doit être un surnom. Une montagne de muscles, violent, raffiné. J'ai souvent pensé qu'il finirait par me tuer. Il était pas branché homo. Ce qu'il attendait de moi ? Que je devienne son esclave. Moi, je demandais que ça. J'obéissais à toutes ses fantaisies. Je lui faisais la bouffe, le linge, le repassage.

Il emmenait des femmes et, lorsqu'il avait fini de les « bourrer », il l'obligeait à nettoyer leur vagin. Tablier sur le ventre, le cul à l'air, il préparait le petit-déjeuner, retapait le lit.

– Quelquefois, il acceptait que je le suce mais seulement après m'avoir roué de coups, en épargnant le visage. Il craignait qu'on s'en aperçoive dans la cité. J'habitais avec lui. Il me faisait coucher par terre dans un petit cagibi, me réveillait à grands coups de lattes. Un jour de repos, y avait bien deux ans qu'on était ensemble, je lavais le sol à quatre pattes, attendant les coups, les espérant presque. Lui, il se baladait à poil avec sa bite qui passait et repassait sous mon nez, bandochante, énorme. Je l'ai léchée, juste comme ça. Il m'a envoyé une savate dans le ventre. J'en ai dégueulé. Et, au moment où je n'y croyais plus, il m'a retourné, m'a baisé longtemps, longtemps, m'embrassant dans le cou, me murmurant des mots de son dialecte. J'y comprenais rien mais c'était très doux. Après qu'il a joui, il m'a pissé et chié dessus. Et puis, il m'a dit : c'est fini, casse-toi !

– Mais pourquoi t'as supporté tout ça pendant deux ans ?

– Je crois que je l'aimais. C'est des choses qu'on peut pas comprendre tant qu'on les a pas vécues. Quelqu'un m'aurait raconté ça avant, j'aurais dit que c'était dégueulasse. Je l'aurais méprisé. Comme tu me méprises, sûrement !

Je le pris aux épaules, l'assurai du contraire. Vraiment. Je l'admirais. Je le plaignais aussi parce que, sur cette autoroute, pas de retour possible. Parvenu aux extrêmes, il risquait de ne plus éprouver de plaisir qu'aux étreintes *extraordinaires*. Passerait-il sa vie à chercher un nouveau maître ?

– Non ! J'espère encore le revoir, qu'il me reprenne, qu'il fasse de moi ce qu'il veut mais qu'il me reprenne.

Je suis descendu vers le terrain de pétanque. En contemplant ces hommes « normaux » (Qui pourrait m'assurer qu'ils le sont réellement dans l'intimité ?), jouant sans autre but que battre leurs adversaires, sans autre amusement que taper sur l'épaule d'un copain, applaudir aux exploits du tireur, râler contre les ratages, je me sentais différent pour toujours. Le soleil déclinait. Le froid s'infiltrait sous mon caban, mon sang se révoltait, courait plus vite dans mes veines. Je songeai à la Jika, au bonheur essentiel d'écouter du

Bach ou du Schumann en compagnie de Jean. Dans le recueillement. Ici, je n'avais que cette chambre impersonnelle où, plus que jamais, je me sentais étranger.

Toujours dans le TGV après une bonne heure de sommeil et de rêves simplistes...

Je courais dans une forêt, déchiré par les pyracanthas, poursuivi par Alexandre qui me taquinait les mollets. Une clairière ensoleillée apparaissait au loin. Je m'efforçai de l'atteindre, pensant m'y abriter alors que, logiquement, je devais y être plus vulnérable ! J'avançais, la forêt s'épaississait, mes blessures se creusaient. Les branchages me barraient la vue, dérobant à mes regards la fugitive image de Jean, nu, en érection, s'offrant complaisamment aux regards et aux rayons. Je me réveillai avant de pouvoir le rejoindre. Pas besoin de consultation chez les psychiatres ! Alexandre, j'avais refusé de m'en occuper sous le prétexte que j'étais saturé de travail. Rodolphe en avait hérité. Il le ramenait une ou deux fois par mois, tenu en laisse. Peut-être conscient de ma responsabilité dans sa relégation, le chien grognait dès qu'il m'apercevait. Jean s'était pris d'une affection bien réelle et tendre pour ce témoin, ce complice de nos jeux à huit mains. Même s'il ne la formulait pas, je devinais son irritation de ne pas l'avoir constamment près de lui. Il me jugeait mal de reporter sur cette « pauvre bête » la vindicte que lui seul m'inspirait jour après jour. Quant aux « buissons ardents », plus évidente encore était l'explication : je m'étais projeté dans Ibrahima, en rêvant de ces blessures que Jean avait soignées avec tellement de persévérance et d'affection.

Plus de vis-à-vis. Seulement sa défroque : un pull-over en cachemire, violet. Violet comme l'écharpe que portait Fahri le jour où j'avais organisé la rencontre avec Jean.

Fahri. Le revoir me semblait une étape nécessaire dans ce parcours peut-être inutile ! Mais par quel miracle ? Je mis Dieu de mon côté (ou la Providence, ou la meilleure probabilité, ce que tu voudras) en errant sur le marché de Bicêtre comme jadis.

Mes vieux copains ne manquaient pas au rendez-vous. Moqueurs, sarcastiques, raillant ma nouvelle apparence, me déclarant distant avant même que je ne prononce une seule parole. L'un d'eux avait fait le chantier de Valence avec moi. Il ne se rappelait pas le Turc, n'en avait rien à foutre, je n'étais qu'un lâcheur, l'argent avait mis à jour ma véritable nature, etc. Je l'aurais bien massacré. Les circonstances ne s'y prêtaient pas. Une petite foule s'était agglutinée autour de nous. Autant fuir. Au-delà de la rue de la Convention, les chalands étaient plus clairsemés. J'aperçus très vite *l'ancien*, le Kabyle atrabilaire qui (mais s'en souvenait-il ?) m'avait fourni quelques informations sur Fahri. Je le saluai dans sa langue.

– Tu es revenu ? On disait comme ça sur le marché que t'avais pris femme riche, que tu étais parti aux Amériques.

– Des conneries !

– Alors, t'es toujours à Villejuif ?

– Non, loin, près de... Menton. Je règle quelques papiers pour ma retraite.

– Le marché, tu as vu, c'est plus le même ! Et tout trop cher. J'sais pas ce qui nous arrive, la misère, certainement. Moi, un repas par jour, j'peux pas plus...

Je lui ai fait traverser l'avenue de Fontainebleau. Nous sommes allés nous asseoir sur le banc dans l'abribus du 47. J'ai sorti mon portefeuille, fait semblant de fouiller, laissant apparaître une énorme liasse de cent euros. J'ai toujours préféré les espèces aux chèques ou aux cartes de crédit. Tout à trac, avant de remettre en place le portefeuille, je lui demandai des nouvelles de Fahri.

– Qui c'est, çui-là ?

– Tu me racontes et je te donne, Saha ?

– Combien ?

– Ça dépend. Beaucoup si tu me dis où il habite.

– Trrrois biff'tons ?

J'acquiesçai.

– Cinq ?

Cette fois, je me tus. Je comptai cinq billets. Il griffonna une adresse au dos d'un morceau de papier d'emballage.

– Quelqu'un du gouvernement, dans les ambassades, je crrrois.

L'attaché d'ambassade D... occupait tout un hôtel particulier à Boulogne-Billancourt. Je me souvenais de ce diplomate auquel Jean avait dû faire allusion deux ou trois fois au cours de conversations téléphoniques. Contrairement à ce qu'ils m'avaient affirmé l'un comme l'autre, Jean et Fahri s'étaient donc revus. L'attaché entretenait certainement le Turc et moi, j'avais été exclu de leurs manigances.

Sur le trottoir, face à l'immeuble luxueux, j'attendais sans trop savoir quoi. Il m'était difficile de me présenter à la porte. Demander qui ? J'ignorais le nom de famille de Fahri. J'allais me décider quand une limousine vint se garer devant l'hôtel. Le chauffeur descendit précipitamment, ouvrit la portière à un vieillard, l'aida à s'extirper du véhicule. Ensuite, il le soutint jusqu'au perron, sonna deux coups brefs. La porte s'ouvrit. J'aperçus Fahri. Il prit le vieillard par le bras, salua le chauffeur, referma. La limousine disparut.

Deux ans seulement avaient suffi pour que nous soyons transformés à ce point, lui et moi. Étrangers l'un à l'autre après avoir été si proches dans le travail et par l'amitié. Sûr qu'il m'avait vu. Sûr que ma présence dans un tel contexte ne pouvait qu'être embarrassante. Sûr que je m'étais comporté comme un imbécile à vouloir ressusciter un passé bien révolu. Je lui tournai le dos à ce passé qui commençait à m'encombrer, que j'aurais dû effacer de ma mémoire sans attendre.

Cent mètres à peine de marche désabusée, tête baissée, regard attristé en travelling sur le bitume. J'entendis courir derrière moi. Un superbe valet en livrée me rejoignit.

– Vous êtes Kébir ?

Je lui répondis que je ne savais plus exactement qui j'étais. Il n'exprima aucune surprise, ne fit aucun commentaire, me saisit le bras. Une légère pression sur mon biceps pouvait signifier que je ne lui étais pas indifférent.

– Monsieur Fahri vous prie de me suivre.

À cet instant, j'en voulais à Jean : je pensais qu'il était responsable des jugements erronés que je portais sur moi, sur le monde. Malgré la culture que j'avais acquise et que j'entretenais avec assiduité, toujours je me voyais inférieur, je restais le petit Kabyle de Tlemcen ballotté entre deux influences, deux races, deux sexualités, incapable de trouver sa place dans une société inhospitalière.

– Lucien ira chercher tes affaires. Tu restes avec nous, le temps que tu veux.

Officiellement, un entrepreneur de province m'avait engagé sur un chantier près de Menton. (Pourquoi encore Menton ? J'ignorais tout de cette ville à part que c'était, dans le Sud, la plus éloignée de Paris.) J'organisais ma retraite là-bas. C'était le motif de mon voyage.

Le mensonge *désintéressé* me sert souvent à éluder les explications. Lui déballer mon histoire, la vraie, ne me convenait pas. Il avait terriblement changé : physique élégant, œil velouté, corps assoupli, phrases recherchées. (À son arrivée en France, j'étais seul à le comprendre un peu.) Il fallait refaire l'amitié avant de passer aux confidences. Il m'avait pourtant accueilli avec force démonstrations, affectueuses, sincères. Il m'avait présenté à son diplomate, un vieillard au regard libidineux. « Tu vois, Henri, ça, c'est un vrai copain, et un vrai coquin, tu t'en rendras compte ! Je lui dois tout, absolument tout ! » Suivit un panégyrique que je me hâtai d'interrompre en demandant à visiter. Nous avons parcouru l'immeuble au grand galop, d'étage en étage. Luxueux sans prétention mais avec un raffinement excessif. Agréable à vivre quelque temps, usant à la longue, démobilisateur. À ce glacial apparat, je préférais le confort chaleureux de la Jika... Fahri devina mes réticences.

– Attends d'avoir vu le sous-sol...

Contrairement aux étages où le blanc et le noir occupaient les espaces, le sous-sol arborait des couleurs vives, saturées (tentures mauves, plaids écossais sur les canapés nombreux et profonds, tableaux hyperréalistes à dominantes rouge et vert, meubles d'appoint cérusés dans les verts et les bleus). Devinés dans la pénombre, ces coloris parvenaient à ressortir dans le contre-jour d'une paroi vitrée violemment éclairée qui laissait voir une immense piscine où s'ébattaient des hommes entièrement nus, tous athlétiques, recrutés parmi les pompiers, les CRS et les rugbymen.

Au centre de la pièce, un grand fauteuil de cuir noir pour Henri. Le vieillard occupait ses soirées à contempler les corps nus et massifs des nageurs en liberté. Chacun était rémunéré selon sa catégorie : niqueurs exclusifs, totalement disponibles, regarde-mais-pas-touche. Henri tenait à choisir celui qui serait pour Fahri le partenaire d'une nuit. Là encore, il ne faisait que regarder, sourire aux lèvres, regard béat perdu dans ses souvenirs. Quelquefois, des femmes se joignaient aux invités. De gigantesques partouzes s'organisaient avec pour seul spectateur le diplomate qui observait de sa chambre à travers un grand miroir sans tain encastré dans le plafond du sous-sol.

Découvrir cette structure improbable dans un immeuble haussmannien, d'apparence bourgeoise, ne m'amusait même pas. Mais dans quel cerveau avait germé une pareille élaboration, ce monument à la gloire du kitsch et de l'érotisme ?

– Ben, Jean évidemment !

Il l'avait donc revu.

– Pourquoi crois-tu que je t'avais demandé son téléphone ? C'est grâce à lui que j'ai rencontré Henri. Et fini la misère. Fini les dragues misérables dans le marché du K.B. Plus de « manche » sexuelle ! Je suis l'officiel propriétaire de ce boxon officieux ! Alors, tu restes ?

Je refusai d'abandonner mon Campanile. Accepter l'invitation, eût été handicaper mes recherches.

– Au moins cette nuit ? C'est justement le jour de la partouze. Pour faire plaisir à Lucien.

– Lucien ?

– La vallée de Chevreuse... L'Arabe... Ne panique pas ! Il n'est au courant de rien. Il se rappelle seulement la séance de la veille et souhaiterait « remettre le couvert » avec toi.

Lucien ! Le nom n'évoquait rien. Non plus le visage que j'avais dû occulter. Puis les nuages se dissipèrent dans ma mémoire. Lucien... Le chauffeur des Trois Obus, le « cadeau » de Jean avant l'assassinat de l'Arabe ! Sa voix d'enfant pour me demander « Aime-moi. » (mon journal au 19 mai 2002)

– Ne panique pas, je te répète. Jean n'a parlé qu'à moi. Et j'approuve ce que tu as fait.

– Que tu approuves ou non, je m'en contrefiche. C'était notre secret.

– Et selon toi, qui a permis d'étouffer l'affaire ?

L'attaché d'ambassade, naturellement : Henri, qui avait été l'amant de Jean avant qu'il ne le repasse à Fahri. Déception, écœurement, tristesse... Fahri me prit dans ses bras.

– Calmos, le Kabyle ! Je n'essaierai pas de t'arracher la vérité sur tes rapports avec Jean. C'est tellement particulier, vos trucs ! Fais-nous le bonheur de partager cette fête. Amuse-toi ! Vide-toi la tête et les couilles. Tu y verras plus clair ensuite.

J'aurais dû écouter ses conseils. Je ne l'ai pas fait pour une raison qui m'apparut essentielle : trop tôt ; y voir clair était plus dangereux que cette flânerie à tâtons dans mes recherches, aussi absurdes fussent-elles. Je l'embrassai, m'excusai auprès de Lucien et remerciai le diplomate qui ordonna au chauffeur de me reconduire.

Fin mars, l'hiver ne dételait pas. L'anticyclone avait fourni le soleil, donc le froid. Dans une fondrière, près du bitume, la terre avait retenu un peu d'eau, maintenant gelée : tessons de verre blanc, miroirs sales, où se reflétait le ciel en morceaux de bleu dépareillés.

Quelques femmes pressées, des hommes renfrognés, silhouettes grises, virtuelles présences, défilaient en ordre dispersé. Puis de nouveau la solitude. Tout m'appartenait. J'explorai les allées, les terrasses pour en être sûr, avec l'espoir, dans les branchages, de voir bourgeonner quelque secret. Mais rien. La paix descendit sur moi.

Comme c'est difficile de choisir les mots lorsqu'on écrit pour quelqu'un. On aimerait tant les tirer d'un chapeau, qu'ils s'assemblent d'eux-mêmes, que leurs phrases bancales, hurlées dans le jardin, fassent peur aux oiseaux.

En remontant la rue Max Jacob, j'aperçus une famille black : le père, la mère et trois enfants. Ils se hâtaient vers la chaleur. Le coup d'œil discret jeté dans ma direction, la puissance de cette masse en mouvement, la démarche légèrement dansante, alertèrent mon instinct. C'était Carl. Ce ne pouvait être que Carl.

– Carl en effet. Nous nous connaissons d'où ?

– De nulle part. Je suis un ami de Jean.

La femme eut un franc sourire. Elle fit signe aux enfants, nous laissa.

– Il vous a dit à mon propos ?

– Dans le détail.

Je le conduisis dans ma chambre. Il m'y suivit sans trop de réticence. « Pas de malentendu, s'il vous plaît ! » J'ai fait monter du champagne et des petits fours. À aucun moment, je ne tentai une approche. Mes regards se concentraient sur son visage. Je ne lui parlai que de Jean. S'il ne s'expliquait pas ma curiosité envers lui, il consentit à évoquer leur rencontre, les tergiversations de Jean, ce qu'il appelait une très consciente « mise en appétit ».

– Je tremblais bêtement en sa présence.

– Je connais !

– Toi aussi ? Question de magnétisme. Personne ne m'avait produit un tel effet. Selon le cliché je n'étais qu'une « chose en son pouvoir ».

– Jusqu'à ce que...

– Jusqu'à cette séance chez lui. Inoubliable ! Il m'a traité comme un esclave, un accessoire. Étrangement, et sans me l'avouer, c'était ce que j'avais souhaité qu'il m'apporte. Pas de préliminaires. Pas de préservatif. Tous les risques ! Surprenant pour un sexologue père de famille… Fallait-il que j'aie en lui une confiance irraisonnée !

– Vous avez tout accepté sans protester ?

– Tout. Dans une sorte d'inconscience merveilleuse.

– Même le sadisme ?

– Oui. Même le sadisme. Mais, vous savez, c'était plutôt main de fer dans gant de velours. J'avais tournicoté autour de ça depuis mon adolescence. Tout ce temps avant de comprendre qu'il valait mieux réaliser mes fantasmes que de souffrir dans l'ignorance. Je dois à ma femme une lucidité plus complète… et d'être passé au concret !

– Et maintenant ?

– Le calme. Impérial. Avec quelques échappées contrôlées et… préservées. Au sauna essentiellement.

– Non, je voulais dire : maintenant pour Jean.

– Un beau souvenir. Je ne crois pas que nous aurions gagné à remettre ça. Moi, en tout cas, je n'aurais eu que déception.

– C'est ce qu'il pensait.

– Ah ? Et vous ?

– Longue histoire !

– Racontez.

– Histoire d'amour à sens unique, ça se raconte pas. Les frustrations, le vide… Le ridicule peut encore tuer.

Je lui resservis une coupe qu'il but à petites gorgées sans me quitter des yeux. Le désir m'assaillait : un désir confus de le voir faire l'amour avec Jean, désir qui se nourrissait aussi des récits de mon « avaleur de foutre ». Les rapports sadomasochistes m'avaient toujours horrifié. Pourtant, je me rappelai la mise à mort de l'Arabe, mon comportement impitoyable, ma cruauté. Les relations maître-esclave me donnaient le tournis sans que je sache précisément quel rôle j'eusse aimé adopter. Face à ce géant noir, peut-être en souvenir de ce que m'avait décrit Jean, j'avais des pulsions despotiques. Mais quand je détaillais, quand il approchait la coupe de ses lèvres, que, dans le mouvement, sa chemise, collée au torse, accusait les tétons, je me sentais défaillir avec l'irrésistible envie de me blottir contre cette poitrine, de poser ma tête sur son épaule, de baiser son cou où battait la vie, de me livrer totalement à lui...

– Vous pouvez peut-être me rendre un service.

Je m'étais à peine rendu compte que j'avais parlé. Un vif étonnement éclaira son regard. Il attendait la suite. Elle ne vint pas. Je ne savais comment la formuler. Comprenant mon embarras, il vint à mon aide.

– Un service professionnel ?

Le rire me sauva. Oui, en quelque sorte...

– Ce n'était pas au docteur que je m'adressais.

Il se leva, commença d'enlever ses vêtements avec une belle sobriété. Quel vingt-cinquième sens l'avait-il alerté ? Je désirais le voir nu, surtout. Conforme au portrait esquissé par Jean. Le sexe épais et long, les couilles ramassées dans un large sac, les cuisses en culotte de cheval, d'imperceptibles bourrelets à la taille, les pectoraux saillants, des biceps de culturiste. Il se retourna, me présenta ses fesses splendides au-dessous de son dos en V, à la courbure émouvante. De face à nouveau, sa bite grossie, au bord de l'érection.

Il s'approcha. Passant mes mains derrière lui, je l'attirai à moi jusqu'à ce que ma tête épouse son ventre. Étonné par ce geste tendre, trop tendre peut-être, tellement inattendu, il caressa mes cheveux crépus. Sa bite s'échauffait contre mon cou. Je ne parvenais pas à décider quelle action entreprendre, envahi de plénitude. Il se pencha. La bouche sur mon oreille, il murmura : « C'est avec moi ou avec Jean que tu veux faire l'amour ? ». Comme je ne répondais pas et que des larmes mouillaient sa peau, il ajouta : « Je peux rester toute la nuit si tu le désires. »

Tant de douceur m'avait anesthésié.

Nous venons de passer Marseille. Des morceaux de Méditerranée s'aperçoivent, par éclairs. Tout semble si calme. Comme si ce bonheur issu de la mer et du soleil pénétrait par effraction dans notre wagon. Les gens se contorsionnent pour emplir leurs yeux de ces promesses de vacances, de bien-être à venir. Ils échangent des confidences et des adresses. Font les cent pas dans le couloir pour abréger l'attente, se persuader qu'ainsi, ils arriveront plus tôt. Je les envie. Moi, je ne sais pas vers quoi je me dirige. Si je ne suis plus le même qu'à l'aller, qu'en sera-t-il de lui ?

Mon premier souci en arrivant à Paris, je te l'ai dit, avait été le sauna, la perspective de m'offrir à nouveau des étreintes reposantes. Je t'ai dit aussi ma déception, l'indifférence de mon ex-partenaire. On ne ressuscite jamais rien par la volonté. Le hasard seul. Le hasard qui avait mis Carl sur ma route ; le hasard qui avait permis cette nuit miraculeuse, pendant laquelle je me suis à jamais débarrassé de mes pensées mesquines, de mes doutes stupides, de mon indécrottable susceptibilité.

Carl m'avait laissé venir à lui. Il s'était rhabillé. Nous avons dîné dans l'hôtel. De son métier, il m'a parlé longuement avec simplicité et précision, avec confiance enfin. Il m'a exposé ses difficultés : plus que les maladies, c'étaient les malades qu'il entendait guérir. Les patients manquaient trop souvent de... patience. « Ils se confient mal, par détours successifs, soupçonneux de ce qu'ils pensent n'être chez moi que curiosité malsaine. Ou bien ils extrapolent, diluant ainsi la réalité, l'exacte vérité nécessaire à établir un bon diagnostic. » Quelle paix s'il s'était contenté de prescrire les médicaments génériques correspondant aux symptômes prédominants ! Il ne pouvait s'y résoudre... D'ailleurs, dans cette quête de l'autre, il trouvait d'autant plus de satisfaction qu'il lui semblait progresser sur sa connaissance de lui-même, de ses problèmes, accroissant ainsi sa disponibilité. Il enserrait mes jambes de ses cuisses : discours implicite qui s'ajoutait à sa profession de foi, la renforçant par ce contact direct où les peaux se cherchaient à travers le tissu. Minutes denses, angoissantes dans la mesure où leur intensité ne pouvait tolérer une suite médiocre. Il était gourmand, ne s'en cachait pas. En dégustant son omelette norvégienne, il avançait ses lèvres vers l'entremets, sa langue s'enroulait autour de la glace, assouplissait la génoise. Tout lui était prétexte à volupté. Chacun de ses gestes, chacun de ses regards était une promesse. L'impatience, tout à coup, me rendait nerveux. En bon professionnel, il l'enregistra, demanda l'addition. Lâchement, je n'intervins pas. Puis, me prenant le bras comme si nous traitions une affaire commerciale d'importance, il m'emmena vers les étages.

Sans avoir bu tellement, il semblait un peu ivre en se déshabillant, ludique en tout cas : il jetait ses vêtements aux quatre coins de la chambre avec les mêmes contorsions qu'une strip-teaseuse. Mon premier Black : un cadeau. Un gâteau ! Il me demanda, devant mon inertie, si mon trip, c'était le peep-show.

– Le voyeurisme, quoi !

Ce que j'étais en train d'éprouver ne pouvait se traduire par des mots. Je me taisais donc, me contentant de sourire. Ses facéties exprimaient plus de bonheur que de moquerie. Je me sentis obligé de me dévêtir. Il courut vers la salle de bains en criant :

– Je te laisse à ta pudeur !

Pour le contredire, je le rejoignis sous la douche, nu à mon tour. L'exiguïté des lieux nous contraignait (mais où était la contrainte ?) au touche-touche. Nous ne nous en sommes pas privés ! Les caresses savonnées exaltent la volupté, flattent mieux encore la peau et les sens. Sa langue, impérieuse, pénétra ma bouche. Ses mains agrippées à mes fesses me pressaient contre lui. J'étais nettement plus petit que lui. Aussi me hissais-je sur la pointe des pieds pour profiter de son baiser. Sa verge tendue frottait mon ventre. J'abandonnai sa bouche, descendis jusqu'à son sexe pour l'engloutir, visage noyé d'eau chaude. Le dos appuyé à la porcelaine, il cambrait ses reins, tendait son bas-ventre, frappait le fond de ma gorge avec sa bite. Il se retira au moment où il perçut mes grognements. Je venais de cracher mon sperme. Lorsque je voulus le faire jouir, il se déroba.

– Nous avons toute la nuit. Faut pas bâcler !

Toute la nuit ! Je n'avais passé de nuit entière avec personne. Sauf avec Jean, mais seulement quand il était malade. J'appréhendais la promiscuité. Non que je fusse devenu pudique : je craignais surtout de ne pas être à la hauteur de ce que Carl attendait de moi.

– Alors, ce service ?

La question me prit au dépourvu. Je plaquai mon corps contre le sien, cherchai la meilleure position pour que nos peaux soient le plus soudées possible. J'embrassai son cou puissant et doux. Il frissonnait, sa main droite partit vers ma queue, constata l'érection, s'immobilisa. Je fis de même avec la sienne. Enfin, je parlai.

– Prends-moi.

– Tu l'as déjà fait ?

– Non.

– Pourquoi alors ?

– Baise-moi, cherche pas à comprendre.

Mais il voulait savoir. Je lui dis mon amour pour Jean, combien je souhaitais être pénétré par lui, que, manquant d'expérience, je risquais de lui déplaire le jour où, enfin, il se déciderait. Il ralluma.

– Quelle connerie ! L'expérience ? Sûrement pas ce qu'il souhaite. Pas une pute, toi tel que tu es. Si encore tu ne l'aimais pas. Et lui ? Tu en es où avec lui ?

– Nulle part. Il ne me voit pas.

– Tu te la racontes. Bien sûr qu'il te voit. Mais il voit surtout que tu es beaucoup plus jeune que lui et il te laisse libre. Les années qui viennent peuvent le diminuer. Il cherche à décourager ton amour. Ne te trompe pas : c'est un homme généreux. Oublie ma queue, occupe-toi de mes fesses.

Il m'annonça que lui aussi avait un service à me demander. Son désir était que je lui obéisse : il me dirait tout ce que je devrais faire. Je compris qu'il souhaitait rééditer son dépucelage par Jean. Alors que je le dominais comme Jean avait dû le faire, avec les mêmes gestes, avec la même violence, j'avais le sentiment, en répondant sans discuter à ses injonctions, d'être son esclave. Cette confusion dans mon rôle accroissait l'excitation. Je l'ai baisé une bonne partie de la nuit. Je n'arrêtais pas de palper ses tétons, sa queue, ses couilles. L'extraordinaire chaleur qui se dégageait de son corps réveillait sans cesse mon désir de lui, de sa peau, de ses gémissements. Quatre fois, il a joui en poussant sur mes fesses pour que je le pénètre plus profond.

Au matin, il avoua que son fantasme avait été aussi stupide que le mien mais que la nuit avait été profitable... Il m'affirma de nouveau que ma première étreinte avec Jean ne me décevrait pas, me conseilla de m'y préparer mentalement plus que physiquement.

– Passe Noël chez nous. Amène quelques cadeaux pour les enfants, sans te ruiner. Tu seras reçu comme un roi. Quant à ma femme, elle adore ce genre de situation.

Moi, le musulman, j'ai assisté avec eux à la Messe de Minuit. Profondément ému par le rite catholique, les chants, les grandes orgues, l'arrivée du petit Jésus dans la crèche, j'oubliais les Sacrements pour jouir moins du spectacle en lui-même que de la situation, abracadabrante : je frayais avec une famille très unie dont le père était mon amant.

Tu vois, Hassan, plus jamais je ne pourrai croire à ces cloisonnements entre les races, les sexes. Cette femme dont la beauté et l'intelligence me soufflaient, cette femme noire, catholique, m'acceptait à la fois comme musulman et comme « pièce rapportée » avec une dignité sans égale. J'aimerais tant que tu connaisses ces gens, que leur décontraction, leur générosité te convainquent enfin de la vanité des préjugés.

– Toulon ! Cinq minutes d'arrêt...

Sans réfléchir, je prends mes valises. Toulon, oui, il le faut !

5

Rapidement, Hassan s'était fait remarquer dans son travail pour ses positions radicales exprimées de façon modérée et convaincante. Craint de ses patrons, estimé de ses camarades, choisi comme porte-parole, la direction l'avait promu chef d'équipe, peut-être pour le neutraliser. Affilié aux Verts, il avait minutieusement examiné les revendications évacuées par Jospin et Martine Aubry lors des congrès de Paris et de Lorient en 1999.

Coincé entre son désir de restreindre les activités nucléaires et la peur de perdre son emploi, il naviguait avec adresse (adresse qu'on lui reprochait quelquefois) : diplomatie et fermeté. Les nombreuses réunions qu'il avait présidées, les débats auxquels il avait assisté, lui avaient permis de rencontrer nombre de ses collègues qui venaient souvent se confesser auprès de lui. Son expérience des hommes n'était donc pas négligeable.

Cependant, au cours des assemblées générales, dans les contacts directs qu'il provoquait avec des collègues, si différents les uns des autres, il n'avait jamais rencontré quelqu'un d'analogue à son père. Jamais il n'avait décelé en l'un d'eux un quelconque symptôme de cette folie repérable chez Kébir.

Il fouille dans sa mémoire, tente, a posteriori, de repérer un comportement qui ressemblât à celui de son père. Il avait croisé des homosexuels : certains ne se cachaient pas, ne s'exhibaient pas non plus ; d'autres, plus sournois, sous prétexte de camaraderie, l'approchaient sous la douche, au bistrot, amorçaient des dialogues ambigus. Ça n'allait pas plus loin. Aucun ne prolongeait ses avances, ni en public (sous la rigolade) ni en privé.

Le journal, au fur et à mesure qu'il le découvre, fait apparaître un étranger absolu, un Martien, dont les mœurs le consternent autant qu'elles le stupéfient. Un étranger, oui, ou un malade ! Il se dit qu'il doit oublier le lien qui l'unit au rédacteur, considérer ce dernier comme un psychopathe, l'analyser froidement. De cette manière, il espère parvenir à un jugement plus équitable, en tout cas mieux étayé.

La folie, il la diagnostique partout : dans le délire sexuel, dans les dépressions, dans cette course à la tendresse qui dénotent une impuissance à vivre seul, à se forger indépendance et dignité.

C'est avec ce regard nouveau qu'il se promet de poursuivre sa lecture…

6

Toulon, mercredi 3 août 2005

Je viens d'acheter une voiture : une twingo bleu marine qui, j'espère, ne jurera pas trop avec l'audi décapotable de luxe gris métallisé. En débarquant à Toulon, je me suis dirigé tout droit vers les hauteurs du mont Faron, pour le plaisir d'abord, à peu près certain d'y apprendre la disparition de Marcel, l'ex-entraîneur de Jean quand, adolescent, il signait au Rugby Club Toulonnais. Eh bien non ! Il vivait encore, ne se souvenait absolument pas de moi, à peine de notre visite. Au seul nom de Jean, il rajeunit de dix années. De petites étoiles surgirent au fond de ses yeux à travers les larmes naissantes.

– Et comment y va, le petit ? Pourquoi tu l'as pas mené ? Il est pas malade, dis ?

Je le rassurai, mentis sur les raisons de ma présence : acquérir des climatiseurs.

– Dans notre campagne, c'est difficile d'en trouver de corrects.

– Oui, oui. Assieds-toi. Non, verse-moi un peu de cette citronnade, là, et prends-en pour toi si tu as la pépie. Raconte ! Toujours aussi beau, ce coquin de gari ? Je l'appelle encore le gari et tout à l'heure, il me rattrape : il est dans quoi, les quatre-vingts ?

– Pas tout à fait. Si vous voulez, je vous conduis et puis, quand vous en aurez marre du « gari », je vous ramène à Toulon…

– Eh non ! C'est pas que ça me plairait pas... Qui c'est qui s'occuperait des chats ? Et puis y a mon gonze, un petit dans la trentaine. Y me bouffe tous mes sous mais le capital, je le porterai pas au cimetière, autant qu'il en profite. Une bite de l'autre monde ! Si tu as envie, je te présente. Moi, je le suce de temps en temps. J'oserais plus me faire mettre que mon derrière, pôvres de nous, il est comme une figue molle. Fais-lui des bises au gari, tout plein. Et, j'y pense, le maire, si j'y arrive, il organise une fête pour mes cent ans. Tu me le mèneras, hein ?

Il m'a fallu jurer sur la Sainte-Vierge, espérant que le « patron » approuverait.

Je suis descendu à la Corniche, un hôtel sur le Littoral, face au Fort Saint-Louis. Avec vue sur la mer. Je passerais des heures sur mon balcon. Camus ou Jean Pelegri, je ne sais plus, disait que les Pieds Noirs étaient souvent sur le môle parce qu'ainsi, ils tournaient le dos à la terre, qu'ils regardaient vers le continent, vers la France. Moi, si je contemple la Méditerranée, ce n'est pas avec l'arrière-pensée de l'Algérie. J'aime la voir s'énerver, rouler ses colères, s'étaler comme un lac, affronter le mistral, blanchir ses crêtes. J'aime plonger nu, lécher le sel sur ma peau, me griller au soleil sur son bord. Mais j'aime aussi en hiver ses gris lumineux, sa houle méchante, ses replis et ses rires.

La dernière fois que je suis venu ici, c'était avec Jean. Il m'avait fait connaître le lieu de drague dans l'autre jardin qui surplombe les plages artificielles. J'ai mis mon survêtement, rien en dessous, et suis allé à pied à la rencontre du hasard. On dit qu'il fait bien les choses. Je le confirme. Malgré les ratés de départ... Quelques « visiteurs » en attente, plutôt jeunes et maniérés, s'observaient sans prendre parti. Le manège m'exaspérait. J'eus envie de les brusquer, de mettre un peu de fantaisie dans cette ronde stérile, de leur montrer ce que c'était qu'un homme... Mal dissimulé par les branchages d'un arbuste, je tombai le pantalon et, faisant semblant d'uriner, je me masturbai ostensiblement en regardant la mer.

Aussitôt, appâtés par cette fleur offerte, des voyeurs en essaim voletèrent autour de mon refuge. Manquait la reine. Elle arriva : grande asperge étique, folle et fière de l'être, à moitié fardée, embagouzée, pathétique. Dès qu'elle me vit, elle proféra de vibrants anathèmes à mon endroit (à mon envers aussi) en des termes particulièrement peu choisis. Je me découvris sous les traits d'un enculé de bougnoul exhibo qui venait foutre la merde chez des personnes comme il faut. « C'est pas ton gros zinzin qui va m'impressionner, raclure de parasite ! Et dire que c'est nous qu'on leur paye la retraite ! Va t'agiter la coquine ailleurs qu'ici, dans ta chambre à l'hospice, ratonasse de mes deux ! » Je remballai la marchandise, vins calmement le défier, l'œil dans l'œil, sans parvenir à l'intimider.

– C'est bien, tu n'as pas peur.

– Je suis chez moi. Tu te casses !

Je fis comme on me le demandait. Ni vexé, ni furieux. Après tout, « elle » avait peut-être raison. Le chuintement des vagues et le chant des oiseaux accompagnèrent ma fuite. En bas, sur le sable, j'eus le temps de philosopher sans amertume : où pouvait bien être ma place ? Ni ici ni là-bas, apparemment.

Une femme âgée prenait le soleil, seins nus. J'allai auprès d'elle avec une réelle crainte. Elle couvrit sa poitrine d'un foulard de soie, me demanda ce que je cherchais.

– Une plage naturiste, ça existe dans le coin ?

– Pas officiellement. Mais si vous alliez du côté du Sentier des Douaniers (de la main, elle m'indiqua la direction), vous pourriez trouver une crique avec des gens qui se baignent nus.

Elle me sourit sans arrière-pensée, oublia le foulard, remit ses lunettes de soleil, me souhaita bonne chance.

La crique, je la découvris assez vite. Il était tôt. Elle n'était pas encore fréquentée. Seul, je pus ôter mon survêtement, m'immerger dans une eau fraîche et calme, une eau conforme à mes rêves. Du large, la côte était plaisante à regarder. La vie commençait à s'animer sur le Littoral. On entendait des rires d'adolescents, des ronronnements de voitures amortis par le chant des cigales. Je nageai en puissance pour épuiser mon souffle, évacuer mes pensées. L'effort physique engendre toujours en moi une jubilation extrême. Exténué, heureux, je me laissai aller sur le dos, bercé par de rares vaguelettes. Le hors-bord troubla ma quiétude. Je profitai des remous pour regagner la crique. Un homme nu en érection légère huilait les fesses d'une femme dont l'abondante chevelure blonde était rejetée sur le côté. Non loin de mon survêtement abandonné, un autre homme semblait attendre quelqu'un ou quelque chose. Lorsqu'il m'aperçut sortant de l'eau, il enleva son bermuda, faisant jaillir un sexe de belle taille et des couilles menues. Il me demanda si la fumée me dérangeait.

– En principe oui. Mais la plage est assez vaste pour qu'on fasse comme au restaurant : coin fumeurs, coin non fumeurs...

– Je préfère me priver. Ça peut pas me faire du mal.

De banalité en banalité, nous liâmes connaissance. J'étais, pour l'occasion, un menuisier proche de la retraite, habitant un village breton, en vacances dans la région. Lui se déclarait éboueur toulonnais, la cinquantaine, fan de sport et de cinéma.

– Éboueur vraiment ?

– Ouais ! Déshonorant ?

– Pas plus que ça...

– Alors, ton étonnement, c'est quoi ?

– De la surprise, rien d'autre.

– Je suis debout à cinq heures. La ville dort encore, elle est presque belle à l'aube.

– Sinon ?

– Sinon, j'y suis né. Je devrais pas dire ça mais Toulon, c'est plus rien. Quand mon père me raconte comment c'était avant la guerre, on peut pas y croire.

Je me plaçai de façon à tourner le dos au couple, assis sur mon survêtement pour adoucir le contact avec les galets. Je passai mes mains sur mes couilles, détachai les algues indiscrètes accrochées à mes poils. Son regard suivait mes gestes. Je m'attardai, soulevai mon sexe afin de parfaire le nettoyage. Sa main droite dissimula une réaction un peu trop visible. Mon instinct ne m'avait pas trompé.

– Tu restes quelques jours sur Toulon ?

Je me rapprochai. Il m'offrit une place sur sa serviette. Nos cuisses se touchaient. Je ne répondis pas à la question.

– Y a d'autres endroits comme celui-ci ?

Il déglutit, secoua la tête. Sous le prétexte de retirer un morceau d'algue oublié sur mon ventre, il effleura ma bite. Je le sentais mûr. Il se confia.

– Les Maghrébins, c'est ma folie.

– Pourquoi ? Pour ce qu'on raconte sur leurs queues ?

Il haussa les épaules.

– Pour leur peau, et leurs lèvres. Je voudrais t'embrasser.

– Tu déconnes ! Et puis, me guigne pas comme ça, je suis déjà assez amoureux de toi.

J'extrapolai, donnai des détails sur ce qui me plaisait en lui, parlant vite, longuement, l'enchaînant à moi par le verbe. Il bandait, ne savait plus comment se cacher. Son désarroi était tel que l'homme du couple se leva pour nous rejoindre.

– Vous gênez pas pour nous. Non seulement on a les idées larges mais on est un peu voyeurs.

L'éboueur, écarlate, n'hésita plus. Il saisit ma bite, la caressa fiévreusement. J'écartai sa main non sans violence.

– Mais puisque...

– Non ! Pas ici. Si tu aimes les Maghrébins, tu devrais savoir combien leur situation est fragile. C'est toujours nous qui portons le chapeau. Ça craint trop, mon petit chéri.

– Viens sur le sentier. Il y a une pinède. On peut s'isoler.

– Non, j'te dis !

La dureté de ma réponse accrut son désir. L'homme et la femme avaient cessé de s'intéresser à nous. Elle s'était assise sur lui, frottait sa vulve contre les parties de son compagnon.

– Tu vois. Laisse-moi te piper un peu.

Je me levai (la femme regarda avec envie mon sexe dressé), remis mon survêtement. Complètement affolé, l'éboueur se rhabilla en toute hâte.

– Si tu veux, je t'emmène au sauna. Je te le paye.

– Arrête tes conneries. Je suis plus riche que toi !

En comparaison du sauna de Paris, le seul que j'aie jamais fréquenté, celui-ci se révéla plus propre, lumineux ; la clientèle, plus conviviale, décontractée. Le jacuzzi m'attira d'abord. L'éboueur m'y suivit avec un empressement que je tempérai. Un peu de détente m'était nécessaire avant les jeux du sexe. La nage m'avait fatigué. Les bouillonnements attisaient mes envies ; l'eau chaude les apaisait. De cette alternance jubilatoire naquit peu à peu un bien-être qui me conduisit à une vague somnolence.

Les allées venues, les corps à demi nus qui paradaient ranimèrent la soif d'amour. Je pris une douche froide avant de me blottir en chien de fusil dans un vaste et moelleux canapé devant une vidéo porno dont le son était coupé. Les accouplements y tenaient plus d'un rituel sans charme que de l'érotisme espéré. Sûr de lui, l'éboueur s'allongea près de moi, me caressa. Je refusai de l'accompagner dans la back room. Comme il m'embrassait goulûment, je poussai sur sa nuque. Il avala mon sexe. Pour ne pas jouir trop vite, je me déconcentrai en observant les manèges alentour... La drague, ici, était plus joyeuse, plus convenue aussi, que dans le jardin. Pas de surprise : tu veux ou tu veux pas, si tu veux...

Devant moi, étalé, appétissant, un homme d'une soixantaine d'années, grand, musculeux, matait en souriant. Pour la première fois, je *voyais* une personne non plus en fonction du plaisir que je pouvais attendre d'elle, mais comme un être indépendant avec son existence propre. Je le détaillai tandis que l'éboueur me suçait : des yeux bleus légèrement en amande sous des sourcils noirs et fournis, de longs cils, une chevelure abondante, ondulée sur le devant, une bouche voluptueuse, des biceps tendus, des reins cambrés, les épaules rondes, le dos imposant, les pectoraux entretenus et leurs tétons discrets, des cuisses de sportif aguerri, des mollets denses et, sous le linge mouillé, des formes aguicheuses. Il écarta le linge : tout était comme je l'avais imaginé.

Son regard dégageait une telle sérénité que j'eus envie de l'approcher.

Renversant l'éboueur, je le pénétrai, le branlant en même temps. Lorsqu'il cracha son sperme, je fis semblant de jouir, me retirai. En passant devant l'homme, je retrouvai le même petit sourire, un peu ironique cette fois.

La pièce surchauffée était vide. Je pressai sur ma nuque une serviette imbibée d'eau fraîche, aspirai les effluves d'eucalyptus qui piquèrent les muqueuses de ma gorge. Je n'ai pas entendu la porte. Je ne l'ai pas senti avancer. Pourtant je l'attendais. Ses mains, étonnamment douces, massèrent mon dos avec une éponge en luffa. Je fermai les yeux, me donnant entièrement à la volupté. Lorsqu'il cessa, j'éprouvai une grande frustration qu'il ne laissa pas s'installer. Il m'enserra de ses bras, lécha mon cou, s'immobilisa contre moi, me chuchota :

– Je suis sûr que tu n'as pas joui.

Je me dégageai pour lui faire face. À quoi voyait-il ça ?

– À ta peau. Elle est différente après. Plus lâche. La tienne est encore en demande, on le sent très bien quand on a un peu l'expérience des hommes.

– Tu en as beaucoup ?

– Pas toi ?

Je lui expliquai que j'avais seulement celle de la baise forcenée, où les sentiments font barrage au plaisir, que l'amour m'était étranger. Il ne me crut pas.

– Quand on te voit, on a envie de ton corps parce que tu es beau, que tu as une belle queue mais on devine que tout ça appartient à quelqu'un.

– Ah bon ?

– Quelqu'un qui te repousse. Tes yeux le cherchent partout avec une fièvre qui ne trompe pas. Crois-moi, tu perds ton temps avec les autres. Lui seul t'apportera ce dont tu as besoin.

– Et de quoi j'ai besoin ?

Il prit mes joues dans ses mains, glissa sa langue dans ma bouche pour un baiser profond, appuyé, interminable. Ma bite me faisait mal. Je le voulais tout de suite. Mes doigts s'introduisirent dans son anus lubrifié.

– Non. Sortons de cette fournaise. Mon cœur n'y résisterait pas.

Il avait soixante-neuf ans. Son appartement, qui occupait le dernier étage d'un immeuble moderne, donnait sur le Littoral, au niveau des dernières plages artificielles, avec vue sur le jardin où je m'étais fait agresser.

– Je n'y vais jamais. Terrain miné ! Le risque, j'ai donné. Maintenant, je me contente d'une vie pépère.

– Seul ?

– La plupart du temps. Arrête de me bouffer des yeux. Déshabille-toi si tu veux à tout prix m'enculer. En as-tu vraiment envie ?

Il put constater que oui.

Nous étions allongés, proches l'un de l'autre, main dans la main, détendus, les sens alertés, pleins d'un nouveau désir, diffus et tendre.

– Tu es attachant mais brusque. Il faut apprendre à mieux te contrôler.

– Je baise mal ?

– Tu baises bien. Seulement tu fais mal l'amour. Je te l'ai dit au sauna : ton esprit est ailleurs. Parle-moi d'elle ou de lui.

– Il est né à Toulon...

Il se redressa sur un coude, curieux.

– Quel âge ?

– Soixante-dix-huit.

– À quoi il ressemble ?

Je le décrivis en peu de mots. Je dis son intelligence, son charisme, son art de la manipulation, sa beauté qui se fanait lentement. Je racontai son adolescence perturbée, ses parents tués en 1943...

– Place Orvès ?

– Oui !

– Jean...

Il l'avait connu. Au R.C.T. en minime lorsque Jean était la star du Club. Son trouble, évident, me rendit jaloux.

– Tu l'as aimé ?

– Je tremblais juste s'il me regardait. Trop jeune pour interpréter mes sentiments. Trop timide pour lui exprimer mon admiration. Beau, tu disais ? Beaucoup mieux que ça ! Notre idole à nous, les jeunots. Il nous donnait des conseils, nous frottait les oreilles. Une fois, j'ai touché ses cuisses sous la douche, près de ses couilles. Il s'est reculé. J'ai murmuré un pardon imbécile. Et puis j'ai grandi.

Il se déplaça de façon à ce que je ne voie plus son visage.

– J'avais demandé son adresse à Marcel, notre entraîneur. Tu l'as connu ?

– Je l'ai vu la semaine dernière.

– Il vit encore ? Sacré Marcel ! Un ouistiti de première. Il a essayé avec la plupart d'entre nous. Avec succès, je pense, mais moi, j'étais obsédé par Jean. Lorsque, enfin, j'eus le courage de lui rendre visite, c'était trop tard. Parti ! Une histoire avec la petite Louisette, la fille d'un de ses coéquipiers. Ça a fait tellement de foin qu'il a choisi de s'exiler dans la capitale...

– Bien sûr, tu l'as revu...

– Dans de bien étranges circonstances ! J'ai, moi aussi, suivi des cours d'architecture. Un moyen de le rejoindre, de partager quelque chose avec lui. Un beau jour, dépêché sur Paris pour participer à un congrès, je l'ai aperçu dans la salle. Je n'osais pas me présenter à lui. Encore cette certitude que mes sentiments se verraient trop ! Quand je suis intervenu, il a tout de suite repéré mon accent. « Toulon ? » J'avouai. Il me regarda mieux. « Rugbyman ? » J'avouai encore. Nous avons dîné chez Leduc, boulevard Raspail. Pas la moindre ambiguïté ni dans ses gestes, ni dans ses paroles. Un copain du passé, plus âgé. Un confrère, plus expérimenté. Quelques allusions à Marcel, affectueuses. Le « bon temps ». Je bandais douloureusement. Il a réglé. Nous sommes sortis. Il m'a serré la main. Une voiture l'attendait, avec une femme au volant. Je suis resté seul sous la neige qui commençait à tomber, avec une terrible envie de faire l'amour.

– Tu n'as pas essayé de savoir où il habitait ?

– Non. Je me suis contenté, nuit après nuit, de rêver à nos étreintes. Tu l'as baisé ?

– Certainement pas !

– Et lui ?

– Comme toi, en rêve !

Il eut un petit rire, me rendit son visage. Il me pelota les fesses, longuement.

– Alors c'était ça que je voyais dans tes yeux ?

Ses mains effleurèrent mon anus.

– Tu veux que je continue ou tu te réserves pour lui ?

– Je me réserve pour lui. Mais j'aime bien ce que tu me fais.

Il se leva, ouvrit un tiroir, en sortit un godemiché dont la taille m'effraya.

– Regarde, copie conforme de la bite de Jean.

Je secouai la tête.

– Pas ça. C'est humiliant.

– Humiliant ? Où places-tu ton amour-propre, Kabylou ? Laisse-moi faire.

Je me laissai faire, délicieusement anxieux.

Sa langue prépara le terrain. Il me massa la bite avec du gel avant de s'en enduire l'anus. Il fit de même avec le gode et le présenta. Quelques chatouilles sur mon trou. Puis, me tournant le dos, il s'assit sur moi, s'empala, introduisit cette verge artificielle dans mon cul. En rythme étudié, il joua les deux rôles : actif, passif, jusqu'à ce que j'explose dans ses intestins. Il attendit cet instant pour jouir à son tour sans s'être branlé.

Avant de le quitter, je lui demandai si je devais garder le silence sur notre rencontre. Il jugeait que c'était préférable.

– Le passé empêche de regarder devant soi.

Je n'oubliai jamais cette phrase par la suite. Et, même si « l'expérience » ne m'avait pas apporté de grande satisfaction, rien d'autre que l'excitation de la découverte, j'en étais sorti ragaillardi, plus certain que jamais de mon amour pour Jean.

Je charge mes affaires dans la twingo. Parti de San Peïre avec mes papiers et ma brosse à dents, me voici encombré de tous les achats effectués depuis dix-huit mois (vêtements, babioles, tableaux) auxquels je viens d'adjoindre un cadeau pour Jean : quelques DVD de vieux films français avec, glissé entre eux, un porno hard où se dépense à loisir l'époustouflant Cæsar, muscles d'acier, gueule de velours.

Le périple s'achève.

Il m'aura apporté beaucoup plus que je n'en attendais. Je me sens solide, autrement charpenté par toutes ces rencontres : expériences nouvelles qui ont fracassé mes barrières. Auparavant, lorsque j'entendais le mot « pédé » qui, naturellement, ne me concernait pas, je ressentais le mépris que sous-tendait ce vocable lancé comme une insulte. Aujourd'hui, à défaut d'en être fier, j'en rirais plutôt. Les images de moi, fabriquées en fonction de chaque contexte, dispersées, craintives, toutes ces images se sont assemblées pour m'offrir une seule et même identité.

Je suis neuf.

Imagine, mon fils, si j'étais resté en Algérie. Au mieux, je serais un petit entrepreneur de maçonnerie, soumis aux pressions du marché, rançonné par les partis politiques, père d'une smala ; sévère, responsable, sans aucune autre vision du monde que celle autorisée par le Coran, plus encore par les interprétations abusives qu'en ont fait les intégristes ; imperméable à la connaissance, sectaire et borné.

Il est six heures du matin. Le soleil frappe en biais le fort Saint-Louis. Je règle ma note d'hôtel avant d'emprunter la route de la Côte, pressé de revoir la belle terrasse sur la mer, le jardin privé de la Jika, la piscine érotique, impatient de retrouver ma prison et mon geôlier.

7

L'eau de la piscine, enfin, s'est rafraîchie. La brasse d'Hassan, lente, coulée, ramène la sérénité sans effacer totalement les actes scandaleux, les phrases perverses qui, par bouffées, repassent dans sa mémoire, écrites pour lui par son père, à des fins qu'il ne parvient pas à discerner. Chaque hypothèse évoquée aboutit à des contradictions flagrantes. Aussitôt formulée, elle se détruit d'elle-même. Ce débordement d'une indécente minutie peut n'être que provocation volontaire, défi suicidaire. Pourtant Kébir n'a jamais eu recours à ce genre de subterfuge. Dans ses yeux, dans ses gestes, le bonheur de vivre apparaissait plus sûrement que le doute ou le désespoir. Regard nouveau, s'était promis Hassan ! Nouveau peut-être, mais embrumé par la colère.

C'est à moi qu'il s'adresse ! Il aurait dû en tenir compte au lieu de m'abreuver de ses performances. Pourquoi cet étalage ? Veut-il me prouver qu'il naviguait au-dessus des lois et des principes, que la liberté dont il se réclame est aussi bien à ma portée ?

Hassan refuse ce genre de compromis avec la vie. À la curiosité des routes parallèles, il ne souhaite pas se livrer. Sa femme, ses enfants, son travail, rien au-delà : ça lui suffit. En même temps qu'il s'en persuade, il fouille dans les cassettes, les DVD, à la recherche du « cadeau » ramené de Paris par son père : le porno où œuvre le fameux Cæsar. Ne pas se soustraire à la confrontation : honnêteté minimum. Il découvre le film sous une brassée de magazines américains aux couvertures significatives : corps nus bodybuildés, attitudes provocantes, sexes apparents. Il les jette directement dans la corbeille, se ravise, les enfourne dans un vieux sac de plastique avec l'intention de les brûler. Puis il enclenche le disque, actionne la télécommande.

Dès les premières images, il a la nausée.

En guise de prégénérique, des athlètes exposent leurs muscles, leurs attributs ; les langues se perdent dans les replis de l'anus, des bouches avalent des sexes, des mains palpent des tétons, imagerie sommaire de ce que Kébir décrit dans son journal. Finalement ces actes paraissent moins subversifs que les étalages concertés de son père. Ici, l'aspect *documentaire* épargne toute identification. Il passe à la vitesse double, constate que cela ne change pas grand-chose à l'action tant les manœuvres sont répétitives.

C'est peut-être ça au fond qui intéresse les voyeurs : le mouvement perpétuel du sexe, les gestes rituels, l'absence de rapports véritables entre les personnes.

Mais Hassan devine qu'il se ment : sur le petit écran, passe autre chose que l'inertie mentale ; les baisers sont profonds, sincères, la jouissance est véritable, beaucoup plus que ne le laissent supposer cris et grimaces lors des éjaculations. Cæsar lui rappelle certains ouvriers de son chantier. Il revoit Miguel le cherchant, espérant quoi ? Prendre sa bite dans la bouche ? Comme l'un des acteurs est en train de le faire avec Cæsar ? Jamais personne, et surtout pas sa femme, ne l'a sucé. Le rire surgit, provoqué par l'accumulation de scènes porno peu inventives. Ses fantasmes, quand le hasard d'une rencontre les suscite, semblent, dans son souvenir, plus variés. Il ne cherchait pas à les visualiser, encore moins à les concrétiser. Sont-ils si différents ? Maintenant, le film change de registre : les anus deviennent la proie de langues avides, tournoyantes. Les reins se cambrent. Pour Hassan, ce genre de caresses tient de la science-fiction… Il ramène tout à son expérience, n'imagine pas que sa femme et lui pourraient se livrer à des comportements aussi abjects. Jugement sans appel cette fois: il condamne! Malgré cela, plus d'accélération de l'image. Il regarde de tous ses yeux. Sans en prendre conscience, pour une discipline des plus singulières, il fait ses humanités.

Le film, *Cow-Boys,* est américain. Hassan ne comprend rien aux quelques phrases prononcées par les acteurs mais il reconnaît le mot *love* dit par Cæsar, avec une fermeté surprenante, après une séquence torride en plein air où un grutier latino se fait enculer par un jeune homme. Séquence onirique au cours de laquelle les deux hommes vivent leur sexualité de façon brute, expressive. Suit une scène sous la douche, onirique elle aussi, beaucoup plus longue, entre trois hommes de la quarantaine en slips mouillés. Ils se caressent l'entrejambe comme si chacun d'eux ignorait qu'il n'était pas seul. Ces hommes, véritables statues, d'une sensualité communicative, sont détaillés par une caméra amoureuse: visages dégoulinants, torses bien dessinés, fesses moulées par les sous-vêtements, sexes en plein développement. Un peu plus tard, nus, ils passent aux actes. Sur un rythme très lent, prenant le temps de montrer les gestes amoureux, n'éludant aucune phase dans cette montée de la volupté, le film exprime le désir allègre manifesté par les trois gaillards qui, variant les positions, les caresses, s'aiment dans la passion et la tendresse. Hassan les trouve beaux mais son esprit refuse les images trop explicites de ces hommes virils, aux corps d'athlètes, aux visages souriants, aux bouches gourmandes, se suçant, se pénétrant l'un l'autre. Il éteint la télévision avec rage, comme s'il voulait par ce geste brusque anéantir à jamais des visions d'enfer. Allongé sur les *coussins à l'orientale,* il sent quelque chose de chaud glisser sur sa cuisse gauche: *une petite coulée de sperme!* Jusque-là, ses rapports avec Rachida, sa femme, accouplements nocturnes, n'étaient précédés d'aucune caresse: quelques baisers hâtifs avant la pénétration et, rapide, l'éjaculation. Il lui était arrivé, parfois, de constater près de l'aine des traces légèrement pégueuses, résidus désagréables qu'il effaçait de sa main mouillée en se lavant. En revanche, jamais sa verge n'avait émis ce genre d'humeur au moment du besoin sexuel. Réflexe immédiat : revenir en arrière, au journal de Kébir première partie. Il trouve sans peine le passage qu'il a sans doute lu trop vite, peut-être même occulté.

Un de ces dimanches alors que je m'étais assoupi au soleil, fatigué d'épier les va-et-vient, une grande ombre me recouvrit : mon père. Certes, il me regardait sans indulgence, mais sans colère. On avait signalé à ma mère mes présences hebdomadaires sur la place du marché face à l'édicule bien connu pour ses fréquentations. Il me montra le chemin d'un doigt impérieux. Nous descendîmes jusqu'aux abords de la gare. Assis sur les pierres blanches à l'ombre des palmiers, il me gratifia d'un discours bref et clair. *Tu ferais bien de t'en inspirer.*

Il m'expliqua tout : ce qu'était un homme, ce qu'était une femme, comment les enfants étaient conçus, quels autres aspects pouvait prendre la sexualité. Il me demanda de lui raconter sans crainte mes expériences. Soulagé de savoir que je n'en avais aucune, il me pressa de tout dire. J'évoquai la scène dont j'avais été témoin dans la pissotière. Avec beaucoup de simplicité, il m'expliqua que certains hommes ne se contentent pas des rapports conjugaux, qu'ils peuvent avoir d'autres désirs, par exemple être attirés par des gens de leur propre sexe, même par des enfants, la culture méditerranéenne est remplie d'amours qu'on appelle à tort contre nature, que c'est fonction des mœurs, que la société, précautionneuse et lâche, se protège contre certains écarts pour préserver la race. Ces précautions étaient, selon lui, illogiques et ridicules.

Hassan en a lu assez pour comprendre que les circonstances lui ont épargné certaines tentations. Doit-il en conclure que, par une méfiance instinctive, il a refoulé ses pulsions ? Et comment interpréter son attitude avec Miguel ?

Regard nouveau !

D'abord effacer cette trace qui le salit, dissoudre la coulée séminale dans l'eau de la piscine et, par la nage, vider son esprit de toutes les questions encombrantes...

Ensuite, le journal de son père : savoir comment Kébir avait été accueilli à son retour par son *compagnon*, savoir ce qui l'emporterait de l'amour prétendu ou de l'orgueil retrouvé. La nuit est en son milieu. Il ne dormira pas. Il ira jusqu'au bout de la route, décidé maintenant à se mesurer à lui-même par le truchement des expériences paternelles. Éducation à retardement dont il a été privé dans son enfance et qui surgit dans sa vie au moment juste : celui des ultimes décisions.

8

San Peïre, dimanche 4 mai 2009

Faut-il vivre le malheur pour ressentir le besoin de communiquer avec son journal ; à travers lui, avec toi, mon fils ? Quand j'écris ce mot « journal », je reste perplexe ! C'est au seul gré de ma fantaisie que j'écris, dans les moments où les sentiments m'assaillent, tracassent ma pauvre cervelle, défient mon intelligence : colère rentrée, rage impuissante, pulsions meurtrières, excès de bonheur...

Ces années m'ont paru courtes, littéralement évaporées, depuis mon évasion à Paris, mes recherches sur le passé de Jean, fructueuses, qui ont engendré de belles rencontres, de nouvelles amitiés. J'y reviendrai.

Presque noir dans le contre-jour, Rodolphe m'a ouvert le portail. Le soleil aveuglant, bas sur la mer, parsemait le jardin tout entier de rougeoiements sinistres. Un méchant pressentiment me bouleversa, accrédité par l'attitude compassée du jardinier. Je garai la Twingo près de l'Audi, me précipitai à l'intérieur de la maison. Le séjour était vide, fenêtres closes, rideaux tirés. Personne non plus dans les chambres, ni dans l'annexe. Cette annexe que nous avions amoureusement édifiée avec Adrien et Ibrahima... Restait le bureau. Rodolphe avait disparu. J'entendis les pétarades de sa vieille vespa. Au fond du jardin, la lumière jaillit. Des silhouettes s'agitèrent, fantomatiques. La porte s'ouvrit :

le docteur. Toujours dubitatif, j'allai à sa rencontre, souriant. Il me salua d'un bref hochement de tête. Je le retins par le bras, incapable maintenant de prononcer une seule parole. Il se dégagea, courut presque dans l'allée. Jean était mort ! Une évidence. Mort sans m'avoir revu, sans que j'aie pu lui raconter mes aventures, qu'il aurait sanctionnées de ses ricanements, commentant chacune de mes phrases, acerbe par plaisir. Mort ! Assis sur le banc de pierre que j'avais installé à sa demande, appuyé au mur, je n'eus qu'une pensée : en finir. Dans mon dos, un immense éclat de rire m'arracha du banc.

– Dis donc ! Dix-huit mois pour enterrer ta vie de garçon ! Tu peux postuler au Guinness !

Le salaud ! Rodolphe, prévenu, en secret, de mon retour, m'avait trahi. Tout avait été organisé. Une mise en scène ! Je pensai aussitôt que Jean avait imaginé de m'effrayer, de me punir. Je pris une large inspiration, décidai de me contrôler : qu'il n'ait pas la satisfaction de me voir trop ému ! Je tendis la main. Il la refusa, m'attira vers lui, me serra dans ses bras : j'étais perdu.

– Viens ! Irène et Yvonne t'attendent.

Elles étaient là en effet, complices. Devant un somptueux buffet avec champagne et petits fours. Comment douter de la préméditation ? Yvonne me scrutait. Je lui rendis un regard sec, où je tentai de glisser un peu d'ironie.

– Je sais ce qu'il pense !

Irène rayonnait. Elle passa ses bras autour de mon cou.

– Tu as cru à de la perversité. Le silence hitchcockien, la maison inhabitée, les airs tragiques du docteur, les mines compassées de Rodolphe, tu t'es dit : ils me l'ont joué sévère ! Eh bien non…

Ils avaient bien été renseignés par ce félon de jardinier. Ils avaient bien décidé de préparer cette petite fête pour mon retour, mais le reste, du hasard ! Du pur hasard ! Le docteur ? Un léger malaise, la chaleur. Quelque chose clochait, sonnait faux. Je fis semblant de les croire. J'étais affamé et surtout assoiffé. Je me rapprochai du buffet. Jean stoppa mon geste.

– Patience ! Nous attendons encore un invité. D'ailleurs, le voici !

La nuit était tombée. Des lueurs de phares jaunirent les carreaux. Un claquement de portière. Des pas sur le gravier. Plus rien. À les voir tous trois m'observer, j'imaginai le pire : Jean avait un amant. Il était là derrière la porte, retardant son entrée pour mieux m'humilier. J'avais raffermi mon contrôle et tout se carapatait : descente vertigineuse, cascade de désespoirs enfantins. Yvonne eut pitié de mon désarroi. Elle fit entrer. Le visiteur dissimulait son visage derrière des paquets cadeaux. Je le reconnus tout de même : Adrien ! Adrien roulant des yeux, jouant au petit nègre, hurlant des obscénités : Adrien, quoi !

Je les avais cru pervers. Ils n'étaient que chaleureux !

Ce que je pus vérifier durant toute la soirée : affection réciproque, rires spontanés, toujours complices, regards amusés, directs. Yvonne et Irène, jadis « engagées » par Jean pour satisfaire les besoins sexuels d'Adrien, et dont Ibrahima, lui aussi, avait profité, presque à son corps défendant, avaient réussi à dédramatiser cette soirée de crispations par une affabilité, une adresse, une disponibilité de virtuoses. Jean, mal à l'aise, s'était écarté de la partouze. Quant à moi, ennemi de la promiscuité, j'avais filé en stop vers la drague de Pampelonne.

– Comptez pas sur moi ce soir pour renouveler mes folies. Plus de travestissement. Je suis redevenu un homme... grâce à mon amant !

Adrien, immuable et si différent : plus posé, libéré de ses obsessions, de ses fantasmes, de ses superstitions. Ayant tout confessé à sa femme Adrienne ainsi qu'à ses six garçons, un après-midi de dimanche, panique dans la voix, désespoir au cœur, il avait eu la stupéfaction de les voir secoués de rires. Adrienne avoua qu'elle n'était pas étonnée, qu'elle avait tout deviné depuis cette fameuse lettre de Jean consécutive à son séjour en clinique.

– Elle a même prévenu les enfants en leur demandant le secret ! Attendre que je me confie, telle était la consigne. À présent, Marius (c'est mon mec), ils l'appellent tonton et il vient en vacances avec nous. Si longtemps, j'ai été si bête!

Je lui proposai de passer la nuit à la Jika. Il fit une grimace.

– Je suis fidèle. Avec vous deux, on sait jamais ce qui peut arriver!

– Tu n'auras qu'à t'enfermer.

– Alors, je veux bien. Qu'est-ce que vous avez fait d'Alexandre?

Je me sentis coupable.

– Il est là. Prends-le dans ta chambre. Il montera la garde.

Tandis que Jean accompagnait Adrien jusqu'à l'annexe pour libérer le chien, Yvonne et Irène me prirent à part: avec tact, elles me prévinrent de la fragilité actuelle de Jean: dépression, mutisme, enfermement, tendance suicidaire.

– Ne t'accuse de rien! Dans l'annexe transformée en atelier de peinture, tu verras une quinzaine de portraits d'Ibrahima, nu comme tu penses! Je sais pas quoi te conseiller.

Des conseils, je n'en avais plus besoin. Je remerciai Yvonne.

La soirée s'épuisait. Les conversations traînaient. Les femmes nous abandonnèrent. Adrien, prétextant la fatigue du voyage, siffla le chien et rejoignit l'annexe. Je commençai de ranger.

– Laisse. Rodolphe s'en chargera.

Surprise! Il était embarrassé, ne s'en cachait pas! Il fuyait mes regards, tapotait les coussins, se mit à trier les DVD posés sur la moquette. Je lui touchai le bras. Il se retourna, les yeux embués.

– J'ai compris ton message. Cinq sur cinq.

Pouvais-je le croire?

– Moi aussi, j'ai reçu le tien. Tu ne m'aimes pas. Tes efforts pour t'habituer à moi se voient trop. Ils te coûtent, et c'est moi qui paie! Je peux très bien m'effacer, m'en aller vivre ailleurs. Dis-moi comment tu vois les choses. Ne me ménage pas, ce serait une nouvelle façon de m'humilier.

Tête baissée, dissimulant ses larmes, pudeur inattendue, respirant mal, il s'assit sur le bord de la table.

– Tu feras réparer tes antennes ! Tu n'as rien compris, mon pauvre Kabilou. Viens dans mon lit ce soir, comme quand j'étais malade et que tu me soignais sans te plaindre. Je parviendrai peut-être à te parler. Sinon, prouve-moi que tu as vraiment changé : reste patient...

Son ventre contre le mien, ma tête dans son cou, ma bouche à hauteur de sa carotide, buvant presque les battements de son cœur, ses bras puissants enserrant ma poitrine, ses larges mains posées sur mon dos, nous demeurions immobiles. De lui à moi, de moi à lui, de mystérieuses ondes tissaient notre relation nouvelle, hors du sexe, hors de la vie matérielle. Je n'osais bouger, pensant très fort à la neige comme il m'avait appris pour que ma bite ne s'émeuve pas. Mais quand, après cette longue, longue et chaste pause, sa main droite effleura ma peau en allers-retours insidieux des reins aux épaules, des épaules aux reins, par de lentes caresses dont la tendresse m'électrisait, quand elle consentit, sa main, à descendre jusqu'à mes fesses, à les palper, en apprécier la fermeté, quand le tranchant de sa main s'insinua entre elles, frôlant mon anus, quand sa verge durcie, rivalisant de force avec la mienne, frottant ma cuisse, remonta vers mon ventre, comme si elle cherchait à le pénétrer, la neige fondit aussitôt, je me retournai, me positionnai, pris ses mains dans les miennes, les portai à mes tétons. Et tout s'arrêta. Tête renversée, je cherchai ses lèvres. En vain : son visage plaqué sur mon dos se dérobait. Par de légères contorsions que je savais maladroites, je voulus m'empaler. Il ne fit rien pour m'aider. L'épieu qui, tout à l'heure, aurait pu me trouer, retombait, amolli, sur mes cuisses.

– Pardonne-moi, mon Bilou, c'est trop tôt.

Je ne réagis pas. À quoi bon protester, discutailler ? Le Kabyle que j'étais devenait Kabilou puis Bilou. Ces *petits noms* tendres ne cadraient plus avec la passion qui était née en lui et dont j'avais attendu l'accomplissement. Je m'endormis, espérant qu'il conserverait sa position, qu'elle engendrerait, cette position, des rêves incandescents au cours desquels mes désirs et mon corps seraient enfin comblés.

Rêver, je l'ai fait. Intensivement. Mais pas ce que j'attendais. Mes désirs secrets étaient-ils plus puissants que mes désirs avoués ? Nous logeons à quatre dans une cellule très sombre où un petit soupirail lâche une lumière blafarde, immuable. C'est à peine si l'on distingue les corps. Recroquevillé sur l'immonde matelas de la couchette, je ferme les yeux très fort pour les habituer à la pénombre. En les rouvrant, je peux identifier mes codétenus : deux Blacks maousses et un Blanc assez vieux, tout aussi massif, qui semble, lui, coulé dans du marbre tant son corps est figé. Le visage seul est vivant, le regard surtout, ironique, cruel. Les deux Blacks s'avancent sur moi, menaçants. Je tire la couverture pour dissimuler ma nudité. Ils l'arrachent en riant. Leurs rires sont si gras, si monstrueux que je mets mes deux mains aux oreilles. Chacun me prenant par un bras, ils me projettent au sol, m'installent sur le ventre. Un air glacial fouette mes cuisses, lèche mon dos, tétanise ma nuque. Des coups, soudain, s'abattent sur mes fesses, sur mes reins, des coups de lanière à n'en pas douter. Je serre les mâchoires pour ne pas hurler. Sous la douleur, je me cambre, tente de voir mes bourreaux. Je ne distingue que l'œil du vieux, son œil vert impitoyable. Les coups cessent. Le sang dégouline sur mes cuisses, glisse sur le pourtour de ma taille. Sans attendre, un des Blacks me pénètre. J'ai le sentiment d'être déchiré. Je serre les dents. L'autre, me tenant aux épaules, accroupi devant moi, le sexe en érection, porte son énorme main à ma gorge, m'obligeant à ouvrir la bouche. Il y enfourne sa bite dure comme de la pierre, frappe jusqu'au fond avec une telle violence que je n'ai d'autre solution que le mordre de toutes mes forces. Et je m'évanouis. Ensuite, sans transition, tous les trois se penchent sur ma couche, souriants, caressants. Six mains me parcourent le corps. Je m'endors. Mon père m'apparaît, vieillard aveugle au visage émacié, mais tout aussi digne qu'au temps de mon enfance. Je le tiens par le bras. Nous montons une colline dévastée par le feu. Un murmure à mon oreille : « Si tu arrives au sommet, je guérirai. Je guérirai, mon fils. » Conscient de ma responsabilité, gonflé d'espoir, j'accélère la marche, veillant à ce que mon père ne bute pas contre les grosses pierres qui encombrent le chemin. Le sommet est vite à ma portée. Au moment de l'atteindre, j'aperçois derrière une colline plus haute, un autre sommet plus lointain. Je ne me décourage pas. De sommet en sommet, je vais, pieds en sang, obstiné, dédaignant la fatigue de mes muscles. Jusqu'à ce que le vertige me gagne… Enfin arrivé au plus haut avec la mer en contrebas, furieuse, déchaînée, heurtant les rochers avec la même violence que le Black fouillait ma gorge, je me retourne en larmes. Mon père a disparu. Je l'appelle, je crie son nom, répercuté par l'écho : papa. Papa, comme je ne l'ai jamais appelé. J'entends sa réponse, lointaine et compréhensive : « Tout va bien. Tout va bien, mon Bilou. »

C'était le matin, tôt. Jean dormait près de moi, allongé sur le dos. J'étais lové contre lui. Une chaleur douce, accumulée durant la nuit, émanait de son corps, se diffusait dans le mien, m'apaisait. Je m'enhardis, haussai mon visage pour baiser son cou, là où la peau est la plus soyeuse, la plus délicate. Il répéta « Tout va bien, mon Bilou. » Respirant plus profondément, il se tourna, m'enveloppa. Je cherchai sa bouche, la trouvai, ouverte, prête à recevoir ma langue. Notre baiser fut calme d'abord, baiser amical, bienveillant. Puis nos langues s'activèrent.

Je le reçus en moi. Il m'a pénétré si lentement (millimètre par millimètre, avec de savantes précautions) que tout mon corps restait en éveil, sans impatience, étonné. Quand son pubis fut soudé à mon coccyx, ses reins se figèrent. Une de ses mains se posa sur mon visage, chercha ma bouche pour y introduire un pouce que je suçai en pensant à sa bite. Son autre main massait mon ventre, remontait jusqu'aux tétons, les effleurant de sa paume, s'appliquant à ne rien brusquer. Évitant ma queue dans ses déplacements, elle flatta l'intérieur de mes cuisses aux abords des couilles. Combien de fois avais-je lu dans les romans des scènes de ce genre entre un homme et une femme, combien de fois, sceptique, avais-je entendu parler de fourmillements, de frissons, d'extase ! Rien de semblable ne m'arrivait. Je n'étais pas déçu, non, au contraire, j'étais bien, si complètement satisfait dans ce calme amoureux que je ne souhaitais rien connaître d'autre. Il ôta son pouce de ma bouche et, de ses deux mains réunies, ramassa mes couilles, les malaxa un instant avant de remonter le long de ma bite pour, d'un doigt, essuyer mon méat suintant. Et les fourmis arrivèrent. Des orteils à la nuque, elles me picoraient, me mordillaient. Je compris ce que Jean attendait de moi. D'une légère cambrure, je poussai pour une pénétration plus complète. Ses mains se plaquèrent sur mon ventre. Je le sentis frémir. Je fis semblant de me dégager. Au moment où le gland allait glisser hors de moi, je donnai un coup de reins vers l'arrière. Il soupira plus fort, creusa son ventre, je recommençai plusieurs fois mon manège, m'immobilisai brusquement, tendis ma croupe pour qu'il coulisse à son tour. Enfin, nous œuvrâmes ensemble, en harmonie. Je perdis conscience de nos gestes et de nos caresses. Ses dents, sa langue agaçaient mes oreilles, son torse se frottait à mon dos, sa croupe alternait les mouvements, collée à la mienne. Il lança son sexe plus avant. Je le sentis gonfler. Son sperme s'évada. En même temps, j'éjaculai. Mes spasmes rejoignirent les siens.

La réalité avait été plus clémente que mes rêves !

Je les lui racontai en prenant ma douche avec lui, face à la coulée d'arbres, dévalant vers la mer, que nous apercevions au travers des panneaux vitrés. Il riait. Si fort qu'il éclaboussa le carrelage.

– Toi, on peut dire que tu n'es pas compliqué dans ta tête ! Deux Blacks et un Blanc, un vieux Blanc, et la Jika comme une prison. Tu te fous de moi, je crois !

– Je te jure bien que non.

– Et d'après toi, ce qu'ils faisaient, tu le souhaitais ou tu le craignais ?

– Je comptais sur toi pour me le dire.

– Un peu des deux sans doute, hein ? Si tu aimes les fessées, faut que je me prépare, ça n'a jamais été mon truc. Les collines avec ton père, c'est plus « exotique ». La cécité, le reste... Jamais tu ne m'as parlé de lui vraiment. Il te manque ?

Je lui expliquai que c'était toi, mon fils, qui me manquais, que j'avais peut-être opéré un transfert, que c'était toi qui me conduisais et moi, l'aveugle...

– Mais enfin, il te hait !

– Avant de te rencontrer, Hassan était ma seule préoccupation, la seule chose qui me rattachait au monde.

– Oublie-le, Bilou, il fait sa vie ailleurs.

– Si tu t'obstines avec Bilou, je vais te dire Jeannot...

Il me prit aux oreilles, secoua ma pauvre caboche, hurla « Quelle horreur ! Jamais, je te l'interdis ! Jamais, t'as compris ! ».

– Ça va, ça va ! Jamais, *j'y t'y l'y jure* ! Mais toi, appelle-moi Bilou, appelle-moi comme tu veux mais appelle-moi ! Souvent !

Il stoppa ses ricanements, colla son corps au mien. Nous refîmes l'amour sous l'eau caressante, tiède, impassible.

J'étais en train de ranger la chambre, m'efforçant de ne rien laisser traîner de ma présence quand il hurla sur tous les tons « Bilou ! Bi-ilou ! » De la fenêtre, je le vis, nu, danser le sirtaki en claquant des doigts. Sa bite se balançait en rythme. Je contemplai ce vieillard de soixante-dix-huit ans qui se mouvait comme un jeune homme. Pas une once de graisse, pas une ride au front, pas de poignée d'amour, pas de bosse dans le dos, un miracle ! C'était l'heure de déjeuner. Alexandre tournoyait autour de lui en aboyant.

– On mange pas aujourd'hui ?

Le chien abandonna Jean pour aller faire ses dents sur les sandales d'Adrien. Je descendis. Le Martiniquais se massait complaisamment les couilles.

– Quel raffut cette nuit ! Vous auriez pu m'épargner vos cris de bête !

– Nous rends pas responsables de tes rêves, vieux cochon.

– Cette nuit ou ce matin, sous la douche. J'ai l'oreille fine. Bref, ça m'a donné des idées. J'ai essayé avec Alexandre, il a pas voulu de moi. Il remuait bien la queue mais pas la bonne ! Je me disais : un chien, ça compte pas. Il est un peu simplet, mon beau Marius, pas au point d'être jaloux d'un clebs !... Ils me croiraient, ces enculés !

– T'es capable de tout. Faute de mouche...

– Très rusé, « Mon Bilou » ! À propos d'enculés, qui c'est qui...

Je le poussai dans la piscine, plongeai, m'amusai à le noyer. Mon bonheur se voyait trop. Il le remarqua.

– Ah ! J'ai deviné, j'ai deviné !

– Et toi avec Ibrahima ?

– Vous le saurez jamais.

Jean s'était rembruni. Avoir été aussi maladroit m'affligeait. Je remontai, m'excusai. « Viens ! »

Il nous entraîna dans l'annexe. Nous sortîmes les portraits d'Ibrahima, les entassâmes sur un coin de la terrasse. Jean les arrosa d'alcool, jeta une allumette enflammée. Adrien n'appréciait pas.

– Sacrilège ! Qu'est-ce que tu veux prouver ?

– Rien : j'étais un mauvais peintre. Dorénavant, je me cantonne à l'écriture.

Il nous poussa vers le séjour.

– Rhabillez-vous, je fais la bouffe.

Je n'obéis pas tout de suite. Le feu venait d'attaquer la dernière toile. J'étais fasciné par cette chair peinte, ces gestes inachevés, ce regard dédaigneux, lointain, assailli de lumières virtuelles, ce long sexe, allongé comme une main de Modigliani, ce corps parfait qui frémissait sous les flammes et je me demandais qui se consumait là : un fantôme, un souvenir, une illusion ?

Le sirtaki, je l'ai su tout de suite après, c'était pour me signifier que nous ferions notre « voyage de noces » en Grèce. Quatre mois à Samos, au fond de la Méditerranée, face à la Turquie, dans la mer Égée. L'île douce ; l'agence nous avait retenu une petite maison à Karlovassi, entourée d'oliveraies et d'orangeraies. Nous vîmes la fin de l'été, l'automne tout entier et le début de l'hiver. Mon souci, le seul, était de ne pas peser sur notre relation. Je quittais la chambre dès l'aube, nageais pendant deux heures chaque matin, revenais pour le petit-déjeuner que nous prenions sur la terrasse devant la mer. Nos promenades, ensuite, nous les faisions séparément. J'aimais gravir la colline derrière notre refuge, assez éloigné du village. Tout en haut nichait un monastère, pivot de mes errances. Je ne m'en approchais jamais trop. Sa masse aux reflets d'or protégeait son mystère. Un pope, quelquefois, agitait ses grands bras dans ma direction. Mais c'était avec la nature que je désirais communier, pas avec les hommes. Ils étaient beaux pourtant, ces îliens noirs de soleil comme nous autres Kabyles, plus grands, plus étoffés. J'en rencontrais souvent pendant mes nages solitaires qui croisaient vers le large dans leur bateau de pêche. Ils riaient en m'apercevant, devinant ma nudité, me lançant des clins d'œil sans arrière-pensée. Je les saluais de la main. Leurs phrases mélodieuses que je ne comprenais pas résonnaient sur l'eau. Oui, ils étaient beaux et sains. Les regarder stimulait le désir que je préservais pour nos soirées. Après dîner, nous tirions les matelas sur la terrasse, nous faisions l'amour sous les étoiles. Mon corps s'était fait au sien. Plus besoin de lubrifiant : un peu de salive suffisait. Je m'humectais l'anus en cachette avant de le rejoindre. De cette façon, il pouvait prendre sa place sans effort dès que son envie le lui commandait. Ces étreintes, je m'en souviens, m'apportaient un épanouissement chaque fois renouvelé. Mais le repos qui leur succédait m'équilibrait plus encore. Je sentais, sous ma main, décroître les battements de son cœur et les baisers d'après l'amour, plus calmes, veloutés, me donnaient la certitude d'aimer. À force de me livrer, d'écouter son plaisir, j'en étais arrivé à reconnaître chacune de ses réactions, chacun de ses réflexes, à savoir quand je devais quitter ma passivité, le moment précis où son corps exacerbé appelait la jouissance.

Ainsi je pus déceler ses mensonges : il simulait l'éjaculation. Pas toujours. Quand cela se produisait, il devenait plus technique, plus préoccupé de me satisfaire, n'attendant rien de moi. J'ai cru devoir associer ses relatives « absences » aux promenades nocturnes et ces promenades à des rendez-vous qu'il m'aurait cachés. Au village, quand nous y allions, les aborigènes ne le quittaient pas des yeux. Sa stature, sa musculature puissante de taureau de combat contrastaient tellement avec sa démarche féline, la souplesse de ses déplacements qu'hommes et femmes allaient à ses devants, intrigués, respectueux, fascinés. La curiosité souvent naît de ces coïncidences. Je la voyais dans leurs yeux, flagrante ou sournoise. Dans la *tavernas* que nous fréquentions, il y avait un jeune serveur fier et bouclé, un éphèbe donc, qui ne cachait pas son attirance pour Jean. Quand ses regards s'arrêtaient sur moi, je n'y lisais que dédain et envie. Il me détestait candidement. Plusieurs fois je surpris des échanges verbaux entre Jean et le serveur. En quelle langue ? Aussitôt, je me dis qu'il rejoignait le soir cet Apollon miniature, entre le dîner et le coucher, avant de remplir avec moi le *devoir conjugal* ! Le fait de ne pas en être affecté me rendait perplexe : mon amour s'était-il endormi dans le confort ou bien avait-il assez grandi pour supporter de telles broutilles ? Restait le mensonge dont je ne m'accommodais pas.

Ma première imprudence fut de lui avouer mes soupçons. Imprévisible, sa colère fut sans pitié.

– Si tu crois ça, nous n'avons plus rien à nous dire. Tu fais tes bagages et tu te tires !

– Quand tu fais semblant, je le ressens !

Il se calma aussi vite.

– Pauvre idiot ! Tu confonds éjaculation et orgasme. À mon âge, tu m'obliges à me justifier, c'est très désagréable !

Penaud mais pas tout à fait convaincu, j'évoquai l'éphèbe du bistrot, les promenades *digestives*...

– Me prends pas la tête avec ce *thète* !

L'humour était forcé. Une grande tristesse s'installa dans ses yeux.

– Sur ce point tu as vu juste. Je m'évade quelquefois.

Deuxième imprudence : je lui demandai si le jeune homme faisait bien l'amour. Sans me répondre directement, il attribua cette maladresse à mon désarroi. Le soir même, je l'accompagnai. Notre marche, silencieuse, dura une bonne demi-heure. Nous arrivâmes à la lisière d'une forêt où devait avoir lieu le rendez-vous. Il s'assit. Je l'imitai, irrité par ses sourires. « Et maintenant ? »

Il me fit signe de me taire, chuchota : « Patience ! Ce cadeau, il faut le mériter. » Adossé à un pin parasol, j'attendis donc, certain qu'il se moquait de moi. Lorsque les trilles, timidement d'abord, descendirent des arbres, je crus que je m'étais endormi et que je rêvais. Jean toucha mon bras, leva la tête vers les cimes, le regard embué. Le rossignol, alors, élargit son chant. Aucune structure : une improvisation céleste, cavatine crépusculaire qui pouvait rendre la mort gracieuse. À l'apparition de la première étoile, il se tut.

– Que fais-tu le matin pendant que je nage ?

– Je prépare ton breakfast, petit Bilou ! Les tartines, les œufs brouillés, je sors le beurre pour qu'il s'attendrisse, je me rends utile quoi !

– Bon, je me contenterai de ça ?

– Que veux-tu que je fasse ? J'écris un peu...

– Tu me montreras ?

– C'est nul ! J'écris ou je regarde les ébats des dauphins. J'imagine qu'un de ces matins, je te verrai en chevaucher un.

– Les dauphins ou les marins turcs qui viennent rôder ?

– Sais-tu que Fahri est né juste de l'autre côté, à Izmir ?

Je l'ignorais. Il sourit tranquillement.

– Quand tu voudras, tu m'expliqueras pourquoi tu es allé le voir...

Je me défendis mal, prétextant que je l'avais connu avant lui.

– Dix-huit mois d'enquêtes ! Je t'ai caché mon rossignol mais toi, tes galipettes à Paris, à Toulon, rien, absolument rien. Qu'as-tu découvert ?

Là, j'eus vraiment peur.

– Fahri m'a téléphoné. Marcel m'a téléphoné. Un vrai jeu de pistes ! À croire que tu préparais ma nécrologie. Je te taquine, je préfère ne rien savoir de ce voyage... initiatique ? La maison de l'attaché d'ambassade était-elle à ton goût ? As-tu profité du cheptel ?

Il arrêta de se moquer, ayant certainement constaté la cruauté de mon regard. Un instant, j'avais été sur le point de lui parler de Lily, du petit Jean, son fils... Je n'en eus pas le culot. Et puis j'avais juré.

– Fahri a bien changé. En revanche, j'ai rencontré quelqu'un qui aimerait bien te revoir.

– Carl ?

– Aussi ! Non, il était dans les minimes au R.C.T. quand tu jouais les stars.

– Pas possible ! Albert ? Sacré gamin, il ne savait pas comment me draguer, toujours timide, et béat !

– Tu le reconnaîtrais pas. J'ai ses coordonnées. On peut l'inviter si tu veux, il est toujours à Toulon. Architecte, et bourré de pognon !

L'hiver arriva, précédé d'une belle tempête qui ébranla les volets et dénuda les arbres. Voyant les feuilles tourbillonner sur la terrasse, j'eus un instant d'abandon. Il le remarqua.

– Oui, je me souviens ! « Vous êtes beau quand vous riez... Où avez-vous pris ces yeux bleus ? »...

– « Là où vous avez pris vos yeux verts ! »

Des rafales grises frappaient les carreaux. Le soir, en avance sur son heure, commençait de noircir un ciel torturé. La mer, saccagée, repliait ses rouleaux gris. J'étais dans ses bras, dans sa chaleur. Bientôt il faudrait partir, refaire notre couple là-bas, dans cette maison où il était presque mort-né. Jean frotta son nez contre le mien.

– Je fais la tambouille ou tu m'emmènes au restaurant ?

Aucune envie de sortir, de me priver de ce bonheur inespéré. Tandis qu'il épluchait, découpait, hachait, pestant contre les morceaux de légume qui échappaient à son couteau, se perdaient derrière la cuisinière, je mettais de l'ordre, mon passe-temps favori. Poussant la table près de la fenêtre où je pensais que nous dînerions, je heurtai le petit bureau de Jean. Les feuillets s'éparpillèrent. Je m'assis devant eux, ne pus m'empêcher de lire. C'était un poème inachevé.

Les oiseaux de l'hiver ont de bien petits yeux
Leurs chants stridents et brefs célèbrent la misère
Ils sont menus, fragiles, semblables à ces vieux
Qui, fuyant leur mémoire, ne se parlent plus guère

Dans le jardin désert, ils maîtrisent les lieux
Surveillent alentour, distillent leur colère
Quand l'impudent corbeau se détachant des cieux
S'immisce dans leur arbre

Il cria dans mon dos.

– Traître ! Parjure ! Il était bien convenu que je ne te montrerais rien ! Mais, puisque tu as lu, j'attends tes commentaires.

– Je trouve les images élégantes. Le rythme, peut-être un peu lâche et je ne suis pas sûr du troisième vers. Il me semble qu'il y a un pied de trop. On n'a pas le droit d'élider à la fin de fragiles. Non ?

– Je t'ai dit que c'était nul.

Il m'arracha des mains le feuillet avec l'intention de le déchirer. Je l'arrêtai.

– Donne-le-moi.

– Tu comptes t'en occuper ?

– Un jour je te le rendrai et tu le finiras.

– Nous ferions mieux de travailler sur le roman du capitaine. Tu avais promis à Mme Delbœuf de le faire éditer. Qu'est-ce que tu en as fait ? Rien ! Rien ! Absolument rien ! C'est prêt. Mets la table, nom d'un petit bonhomme en sucre roux !

Il riait. Ma critique lui avait plu. Je le devinais à ses yeux amincis, étonnés. Oui, il me regardait différemment. Ça me convenait tout à fait.

À la Jika, une vraie réception : Rodolphe et Alexandre, Yonne et Irène parodiant *Paroles* de Prévert (« C'est nous qu'on était les maîtres du bordel ! »). Le soir même nous avons fêté notre retour en smoking, une idée de Jean… « Il faut revenir au festif ! Sinon, c'est dodo… Une fois par mois, décidé ! Et les passages obligés, ce sera en plus : Noël, Pâques, les anniversaires, Aïn-El-Seghir, le Têt et Youm Kippour. »

Il dansait tout seul, serrant contre lui une cavalière virtuelle, champagne à la main. Il invita Rodolphe, terrorisé. « Non, non, non, je saurais pas ! Une pipe, je veux bien, mais danser avec un homme, pas possible ! » Jean se rabattit sur Yvonne. Je sentais entre eux une sympathie plus affectueuse. Irène me rejoignit dans la cuisine où je commençais à ranger, maniaque comme toujours.

– Surveille-le, c'est pas normal, cette exaltation.

Immanquablement, elle voyait le noir où il y avait du bleu.

– Le bonheur, Irène. T'as raison, c'est pas normal.

– Chez toi peut-être, mais pas chez lui. Toi, le cinéphile en puissance, tu devrais te rappeler que le bonheur n'est pas gai.

– Cinéphile peut-être avec le temps mais, avant Ophuls, il y a eu Maupassant.

– Dis donc, Bilou (ça y était, passé dans les mœurs !) pour un petit maçon de merde, tu la ramènes drôlement côté culture.

Elle passa la main dans mon entrejambe.

– Je peux ? Je suis en manque.

Descendant le zip, elle me sortit la queue, s'agenouilla, lécha et, comme rien ne se passait, elle palpa mes couilles, remit tout en ordre, se jeta dans mes bras.

– Ça fait du bien tout de même ! Qu'est-ce que je vous aime tous les deux ! Yvonne et moi, on peut plus se passer de vous. Nous laissez jamais tomber, hein ?

Pour la rassurer totalement, je roulai ma langue dans sa bouche. Elle m'enlaça. C'est ainsi que nous fûmes surpris par Rodolphe.

– J'étais sûr qu'y avait de la partouze dans l'air. Y reste de la place ?

– Tire-toi ! Alexandre est en rut, démerde-toi avec lui…

Festifs, nous l'étions sans aucun doute mais les paroles d'Irène firent leur chemin. Je me promis de surveiller le doyen. De très près.

Et les saisons s'effeuillèrent, rituelles et variées.

Il y eut les étés Carl, l'hiver Adrien-Marius, l'automne Albert, la visite Fahri, et jamais rien d'Ibrahima. Je savais que Jean lui avait écrit régulièrement, qu'il s'était lassé par absence de retour. Yvonne et Irène nous soutenaient pour le quotidien. Rodolphe s'occupait des courses. Organisation sans failles. Quant à moi, je m'efforçais de rester à ma place, réservé, humble, amoureux discret.

Carl, sa femme et les enfants. Pour ne pas nous envahir, ils avaient loué sur le port de Maxime un luxueux appartement avec terrasse, face à l'Amiral, notre cantine préférée. Carl, chaque matin, laissait sa famille à la Garonnette, une plage réputée pour sa fréquentation de bon aloi, et nous rejoignait du côté de Fréjus, chez les naturistes : intrication harmonieuse homos-hétéros avec les stations-désirs dans l'arrière-pays où les roseaux avaient repoussé après les violents incendies de 2003. Jean, abrité par un vaste parasol, ne quittait le sable que pour aller se baigner aux heures de petit soleil. Toujours, Carl l'accompagnait. Moi jamais. De cette liberté que je leur consentais, ils profitaient moyennement. Aussi puissants l'un que l'autre, ils nageaient dans le même rythme jusqu'aux lointaines bouées. Là, ils reprenaient leurs souffles avant de s'embrasser longuement. Je les observais à la jumelle : ils étaient beaux, ils allaient bien ensemble. C'était la récompense de mon abnégation. Carl, certainement, aurait souhaité davantage que ces baisers hâtifs. Jean détestait l'exhibitionnisme. Alors, parfois, quand le désir de Carl était trop fort, ils rentraient à la Jika. Je me laissais courtiser par les amateurs de Maghrébins, nombreux sur la Côte. Ils comprenaient vite que je n'étais pas disponible. Le soir, je m'inventais des aventures corsées pour que Jean ne culpabilise pas. L'aurait-il fait ?

Une après-midi où le soleil nous avait boudés (la brise était douce ; la plage, plus animée), Carl ne suivit pas Jean. Il s'allongea près de moi sur le ventre. Je pus admirer l'élégance de ses dorsaux, la densité de ses reins, l'excitante convexité de son fessier. J'aurais pu, en déplaçant les parasols, rassasier mes mains de ces fruits offerts : Jean occupait tous mes désirs. Carl paraissait contrarié. Je supposai que sa femme s'était lassée de ses *dispersions*.

– Au contraire ! Elle me sent plus heureux, son bonheur profite du mien. Je reconnais que c'est une femme exceptionnelle.

– Tu lui racontes ?

– Elle lit sur mon visage. Les mots seraient superflus.

J'attendais qu'il me confie les raisons de sa morosité.

– Bilou (!), notre ami prend des risques à ne pas se surveiller. Je voudrais que tu m'aides à le persuader.

– De quoi ?

– Quelques examens basiques. Il se moque de mes réflexes *professionnels*. La semaine dernière, après... après l'amour, petit malaise. Un électro et une écho nous diraient si c'est sérieux ou pas. Tu crois qu'il t'écouterait, toi ?

– Certainement pas ! Quant à lui demander de se raisonner, de se dépenser moins, faut pas y songer...

– Même les rocs se fissurent... Pourquoi ne viens-tu pas au lit avec nous ?

– Personne ne me l'a demandé. Pour être franc, je supporte tout si je ne vois rien.

Nous avons ri.

La solution, je la trouvai rapidement : Yvonne. Les examens apportèrent du soulagement : Jean pourrait être sujet à des tachycardies, des arythmies mais l'animal s'accrochait. Un bloc droit datant de l'enfance et basta. Carl me fit quelques recommandations avec ordonnances que je pris à mon compte pour ne pas l'alerter. Je planquai les médicaments, espérant ne jamais y avoir recours.

Le deuxième été fut plus calme entre eux. Souvent la femme de Carl venait dîner avec les enfants. Nos relations progressaient dans l'amitié et les rires. *Madame Carl* avait en réserve des anecdotes et des blagues que les carabins n'auraient pas reniées.

Son mari passait plus de temps derrière les roseaux que dans la mer. À sa place, j'accompagnais Jean jusqu'aux bouées. Sans baisers-relais. Juste, un peu tristement « Qu'est-ce que je ferais sans toi ? » « Bonjour les clichés, espèce de poète avorté ! » Il me donnait des coups, enfonçait ma tête sous l'eau. Le bonheur selon Irène… Il n'y eut pas de malaise cette année-là.

Peu après le départ de Carl, Albert déboula en Audi (par respect pour son idole ?), effarouché, nerveux. Au souvenir de ce que nous avions vécu ensemble, sa timidité me parut outrancière. J'ai dû le pousser dans le lit où Jean *pénéquait*. Ne crois pas à de la complaisance : j'avais acquis ma nouvelle dimension. Les plaisirs de mon amant, pas seulement parce qu'en l'occurrence il me les devait, me rendaient heureux, tout autant que si je les avais directement partagés. Excédé par Rodolphe qui lui tournait autour, apeuré par Alexandre qui ne tolérait pas que son territoire fût occupé par un intrus (nous dûmes les éloigner tous les deux), Albert se faisait trop discret. Quand je demandai à Jean comment s'étaient déroulées les retrouvailles, il m'affirma que rien ne s'était passé, qu'ils avaient évoqué quelques souvenirs, nus dans le lit à des kilomètres l'un de l'autre. Ils ne s'étaient même pas touchés !

– Il ne te plaît pas ?

– Je n'ai jamais violé personne, à part toi naturellement !

– Ah bon ?

Cette réplique le réjouissait toujours. Comme tout ce qui rappelait nos premières rencontres, notre duel de mâles actifs, ma défaite, notre complicité enfin. Lorsque nous occupions le même lit, ou lorsque nous sommeillions ensemble sur les *coussins à l'orientale*, je rêvais, à mon habitude, des instants de mon passé les plus atroces : visualisation tellement nette et précise qu'il m'arrivait de hurler en dormant. Le cauchemar se répétait : c'est d'avoir écrit le mot complicité qui me ramène à ce moment crucial, celui où les yeux de l'Arabe mourant avaient croisé mon regard, et l'étrange sourire ensuite. Jean me secouait avec colère.

– Un crime crapuleux ! Officiellement crapuleux, je te l'ai dit combien de fois ? Et rien d'autre !

– Mes rêves, souvent, sont prémonitoires. On peut encore remonter jusqu'à nous.

Il me secouait de plus en plus fort.

– Oublie ça tout de suite. Tu veux empoisonner le reste de ton existence ?

J'emmenai Albert à Pampelonne près de l'Aqua, pour tenter de réveiller ses émois. Il ne connaissait pas. Ses endroits de drague : les Salins de Hyères, les Baux-Rouges, rochers naturistes près de Carqueiranne, ou alors, à Cannes, vers la Batterie. Journée d'octobre éblouissante. Plage bien fréquentée. Beaucoup d'étrangers, quelques autochtones. L'apparition d'Albert causa de jolis remous. Surtout quand il se fut déshabillé. Moi, on me savait par cœur. Lui, on le découvrait (si je puis dire !). Je voulus lui faire visiter la pinède dans l'arrière-pays. Il refusa. Je me moquai.

– T'as attrapé une vilaine maladie ?

– Pas à ma connaissance. Fais comme si je n'étais pas là.

– Mais tu n'es pas là ! J'aimerais savoir pourquoi.

– Tu devrais le comprendre.

– Amoureux de Jean après toutes ces années ?

– Je sais pas si on peut le formuler de cette façon.

Le soir, ce que je n'aimais pas trop faire, je le fis spontanément. Petite séance devant le cinéma chez soi, Albert allongé entre nous deux, pris en sandwich, devant *Cow-Boys*. Imparable ! Lorsque je le sentis bien excité (il restait rivé sur l'écran, n'osant regarder vers Jean ou vers moi), je passai la main dans son survêtement, trempé de liquide séminal, et le branlai doucement. Jean s'est déshabillé, j'en ai fait autant. Albert m'a donné son regard bleu, vide, impuissant à dominer son trac. Nous le dépouillâmes. Les yeux fermés, il nous laissa opérer. Sur le moniteur, trois hommes, aussi costauds que nous, se bousculaient dans une partouze particulièrement réussie. Virevoltant, je préparai le soixante-neuf. Jean colla son ventre contre Albert qui avala ma bite. J'apercevais, floues, les mains de Jean qui torturaient les tétons d'Albert. À ses mouvements de croupe, je compris que Jean l'avait pénétré. Après avoir joui, je les abandonnai. Je ne désirais pas assister au déballage de leur adolescence. Ils avaient beaucoup à se dire. Je ne voulais rien entendre.

Il ne revint jamais. Mais nous reçûmes des lettres, des coups de fil et, bien plus tard, des mails. Chaleureuse et attentionnée, son amitié pour nous est restée intacte.

C'est au cours du deuxième hiver que débarquèrent Adrien et Marius, un Lillois ! Son père marseillais s'était égaré dans le Nord, victime d'une annonce alléchante pour son boulot. Il s'y était plu. Mais l'atavisme avait laissé des traces : goût des extravagances et de la galéjade. Adrien, sur ses gardes, en oubliait Alexandre qui devenait neurasthénique (personne ne s'était jamais aussi bien occupé de lui qu'Adrien). D'autant plus sur ses gardes, notre ami, que Marius s'attacha très vite à la personnalité de Jean plus encore qu'à son physique. Le tête-à-tête entre eux puait le danger. Je me moquais d'Adrien.

– Bien lavé, c'est toujours neuf !

Il protesta violemment.

– Jamais deux sans trois tu vas bientôt me dire ! T'es pas à une connerie près ! Je suppose que Jean t'a baisé, hein. Il m'a baisé aussi. Alors stop au prochain arrêt ! Si nécessaire, je descends en marche...

– Pour un infirmier, je te pensais plus généreux.

– Mais tu m'emmerdes ! Ibrahima, et maintenant Marius. Tous alors ?

Il se rendit compte qu'il était ridicule.

– Et nous pendant ce temps, le tricot ? C'est toi qui me remettrais *les idées en place* ? Ou moi qui devrais m'occuper de ton cul ?

Il évoquait un film ancien, *Dancing*. L'expression nous avait réjouis, Jean et moi. Adrien se l'était appropriée.

– Ta préférence ?

– Rien. Ni toi ni moi. Lui.

– Jean ?

– MARIUS !

Il s'approcha de moi, me palpa la queue.

– Je me souvenais plus. Si encore tu l'avais pas si grosse…

Il aimait toujours la plaisanterie.

– Et… à quatre, qu'est-ce que t'en dirais ?

– T'es un vrai malade ! Si l'autre là, il le touche, j'en tirerai plus rien ! (et tout à trac) Je suis pas sûr qu'il accepterait.

– Tu veux que j'interroge ?

– Je sais pas. Je sais plus.

Tenté, brusquement. Mais fébrile, posant des conditions : pas ceci, pas cela. « Bon, *missieu*, c'est *comme t'y voulu.* » Le remède aux réticences s'appelait *Cow-Boys*. Pour éviter le pire, Adrien s'empala tout de suite sur Jean : façon d'occuper la place ! Marius et moi, voyeurs privilégiés, nous nous masturbions *chastement*… Ensuite, tout s'est brouillé. Seul commentaire de Marius : « Putain c'que j'ai mal au cul ! » L'affaire faite, nous avons regagné nos couches respectives. Adrien n'était pas descendu en marche. Marius n'avait pas crié au scandale ni au viol. Est-ce pour cela que ce fut l'unique hiver avec eux ?

Fahri.

Le mois précédent, l'attaché d'ambassade était mort. Maintenant propriétaire officiel de l'immeuble édifié par Jean, le Turc, souhaitant dominer son désarroi, décida de venir chez nous. Ce chez nous qui sera (le plus tard possible !) ton chez toi…

Pour égayer les derniers jours du diplomate, Fahri avait convoqué les plus beaux spécimens, pompiers, flics, videurs, culturistes. Critère des choix : leur aptitude à la nage. À poil dans la piscine vitrée, ils avaient improvisé un ballet où l'œil se perdait tant les mouvements, harmonieux et inventifs, mettaient les corps en valeur : bras nageoires, jambes nerveuses, virevoltaient dans l'eau. Cette accumulation de muscles saillants, de visages carrés, qui apparaissaient et disparaissaient au travers des bulles, donnait le vertige.

– « Je n'avais jamais contemplé autant de bites à la fois ! Quelle féerie ! » Ça a été ses dernières paroles. Il a glissé doucement comme s'il prenait l'ascenseur en direction des sous-sols. Jusqu'au dernier moment, il dodelinait des épaules en souriant.

Jean marmonna.

– Peut-être est-il mort épuisé par tant de beauté ?

J'allais ajouter « Quelle belle mort ! ». Ce cliché absurde, dérisoire tentative d'évacuer le deuil, me parut une imposture, une lâcheté. Je me tus donc. Et, comme s'il avait deviné mes pensées, Jean me prit par la nuque, m'embrassa tendrement.

Fahri était-il vraiment venu, sans arrière-pensée, pour vider son cerveau de sa peine ? En tout cas, je compris vite de quelle façon il entendait le faire ! Dans la journée, déjà, il s'exhibait sous l'œil exor*bité* de Rodolphe qui avoua, époustouflé, qu'il n'aurait jamais imaginé un mastard de ce calibre. « Et les couilles, z'avez vu les couilles ? Fort comme un Turc, c'est pas du char, nom d'une roupette ! » « Regarde, mais de loin », avait ordonné le maître de maison. (Il fulminait quand je l'appelais ainsi, me moquant.) Quant à Alexandre, il paraissait hébété devant cette masse de viande qui s'agitait sous son mufle. Il déglutissait. Une bave légère moussait autour de ses commissures. Qu'est-ce qu'un chien pouvait retirer d'une vision aussi gargantuesque ? D'une patte hasardeuse, il fouillait l'air : Alzheimer le guettait !

C'était la fin du deuxième été, et c'était la fin de la journée. Dans la piscine, le thermomètre affichait entre 20 et 22 degrés. Fahri risqua un orteil, préféra la chaise longue où il s'endormit. Jean et moi, nous bousculant devant le plan de travail, nous nous amusions à lui préparer un dîner à la Turque : soupe de yaourt au riz, carottes à l'huile d'olive égéenne (!), galettes de courgettes, beurek aux poivrons et à la viande hachée, pilaf de boulgour d'Anatolie, kebab à la purée de céleri rave, le tout en petites quantités et fortement épicé. En dessert, halvas de Sultan aux amandes caramélisées et doigts de vizir.

Des hurlements nous arrachèrent à nos *concoctions*. Debout sur le solarium, la queue en l'air, Fahri chassait Alexandre avec le journal du jour. Je pensai que le piment ne serait pas utile.

– J'ai dû rêver, pas possible ! (Il montrait sa bite.) Ce corniaud m'a réveillé avec sa langue râpeuse ! Ah ! vous l'avez bien élevé... Moi, c'est du velours qu'il me faut, au moins pour commencer...

Jean s'assit pour contrôler ses rires. Il provoqua Rodolphe.

– T'es sûr que c'était le chien ?

Le jardinier s'offusqua. « Je me serais pas permis. » À regret, il emmena le chien qui suivait tête baissée, queue de même.

– Afiyet olson ! (Bon appétit !)

S'inclinant à la façon des loufiats, Jean ôta son tablier de cuisine. La table était dressée dehors face aux collines rougeoyantes. Fahri, à peine rhabillé (un tee-shirt, un caleçon), s'émerveillait de notre réussite.

– Où vous avez appris ces trucs ?

– À Samos.

– Samos ? Sans moi ! Je vous aurais servi de guide...

– Tu n'es pas assez stylé.

– Et ma bite, elle est pas stylée ?

Au moment du coucher, il voulut tout visiter. Il s'attarda dans le bureau, lorgna vers les coussins à l'orientale et nous demanda si nous avions des pornos. Je lui répondis que nous n'en avions pas besoin.

– 'Arde-le comme il ment, le Kabyle !

Quand il découvrit notre chambre, le lit deux sur deux, il assura : « Moi, je reste ici. On peut vivre à trois dans ce baisodrome. » Irrité, je me propulsai dans la salle de bain, me brossai les dents en bougonnant.

– Quoi qu'y gnia ?

– Rien !

Surtout pas le braquer, c'est moi qui serais perdant.

– Bon, tu veux que je le mette dehors ?

– Tu préfères le mettre dedans ?

J'éclatai de rire en voyant ses grands yeux verts écarquillés de colère.

Fahri s'était installé au milieu du lit. Froidement, je lui ordonnai :

– D'abord tu vas te laver, bien comme il faut ! Ensuite ta place, elle est sur le bord.

– Lequel ?

– Celui que tu veux mais pas le bord du milieu.

Il se leva d'un bond. Il triquait déjà.

– Moi, j'obéis à la maîtresse de maison à condition qu'elle m'encule.

Seul avec l'autre sous la douche, tout était à craindre. Pas d'illusion à ce propos. Je ramenai Jean dans la chambre, en me rappelant le loup, la chèvre et le chou à qui l'on devait faire traverser la rivière sans encombre... Calant mon oreiller, je pris la position assise, les bras croisés : un instituteur attendant ses élèves. Jean, à ma gauche, se planquait, le visage dans un journal. J'éteignis dès que le Turc s'installa sur ma droite.

Je me disais : je vais m'endormir. Des deux côtés me parvenaient des émanations luxurieuses. Fahri n'arrêtait pas de rouler sur lui-même tel un chien qui cherche sa place. Au cours de ses mouvements, tantôt sa bite, tantôt ses cuisses, tantôt ses bras frôlaient ma hanche. La main droite de Jean glissa sur mon torse jusqu'à mes tétons. Il s'était tourné vers moi, il bandait. Ce fut le signal des hostilités. Une envie subite me précipita sous les draps pour avaler sa verge. Aussitôt, la mienne fut prise par la bouche du Turc. Je ne contrôlais plus la situation. De mon bel ordonnancement, il ne restait plus rien. J'étais manipulé par ces deux virtuoses du kamasoutra. Jean avait passé la frontière. Il enfouissait son visage dans le fessier de Fahri dont la respiration se faisait de plus en plus courte. La lumière jaillit. « Merde ! C'est pas assez de voir avec les mains et la bouche. » Fahri voulait du spectacle. Nous nous agenouillâmes en triangle, bites dressées. Masturbations délicates, baisers profonds, chatouillis experts ; tout ce que j'avais plus ou moins dédaigné pour me débarrasser des contraintes du désir, atteindre au plus vite l'éjaculation. Là, dans ces préliminaires, j'éprouvais une jouissance d'un autre ordre, quasi mythique. Comme si mon cerveau, par sa maîtrise, me coupait de mes réflexes, comme si, enfin, il multipliait les étapes, ralentissant le voyage du plaisir. Jean me caressait le visage, l'embrassait presque chastement. Nos trois verges en érection semblaient dissociées de nos corps.

Conscient de l'amour qui nous unissait à ce moment-là, Jean et moi, Fahri s'écarta pour se poster sur le flanc, croupe tendue vers nous. M'allongeant à ses côtés, je vérifiai avec deux doigts qu'il était prêt à m'accepter. Déhiscence caverneuse de son anus dans lequel je m'engouffrai avec délice guidant la bite de Jean vers mon fessier. Et, avec un joyeux entrain, nous nous livrâmes aux joies des autos tamponneuses... Nouvelle découverte pour moi que cet enchevêtrement de membres, de mouvements saccadés aux rythmes contrariés ; sensations multiples dans la volupté desquelles ma conscience s'immergeait ; vibrations continues de la peau qui ouvrait et refermait ses pores à la cadence de nos emportements.

Après un léger somme, Fahri reprit les assauts vers nos corps entremêlés. D'une verge à l'autre, frottant la sienne sur nos chairs, m'incitant à palper son entrejambe des couilles à l'anus, il nous remit en état. Très déterminé, il installa Jean à contresens, disposa ses cuisses de part et d'autre de mes hanches de façon à ce que nos queues se rejoignent. Il enduisit alors de crème ce bouquet charnu, s'y empala. De son cul, il nous branlait avec une dextérité qui prouvait une longue expérience de ce genre d'intromission. (Qu'était devenu le Fahri des chantiers, macho redoutable, traqué par les femmes, envié par les hommes ?) Quand nous décidâmes de l'aider en allant à sa rencontre, je sentis la bite de Jean frémir et coulisser contre la mienne ; mon excitation devint vertige. Je mordis les doigts que le Turc avait introduits dans ma bouche, inondai ses intestins. Presque aussitôt je reçus son foutre sur le visage. Seul Jean n'avait pas joui.

Il y eut aussi les printemps Martial Delbœuf. Pour cela, nous avions sacrifié les *journées dissociées*... Plus de promenades solitaires. Nous travaillions sans relâche, jambe contre jambe. À les relire, les première et deuxième parties du roman au cours desquelles l'auteur nous présente les errances mentales du héros (impuissant à vivre dans le présent), le background des personnages : Héléna, trouble, fascinante et fragile ; Isabelle, tyrannique, froide, complexée, (la blonde et la brune, deux aspects de l'amour, raison et passion) ; Lahcène, métis arabe, ancien amant d'Héléna avant que celle-ci ne s'enfuie avec Gerhard, l'ex-nazi, masochiste effréné et, au centre de ce ballet, Toni Miniguelli (jeune libraire toulonnais, naïf et frêle manipulateur, brusquement épris de l'Allemand), m'avaient paru au point : aucune retouche à suggérer dans le choix des mots, dans la cadence des phrases, dans l'équilibre des paragraphes. Jean était de mon avis. Nous attaquions la troisième partie avec confiance : nous en connaissions l'essentiel. Récits de guerre, confidences, péripéties tragi-comiques qui avaient permis à Jean de reconnaître en Gerhard un de ses amants. Dès le début, nous avons éprouvé des sentiments différents. Trop alambiqué pour Jean. Moi, j'y voyais au contraire l'expression honnête d'une souffrance impossible à maîtriser.

Il va sortir de l'eau, ce nageur essoufflé que la côte aspire. Il va sortir en titubant ; la mer lui fera une courte traîne d'écume et, sur son corps, le soleil boira une à une les gouttelettes. Je le regarde venir. Sa main frappe la surface de l'eau. Le bruit continu de sa nage me donne l'envie de dormir. Ce matin, l'air était si doux que j'ai rejeté mon sommeil. Je le connais bien, mon sommeil ! Longtemps, j'ai cru que la dispersion était le seul mode d'oubli, le seul repos pour mes transitions. Longtemps, j'ai reconstruit un monde, inscrit dans le mien, que je modelais à mes rejets, à mes envies. Et puis s'est desséché ce que j'excluais. Le sommeil m'apportait les compensations. Je m'en suis toujours servi... Ce matin, l'air est si doux... La soie de ce bruit continu... « Qu'est-ce que l'oubli ? » « La perte d'une certaine densité. Une fluidité retrouvée… » J'ai presque envie de répondre : propreté. Mais, tu le sais, les Allemands sont sentimentaux, incurablement sentimentaux !

Toni nageait vers nous. J'avais, sous ma peau, cette lassitude heureuse des muscles qui empêche de penser. Isabelle avait promis de nous rejoindre. Il était trop tôt. Je ne l'attendais pas. Quelques poèmes visuels occupaient mon esprit : une mouette dans le vent, un halo de miel, la longue chevelure visqueuse et verte de la mer, les galets.

Gerhard avança sa main vers moi.

– Une cigarette, Martial ?

Son humilité. Il la traduisait souvent par une moue, un écarquillement craintif des yeux. Il pivota sur sa hanche, se mit à fumer. Quelle masse que son corps ! Nous étions tous trois, Lahcène, lui et moi, de solides piliers, un peu craquelés, il est vrai…

– Comment va ton livre ?

Il tutoyait les gens qu'il aimait… Il y avait ce roman que l'on me prêtait, qui finissait par exister… Magnifique alibi qui facilitait l'isolement. Mes personnages ?

– Ils m'échappent. Je les poursuis avec un filet à papillons. Chaque fois, je les laisse s'envoler. Il faudrait resserrer les mailles. Pas le courage !

Il éructa par politesse.

– Martial, tu n'es pas un écrivain, tu es un rêveur.

– Le rêve ne nourrit que l'intérieur. Il faut aussi manger. Pourquoi pas écrivain alors ?

– Casse tes idées comme des noix. Recense calmement celles qui sont pourries. Tu ne veux pas dominer… Regarde, Martial, c'est idiot, je te connais à peine et je te juge !

(Désinvolture ? Application ? Recherche ? Le terrible choix des mots quand la pensée est si souple… Traduire un vertige, voilà, peut-être. Un miroir brisé que l'on promènerait sous le nez des gens. Merde ! Je rêve d'un roman qui s'effilocherait !)

– Tu vois, doute, incertitude, tout est là.

Jean s'énerva.

– Fatigant ! Du verbiage pour camoufler le vide…

– Pour l'exprimer, pas pour le camoufler.

Il me jeta un bref coup d'œil où je crus lire une certaine ironie.

– Bilou, tu me surprends... I'm astonished !

– Les ratonnades, ça va comme ça ! Y a que toi qu'es cultivé, qu'es...

– Oh là ! J'étais sérieux.

– Avec ce regard de fouine ?

– Eh bien, tu t'es mépris. Ma surprise ne vient pas de ta remarque mais de la façon dont tu me l'as sortie. Tu te lâches, ça me plaît. Maintenant, pour que t'arrêtes de pleurer, je vais reprendre mes sarcasmes !

Je lui dis qu'il n'y avait pas que les Allemands qui étaient sentimentaux.

– Alors, lis et ne pense plus, ça te perturbe le cerveau. Lis à haute voix, on se rend mieux compte.

Un long moment, je l'ai regardé. Dans nos rapports, toujours demeurait cette incertitude : se moquait-il de moi ? Chacune de ses phrases pouvait être interprétée de plusieurs façons : il les formulait pour qu'on ne devine jamais si elles contenaient une intention secrète.

J'ai pensé à toi, à ce que tu me disais : reste maçon, oublie la culture qu'on t'a « repassée », vis à ton rang... Tu m'aurais presque conseillé de rester « médiocre ». En le voyant si lointain, soi-disant à l'écoute de ma voix, alors que je n'avais pas repris la lecture, je m'étonnais : étais-tu perspicace ? Jugeais-tu que ma condition resterait celle de mes apparences, quels que fussent mes efforts pour en sortir ? Je haussai le ton.

– C'est toi, Gerhard, qui devrais écrire.

– Mais, Martial, je n'ai rien à dire !

Son rire réhabilite la sincérité. Il est large, puissant comme la mer. Il remonte de profondeurs inviolées.

– J'ai un vieil ami qui est fou. Fou vraiment. Sa vie me passionne. Qui cela peut-il intéresser ? Je suis allé le visiter dans son asile, le mois dernier. Je ne l'avais pas revu depuis la guerre. Je lui avais prêté les mêmes

bouleversements qu'à moi. J'avais les larmes aux yeux en ouvrant la porte. Il est venu droit sur moi, m'a arraché les valises des mains, les a jetées par la fenêtre… Il criait : je devais me venger, je devais me venger… Regarde, Martial, je ne lui avais jamais fait aucun mal… Les valises se sont ouvertes, toutes mes affaires tombaient sur les gens en bas, deux slips restés accrochés aux fils électriques comme si on les avait mis à sécher. J'avais tant de plaisir à le retrouver tel qu'il était. Il m'a embrassé, tu vois…

Il essuyait les larmes qui coulaient le long de ses joues bronzées et son corps renvoyait les harmoniques de ce rire un peu amer.

– Non ! Cela ne peut intéresser personne. Et cette histoire encore. Un jeune garçon l'avait emmené dans l'appartement de son patron. Il était chauffeur là-dedans. Il le pelotait sur le grand lit en hermine de la vieille, une pauvre folle qui avait manqué de tout dans son enfance. Il pelotait un peu l'hermine, un peu le garçon. Brusquement, la porte a claqué. Il dut sauter sur la terrasse du dessous : trois pots de fleurs cassés. Les gens hurlaient. Il sautait encore. D'étage en étage. Et chaque fois, un accident. Et chaque fois, il sautait, et tout le monde se précipitait dans le grand escalier, harangué par la vieille folle, en criant au voleur, au feu ; toute une gamme de voix éraillées pour une même panique. Enfin, prenant appui sur un lavabo, aussitôt cassé, il se sauva par une fenêtre… Cinq minutes plus tard, les pompiers étaient là, avec la police. Il s'esclaffait comme un enfant après une bonne peur… Regarde, qui peut rire de cette histoire ? Il faut être fou comme lui ou moi… Mais tu peux raconter, toi. Sers-toi de ça, je te le donne. Quelque jour, je te raconterai ma vie, ma guerre… Maintenant, je dois me baigner. Tu viens ?

Je restais seul dans une torpeur agréable. Toni nageait toujours vers la côte avec cette application sourde qu'il mettait dans tous ses actes. Au bord de l'eau, le flux et le reflux dessinaient une frontière de galets. Ce relief, sans cesse corrigé, éboulé, caressé, ravalé, c'était ma pensée, aussi fragile. Je revois Toni démolir ces reliefs éphémères à coups de galets secs, tout en me présentant son univers.

– Il y a des bourreaux parce que les victimes ne savent pas accepter. Je rêve d'une ville qui se laisserait envahir sans pour autant ouvrir ses portes.

– C'est du Camus, dis-je.

– Bon ! Et après ?

Il boude. Il déteste les références. Autodidacte parfait, il a probablement découvert d'instinct les pensées dont on lui refuse la paternité.

– D'ailleurs, c'est inexact. La justice immédiate ne me préoccupe pas. Je la sacrifie même à la non violence. Je vous le répète, le jour où toutes les victimes auront accepté, il n'y aura plus de bourreaux.

Il semblait sûr de lui et pourtant, des rides striaient son front têtu.

– Qui sait encore tendre l'autre joue ?

– Toni, vous croyez en Dieu ?

Il se gratta la tête, s'esclaffa.

– Dieu ? Vous le savez bien, il y a trois entités que je combats. Les deux autres sont le pouvoir et l'argent.

– Vous êtes passionné, mystique. Tôt ou tard, vous en reviendrez.

Je parlais sans conviction. Une chaleur directe courait sur ma peau. Un absolu bien-être me donnait un désir absolu d'évasion. J'attendais sa colère, sa verve, donc ma tranquillité. Il s'allongea sur les galets, un peu triste.

– Je ne le souhaite pas. J'ai peu connu ma mère, elle était très pieuse. La vénération que je lui vouais me fit croire. Un temps. Après, je m'entêtais : une façon de désespoir. Jusqu'à ma vérité.

– Votre vérité ?

– Toutes ces religions sans doute ont été nécessaires à l'humanité. Il faut maintenant les rejeter ou les soigner comme des plaies ouvertes. Définir les contraintes, donc la liberté.

Il ne prônait pas l'anarchie mais une sorte de liberté consentie.

– Cela s'apprend. Votre système demandera des missionnaires, un comité directeur, des orientations…

– Mais non ! Qu'importe ! Il faut.

– Stop !

– Qu'est-ce qu'il y a encore ? Tu vas pas dire que c'est du verbiage ! C'est drôle, enlevé, écrit à l'emporte-pièce pour soigner la cadence.

Jean réfléchit un instant.

– Tu ne trouves pas ce didactisme assommant ?

– Mais ce n'est pas Martial qui est didactique, c'est Toni. Mélange pas l'auteur et ses personnages... Il faut du courage pour assumer leurs défauts. Là est la grandeur d'un écrivain.

– Bilou, tu en fais trop. Continue.

Mes yeux se ferment à moitié. C'est assez pour que Toni se lève, m'abandonne. L'inquiétude défait son visage. Il observe autour de lui les voyeurs déjà rassemblés. Un soupir. Il se recouche en chien de fusil sur la natte. Sa lèvre pend. Personne à séduire, personne à convaincre. Pas le moindre chaton à emprisonner. Il se désarticule, se donne à sa vieillesse. Le temps d'un découragement... La balle de mousse l'atteint au front. Les éclairs de ses yeux se font tendres. La voix mouillée de Gerhard nous parvient dans une rafale de rires enfantins...

– Regarde, Toni, tu t'endors ! Tu meurs, petit poisson rouge évadé de ton bocal... Viens, la chaleur est dans l'eau...

Deux pieds palmés s'agitent à la surface, s'engloutissent.

– Il est tellement au-delà. Tellement mieux que nous !

– Vous le jalousez ?

– Jaloux, je pourrais l'être si...

Il se reprit, un peu gêné.

– Nous pourrions tous être jaloux de lui. C'est un être premier : l'instinct le guide, jamais la raison.

Gerhard nous arrose d'une détente brusque de ses mains. Elles battent l'air au-dessus de nos visages brûlants.

– As-tu commencé ta short-story ?

Il veut prouver, déjà. Gerhard hausse les épaules. Toni se renfrogne. Voilà son côté exaspérant. De la persévérance, une force toute intuitive mais efficace. Et puis, sur l'autre flanc, un entêtement maladroit.

– Ça va mal avec.

– De toute façon, tu dois l'écrire.

Lueur amusée dans les yeux fauves. Il exprime ainsi sa reconnaissance, sa tendresse. On s'intéresse à lui, c'est une aberration, mais une aberration qui l'émeut.

– Regarde, Toni, je suis un vieux sac vide ! Je n'ai rien à dire.
– Eh bien, dis-le !

(La vacuité. L'insupportable vacuité. La page blanche, les petits carreaux d'écolier. On suit les lignes des yeux. L'histoire, on la vit mieux comme ça. Les lignes, des yeux et le repos facile entre les lignes. Mais la main ne suit pas. Elle est paralysée, stérile... Ah ! le bien que m'a fait Toni ce matin-là... Tout s'exprime, même le néant. Même le vent, et la paresse. Il n'y a que la folie. La folie, on ne peut que la vivre.)

Passent les moments, ces moments infinis où l'on reste assis sans bouger... Nous fermons les yeux, les rouvrons. Il n'y a plus qu'un manège immobile et des enfants qui dorment. Si j'ai besoin de croire, c'est que plus rien ne me rassure... Un jour les arbres refuseront leurs fruits. Le soir tombera sur des hommes seuls. Il n'y aura plus de chœurs, plus de chansons à la veillée, plus de traditions orales. Rien. Il n'y aura même plus ce manège immobile et ces enfants qui dormaient faute de mieux. Malgré cela, dans mes doutes comme dans mes certitudes, je sens encore une jeunesse dont je suis fier.

Je devinai son émotion. Se reconnaissait-il dans ce dernier paragraphe ? Gêné, il l'était sûrement. La preuve ? Il boudait.

– Bon, alors, on touche à rien ?
– Je préférerais pas.
– La chasse aux éditeurs, pour moi. Et les droits d'auteur ?
– Aux harkis. On cherchera une association.

Il baissa mon zip, sortit ma queue, s'en saisit comme d'un micro.

– Une dernière question, Monsieur Kébir : quel en sera le titre ?
– *Les Convalescences.*

Qu'est-ce que je l'aimais quand il était comme ça !

Festifs ainsi qu'il l'avait décrété, nous arrosâmes cette décision en compagnie d'Yvonne et d'Irène. C'était hier, un samedi soir orageux. Les éclairs, inspirés, se calaient sur la musique : la cinquième de Beethoven. Alexandre, le museau dans mon giron, tressautait à chaque coup de tonnerre. Confinés dans l'obscurité, nous n'avions pas besoin de paroles. D'avoir terminé la frappe du roman sur l'ordinateur que j'avais acheté pour Jean, une certaine mélancolie planait dans le bureau.

Quatre ans maintenant que ces soirées rituelles se répétaient dans cette pièce chaleureuse. Je crus percevoir un peu de lassitude. Un embourgeoisement dont personne, dans notre groupe, ne pouvait se réjouir. Rodolphe, que je soupçonnais souvent d'une lucidité instinctive, déclencha les adieux plus tôt que de coutume. Bises de principe. Quelques « À bientôt » tout de même affectueux, une voiture qui hoquetait.

La pluie tombait, drue, claquait les tuiles, sillonnait les carreaux. Nous nous sommes allongés sur les coussins, peu disposés à traverser le jardin. Deux plaids sur nos vêtements (pas question de nous déshabiller !), blottis l'un contre l'autre, portés par un sommeil sans à-coups, nous avons émergé vers midi. Aux fenêtres, de persistantes gouttelettes, languissantes, irisées, témoignaient de l'orage sous un soleil impertinent.

La douche nous parut un peu sommaire pour dissiper les miasmes nocturnes. « Tu cocottes, Bilou ! » L'eau de la piscine, rafraîchie par la pluie, nous fouetta le sang. Mais le désir qui flânait ne s'installa pas. C'est dans la cuisine, moitié debout, moitié assis, que nous dévorâmes le petit-déjeuner, copieux, revigorant. Café pour Bilou, thé pour Jean.

– Est-ce que tu penses comme moi ?

– Oui !

Magicien, je savais mais sorcier aussi ? Devin ?

– J'imagine que nous devrions espacer nos réunions. Pour éviter de peiner nos amies, faisons un voyage, veux-tu ? Je te laisse le choix...

Je le coupai.

– Attends ! Il faut m'expliquer : comment as-tu...

– Si tu parlais pas en dormant, ce serait plus difficile ! Alors, le voyage ? Je me demandais si aller dans ton pays, pas chez toi, non, mais peut-être visiter les décors de *Convalescences* te conviendrait. J'aimerais connaître cette place du marché à Tlemcen. Tu crois qu'ils ont démoli la *souterraine* ?

Ce faux-fuyant trahissait une volonté romantique, finalement, de parcourir avec moi les routes de mon enfance. Je changeai de sujet.

– Pourquoi tu baises pas avec Yvonne ?

– Compliqué.

– Ah bon ?

Il sourit.

– Un jour je te raconterai son histoire. Pas loin de Zola. Yvonne est trop fragile. Lui faire l'amour risquerait de la détruire.

– Et moi ?

– Toi ? Toi quoi ?

Déjà, il baissait le pantalon de son survêtement.

9

– Ils sont partis, oui. Circuit-souvenir de Tlemcen à Honaïne où habitait la tante, votre grand-tante. Kébir tremblait un peu d'être reconnu. Le temps avait tout nivelé. Les gens se préoccupaient de bien autre chose. Et ils avaient de quoi faire !

Yvonne rejette la fumée de sa cigarette en de petits ronds tremblotants qu'une brise maligne agite avant de les dissoudre. Ne parvenant pas à s'endormir, elle aperçut la lumière au rez-de-chaussée de la villa, se dit qu'elle prenait un risque à vouloir partager sinon le chagrin du moins le deuil d'Hassan : pouvait-elle l'aider à se rapprocher de son père, et de Jean ?

– Lorsqu'ils sont revenus, ils ont appris la mort de leur ami turc. Mais vous saurez la suite.

Hassan, délivré de sa solitude, harassé par une lecture dérangeante, obscène même, dévisage cette femme à peine plus âgée que lui, d'une beauté sans artifice, vive et secrète à la fois, mature, généreuse certainement.

– Mon père se confiait à vous ?

– Les dernières années. Nous nous étions beaucoup rapprochés. Il m'installait dans le bureau. Jean n'y descendait plus. Je lisais son journal, nous le commentions, nous parlions...

– De moi ?

– De tout, de vous surtout.

– Il y avait une autre femme…

– Irène. Elle est partie. (Du menton, elle désigna le journal de Kébir, resté sur les genoux d'Hassan.) Vous apprendrez pourquoi.

Les cimes des pins parasols frémirent. Yvonne leva la tête.

– Le mistral qui s'annonce.

Elle m'agace ou elle me fascine ? Elle m'écœure ou elle me séduit ? J'arrive pas à me décider. Hier encore, je l'aurais traitée de pute. J'ai envie de savoir qui elle est vraiment, de connaître ses secrets, ses rapports avec les hommes, avec mon père.

– Je suppose que je vous choque.

– Pour moi, vous êtes d'une autre planète.

– « Toutes les femmes sont pareilles quand on les chevauche dans l'obscurité. » Vous connaissez, non ?

Sûr ! La « sortie » de Khomeyni est suffisamment célèbre. Privée de contexte, elle donne beau jeu aux ennemis du Coran.

– Et vous approuvez ?

– Ma femme m'a toujours suffi. Je n'ai pas d'expérience.

– Mais elle porte le voile ?

– Non, le hidjab.

– Ne finassez pas, c'est la même chose !

– Pour les non musulmans peut-être. Nous voyons ça d'une autre manière. Le hidjab est symbolique d'une morale, d'une éthique. Il se rattache au haram, à ce qui est interdit.

– Pas par le Coran !

– « Ô prophète, dis à tes épouses, à tes filles, aux femmes des croyants de ramener sur elles leur voile, elles seront plus vite reconnues et éviteront d'être offensées. » Sourate 33. Verset 59. Chaque être humain a son awra : une partie privée qu'il ne révèle qu'à ses intimes et qu'il cache par pudeur.

Yvonne jette sa cigarette après en avoir frotté le bout incandescent sur la pierre. Elle se lève, ôte ses vêtements, plonge dans la piscine. Désarçonné, Hassan croit à de la provocation. Il saute dans l'eau mais conserve son caleçon. Ils nagent côte à côte, goûtant la fraîcheur, se mesurant en silence. L'idée leur vient petit à petit de faire la course. Lui en brasse papillon, puissant, efficace ; elle en crawl coulé, élégant, plus efficace encore puisqu'elle touche le bord la première. Hassan ramène des serviettes. Emmitouflée, elle relance ses banderilles.

– Et les hommes, ils ont aussi une awar ?

– Évidemment ! Du nombril aux genoux, pour le physique.

– Je te signale que je le vois, ton nombril. Ravissant !

Le tutoiement, c'est quoi ? De l'intimidation ?

Il se renfrogne. L'agacement l'emporte sur la fascination. Mais il bande, ne peut plus le cacher.

– Il est plus difficile de camoufler ses sentiments, tu sais... Pas de hidjab pour ça. Viens !

Où voulait-elle l'emmener ? Et que répondre ? L'accompagner le mettrait en danger. Refuser de la suivre révélerait ses craintes.

Il choisit le danger.

Elle noue la serviette autour de ses reins. Les seins nus, elle le tire jusqu'à la chambre mortuaire, soulève le drap qui recouvre les corps.

– Force-toi à les regarder, à les voir tels qu'ils sont : beaux, éternellement jeunes, hors de tout jugement. On devrait les embaumer comme ça, les montrer au monde. Je les ai aimés tous les deux : Jean d'abord, Kébir ensuite. Je les ai aimés d'amour sans qu'il y ait eu entre nous le moindre attouchement. Je te connais, toi, tu ressembles à ton père, en plus élancé, en plus immédiatement séduisant. Et, comme lui à ses débuts, tu n'as jamais pensé qu'à baiser. Faire l'amour, ça restait une formule pratique, rien de plus. Ce n'est pas une formule, Hassan, c'est un don de soi, total et désintéressé : le corps brusquement prend le relais du cerveau... Regarde-les et pleure. Ma mémoire s'en va avec eux. Touche leur peau, tu seras surpris, elle est tiède comme un matin d'été, douce comme une soirée d'hiver. Hassan, ne fuis pas la vie. Elle te le ferait payer.

Ses larmes coulent. Pourtant aucun désespoir n'altère ses yeux violets, immenses. La serviette lui échappe. Elle pose ses mains sur les épaules d'Hassan. « J'ai envie de toi. J'ai envie que tu me chevauches dans la lumière et que tu me sentes différente des autres. » Elle descend ses mains le long de son dos, les arrête au fessier. Hassan s'écarte.

– Accepte cette caresse. Elle n'a rien d'humiliant.

Elle sent la verge dressée contre sa peau. Il veut l'entraîner hors de la chambre. « Non ! Ici, devant eux. Pour leur rendre hommage. » Hassan bascule. Plus rien ne compte que cette chaleur brute, plus rien ne compte que les seins d'Yvonne, le ventre d'Yvonne et, plus bas, le sexe offert qui l'attend. Il accepte tout : les mains qui malaxent ses fesses, le doigt indiscret qui s'insinue sur le pourtour de son anus, la bouche qui mordille ses tétons. Il éjacule dans son caleçon. Yvonne l'en débarrasse, se penche pour cueillir le reste de foutre. De sa langue habile, elle relance le désir. Il la prend debout : il lui semble pénétrer une femme pour la première fois. Par la fenêtre, ils voient l'aube se lever, bleuir la chambre, les cadavres. Yvonne caresse le cou d'Hassan, pose le doigt sur sa carotide, où le sang commence de se calmer. Elle met ses lèvres sur les siennes pour un baiser léger, léger et s'enfuit.

Il ne reste que quelques heures avant l'arrivée des « officiels ». Seul avec les morts, Hassan fait le geste demandé par Yvonne : il touche le front de son père. Un bref frisson le parcourt. Il remet le drap en place. Sur la terrasse, la fraîcheur atteint à son maximum. Il se saisit du journal de Kébir et rentre.

10

San Peïre, vendredi 27 avril 2010

Je ne crois pas que tu connaisses Honaïne. Là, dans un gourbi dont elle se contentait, résidait la sœur de ma mère ; là, enfant, je livrais au commandant de la Willaya les messages de l'Arabe. Ancienne ville berbère où demeuraient des vestiges glorieux : remparts en pisé, tours d'autodéfense, ébauche d'un minaret ; port historique à soixante kilomètres de Tlemcen (*la perle du Maghreb*), Honaïne, à l'époque où je la fréquentais, n'était qu'un petit bled écrasé par deux falaises crayeuses entre lesquelles s'insinuait une route malaisée, souvent dévastée par les eaux pluvieuses. Trop longtemps désertée, elle a repris son essor. Moins courue que celle d'Aïn El Turc, sa plage sauvage offre aux nombreux touristes une eau tiède, reposante, bordée d'un sable gris velouté.

Jean voulut démarrer notre périple ici. Sans doute avec l'arrière-pensée de mettre ses pas dans les traces de Martial Delbœuf. Nous n'eûmes aucune difficulté à nous loger. Quelques très vieilles personnes se souvenaient de ma tante. Je fus accueilli en *émir*, un sage parti en Europe pour y acquérir la connaissance et les usages du monde. Ma tante, morte en 1994, n'avait pas de descendance. Le gourbi du passé était devenu maison d'été que le chef du village louait aux touristes. D'office, on nous l'attribua. Nous décidâmes de faire un don, modeste pour ne pas les humilier. Ce qui déclencha de nouvelles agapes. Personne ne s'avisa de poser des questions sur ma relation avec Jean. Lui, en retrait, observait les salamalecs auxquels j'avais droit, sans ironie dans l'œil, sans émotion non plus. Tandis que je me laissais *traiter* par mes compatriotes qui ignoraient tout de mon passé, hormis mon tribut à la révolution, Jean allait nager. Par correction, il enlevait son slip au large, l'accrochait autour de son cou, profitait pleinement de *sa* Méditerranée. Nous nous imposions de dormir dans des chambres séparées. Il nous restait la sieste. Toute une journée sans reposer entre ses bras m'eût été un supplice. L'amour qu'il me faisait alors était plus doux. Le respect, avec le désir, inspirait ses caresses. Heureux et libres, nous l'étions si fort que, toujours craintif, je ne cessais d'appréhender l'avenir. Seules contraintes : les palabres de la veillée où je devais, en boucle, rafraîchir la mémoire des jeunes gens sur les combats de notre Libération. J'étais bien le dernier à pouvoir les renseigner. Je brodais sur mes « souvenirs » : les récits que j'avais entendus de-ci, de-là. Jean, quelquefois, venait à mon secours. Je fus stupéfait, en cette occurrence, d'apprendre ses liens avec l'armée secrète. En dehors de ses interventions, mesurées, humbles, au cours des *soirées de la souvenance*, je ne sus rien de précis sur ses implications ; fortuites certainement, davantage liées à des personnes qu'il souhaitait assister qu'à un idéal politique dont, à l'instar du Capitaine, il se moquait volontiers. Que de similitudes entre ces deux hommes ! Mais quand je le lui disais, il grognait. J'étais superficiel, ignare, je voyais des analogies là où il n'y avait que des coïncidences. Je ne comprenais pas pourquoi il se vexait. (Dans mon esprit, *superficiel, ignare*, je n'imaginais pas une blessure mais une simple vexation !)

Notre deuxième étape fut Tlemcen la belle ! Directement, la place du Marché, devenue El Blass, semblable à toutes les places du Midi de la France, avec ses terrasses de bistrot qui puent l'anisette, ses platanes épais, déjà feuillus, son kiosque à journaux. La *souterraine* avait été comblée. Le Méchouar était zone interdite. Par l'arrière, nous pûmes tout de même apercevoir les fenêtres de ce qui avait été le bureau du capitaine ; fenêtres où, maintenant, séchait du linge. Du pré contigu, on avait fait un joli jardin. Je l'emmenai vers la gare, sur les pierres blanches, à l'ombre des palmiers, témoins du discours de mon père : ma première leçon de vie. Merci papa ! Je pleurais. Jean détournait la tête mais avait posé une main sur ma cuisse. Je le sentais si proche de moi que mes larmes redoublèrent. « Bilou ! » « Il n'y a pas que les Allemands… »

Échappant au pèlerinage, nous décidâmes de pousser jusqu'à El Aricha. Le désert d'alfa, tel que décrit dans *Les Convalescences*, s'était civilisé. Une culture diversifiée proposait aux autochtones davantage de fruits, de légumes. Le cantonnement construit par le Capitaine, défraîchi, abîmé, servait de refuge aux fellahs les plus démunis. La route de Port-Say dont il avait tracé l'itinéraire, qu'il avait ensuite aménagée, souriait au soleil. Lorsque nous faisions allusion à Martial, devant une tasse de thé à la menthe en parlant avec les vieux, leur réaction spontanée à son propos était faite de respect et d'admiration. « Un caïd, un homme généreux et simple. Avec la douleur sur le visage ! » Tous regardaient Jean, hochaient la tête. « Kif-kif le monsieur. » La douleur sur le visage ? Oui, ils avaient raison. D'où venait-elle ? Quand avait-elle surgi, cette douleur que j'avais occultée par paresse ou par précaution ? Pas de questions ici non plus sur nos rapports. Des regards clairs, des sourires peut-être complices. Ces vieux, dont l'indépendance d'esprit nous frappa, avaient, d'instinct, une conscience supérieure des réalités de la vie. Une seule tente pour nous deux avec des… coussins à l'orientale ! Faire l'amour là-dessus ne nous dépaysait pas.

Jean admit mon refus de rendre visite à Tifra. Trop de danger là-bas ! Nous prîmes la route d'Oran. Jean désira voir, en premier, le quartier refait à neuf qui avait servi de modèle à Camus pour *La Peste*. Il me déclara détester *L'Étranger*, roman pompier dont, et ça, c'était plus grave pour lui, Visconti avait tiré son seul mauvais film. Sur la grand-place, la *souterraine* avait survécu. Par bravade, nous descendîmes uriner côte à côte, bites en évidence, nous matant l'un l'autre comme si nous ne nous connaissions pas. Rires rentrés, nous constatâmes que les changements de régime n'avaient pu endiguer les désirs homosexuels. L'aventure était encore possible. Elle ne me tentait plus.

Jean ne s'était pas trompé en me conseillant ce retour à mes origines. J'y ai subi un nouvel avatar, peut-être le dernier. Ma patrie en était le catalyseur. Avant l'aéroport et l'avion pour Paris, nous nous sommes accordé une journée de détente à la mer. Ayant interrogé un habitué de la *souterraine*, je sus comment trouver une plage où le naturisme était toléré. « Le naturisme seulement. Mais le reste est toujours envisageable. » Jean était le seul Européen. Repérable et repéré par les Maghrébins pour son physique, sa stature et surtout sa puissance à la nage, il restait dans leur ligne de mire. Moi, je m'intéressais à eux. Jusqu'ici, chez un homme, c'était l'ensemble que je notais. Les détails, non, je ne les enregistrais pas. Sans la fièvre du désir, détendu et curieux, j'étais plus réceptif. Je m'amusais à les recenser, ces détails, à jauger leur importance, corps après corps. J'en attendais chaque fois des indices.

Un mouvement du bras trahissait l'élégance, un balancement des hanches pouvait être une invite, un œil un peu plus inquisiteur équivalait à des promesses ; une bouche boudeuse, un pied coquin, une épaule trop ronde, le sillon à l'intérieur de la cuisse quand elle est musclée, tendue, les fossettes des rondeurs, le trajet émouvant de la nuque au bas des reins, tout me parlait. L'épaisseur des doigts aussi, la forme des lunules ; les chevilles qui pouvaient révéler une certaine fragilité... Et puis les parties génitales que je n'avais jamais examinées si longuement : la bite, sa forme, sa mobilité, et les couilles, rentrées au fond du sac, minuscules olives pudiques, ou, massives, étalées sur la cuisse... À pratiquer le corps de Jean, observant maintenant ceux des autres, j'appris à interroger le mien, à reconnaître les recoins, les aspirations secrètes. J'appris comment il devait fonctionner pour inspirer le désir. Dans l'avion, je questionnai Jean sur ses obsessions. « Pourquoi toujours des corps épanouis, souvent machos, de préférence hétéros, pourquoi t'appliquer à les convaincre, à les subvertir ? » Il me répondit que l'enjeu était plus exaltant, que le risque accroissait le désir. « Tu comprends, comme nous tous, ils ont une prostate. Quand on la leur chatouille, ça les rend foldingues. Je me glorifiais, pervers ou généreux ?, de leur faire découvrir d'autres plaisirs, qu'ils disaient ignorer ; qu'ils faisaient plutôt semblant de ne pas connaître. » Il parlait à haute voix, toujours provocant, peut-être pour appâter quelque voyageur, titiller sa curiosité !

– Il faut que je te raconte une de mes aventures, celle qui m'a ouvert les yeux sur plein de choses. J'avais dix-neuf ans. Marcel s'occupait de mes journées comme un père (incestueux !). Manière de fêter le championnat que nous avions remporté cette année-là, il me paya le train pour Cannes. « Va t'amuser, petit, tu l'as mérité. » Tu sais, le monde m'appartenait : de succès en succès, devenu un poil cynique à côtoyer ces hommes et ces femmes qui n'attendaient qu'un signe de moi, je n'imaginais pas que quelqu'un puisse me résister. C'était juste après la guerre, au mois de juillet 1947. Cannes alors était réputée comme la grande capitale des plaisirs. Je me promis d'en profiter. Je suis arrivé tôt le matin, ne sachant rien des habitudes, des lieux de drague. J'étais persuadé de les découvrir facilement. À la sortie de la gare, une femme me demanda de l'aider à porter ses valises jusque chez elle. Ce que je fis avec beaucoup de complaisance. Mais je refusai la récompense ! J'attendais. Je voulais de l'inédit, de l'insolite. La journée se passa avec la nage, les œillades, les fausses rencontres. Je cherchais jusqu'où pouvait aller ma séduction, et ça marchait toujours. Il y eut ce petit groupe sur la plage publique qui ne parlait qu'à mon intention. Tour à tour, ils sont allés à la pissotière, vrillant sur moi leurs regards. Une ou deux fois, j'ai suivi. J'urinais en cachant ma bite, l'air un peu féroce. Ce qui les excitait davantage. Enfin, l'un d'eux s'est assis à mes côtés. *On* voulait me connaître. Intrigué, il désirait tout savoir : mon âge, les études que je faisais, quelles femmes m'attiraient (ça, c'était le piège, naïf, assez stupide !). Je m'inventai une personnalité : origine russe, père chauffeur de taxi, mère gouvernante, tous les clichés quoi ! Quant aux femmes, j'en étais blasé, trop de mensonges, de trahisons. Son excitation redoublait. « Ça t'amuserait de voir des hommes danser ensemble ? » « Pourquoi pas ? » Le soir même je découvris la Jungle, boîte homo à la mode située en haut de la rue d'Antibes dans une sorte d'impasse. Des mains sur moi, j'en avais partout et, aussitôt, des propositions que je repoussais systématiquement. J'attendais. Ils se sont lassés. La patience n'est pas leur fort. Tout tout de suite ! Mais tu connais…

Il avait quitté la Jungle vers deux heures du matin après s'être renseigné sur les lieux de drague : essentiellement la Croisette. Il se rengorgeait, prenait un plaisir certain à me faire languir. Pour le taquiner, je regardais par le hublot, genre « ton histoire, elle me fatigue ». Il était embarrassé. J'eus pitié de lui.

– Ils t'ont pris pour un gigolo, pas dur à *capter* !

– T'y es pas du tout ! Le fric, j'en ai pas voulu. Qu'ils me fichent la paix ! Ce que je cherchais, c'était *la* personne, tu comprends. J'ai traîné sur la Croisette, il faisait doux, je me suis allongé sur une chaise longue sous les palmiers. Un homme assez âgé, qui marchait à l'aide d'une canne, s'est approché de moi, m'a chuchoté à l'oreille : combien tu veux pour la nuit chez moi ? Je l'ai envoyé baller. Régulièrement, il revenait à la charge, jurait qu'il ne me toucherait pas, que c'était pour avoir quelqu'un à la maison. « Juste te regarder : tu es si beau, si jeune ! » J'ai ricané. Il s'est durci. « Vous êtes tous les mêmes, à attendre le prince charmant. Les nuits sont fraîches, tu vas te cailler les meules. Ce sera bien fait pour toi. » Tous les hommes qui passaient près de moi marquaient un arrêt en me voyant. Le succès me tournait la tête. Mais je restais ferme. Le plus beau, personne d'autre ! Le froid est arrivé d'un coup. Une chemisette, un short, et plus un sou en poche. Pas possible d'aller à l'hôtel. Avec le temps, les quelques personnes qui traînaient encore ne faisaient plus attention à moi. La panique m'envahit peu à peu. Aussi, quand le boiteux revint dans les parages, je me levai et lui déclarai que j'acceptais sa proposition. Il me rit au nez. « Trop tard, petit !

Gèle-toi le cul ! » Je retournai à ma chaise longue, me lovai en fœtus pour échapper aux griffures d'un petit vent glacial. La Croisette était déserte. Je claquais des dents, pensais à Marcel, à ses reproches si je tombais malade, et je m'endormis.

– Pourquoi t'es pas retourné à la boîte ?

– J'avais mal au caractère, à ma fierté si tu préfères. Je boudais comme un con.

– Alors ?

– Alors, il est arrivé. Lorsqu'il m'a secoué le bras, je pensais que c'étaient les flics. On m'avait prévenu : « Le jour, ils laissent pisser, mais la nuit, ils ramassent tous ceux qui rôdent. » Je regardai cet éventuel sauveteur sans trop y croire : solide et beau. Un mirage ! « Ma voiture est à cinq minutes. » En marchant, il me frictionna le dos sans le moindre attouchement ambigu. Si tard, sur la Croisette, il y avait doute ; dans son comportement, non. Peut-être qu'il draguait pas, peut-être il était même pas homo ! De toute façon, j'aurais été incapable de faire quoi que ce soit. Frigorifié, j'étais ! Arrivé à la voiture, une Bentley, il a basculé le siège avant, celui du mort, a déniché une couverture dans son sac, m'a fait allonger, m'a bordé. « Il faut dormir un peu dans le chaud. » Dix minutes environ. J'ai rouvert les yeux. Il était penché sur moi, l'air grave. Ma chair de poule avait disparu. Le moteur tournait. J'avais presque trop chaud. Je m'étirai. « Laissez-moi faire. » Il ôta la couverture, me massa la nuque, descendant jusqu'aux omoplates. Je respirai mieux. « Ces cuisses, là, rugby ? » J'acquiesçai. « Et les bras, travail en salle ? » Quand je lui dis que c'était à force de porter les caisses au marché de Toulon, il ne réagit pas. La condensation nous mettait à l'abri du monde. Il ne souriait toujours pas. « Je peux te toucher ? » Au lieu de répondre, je me tournai vers lui : il s'était presque entièrement déshabillé. Sa peau était aussi noire que son visage, mais glabre, délicate.

– Et les tétons ?

– Pourquoi les tétons ?

– C'est ce que tu bignes en premier.

– Les tétons, ils étaient splendides: des aréoles larges, des pointes denses, longues. Mais le plus étonnant, c'était son cou, tellement puissant par rapport à sa corpulence. Je me suis redressé et je l'ai mordu, tu sais là où la chair est comme de la soie. « Doucement, petit ! » Je m'excusai. Il me dit que c'était plutôt flatteur, cette furia, pour un vieil homme. Ma protestation l'amusa mais, quand je lui avouai que j'étais pas porté sur les jeunes, il devint plus grave encore. Il arrêta de me caresser l'intérieur des cuisses, ouvrit mon short, descendit mon slip, sortit ma bite et mes couilles. Je l'aidai en soulevant mon fessier. Il me dépouilla totalement, enleva son maillot de bains, la dernière barrière. Il n'était pas très bien monté mais sa queue était jolie, équilibrée. Après, bon ben, tu devines...

– Non ! Je ne devine rien !

– T'es qu'un voyeur des oreilles, toi ! Y a trop de monde qui écoute...

Il me taquinait.

– Avec ton discours de tout à l'heure, les illusions, il doit pas leur en rester des masses !

J'avais ramené son blouson sur ses cuisses, posé ma main dans son entrejambe. Je m'étais pelotonné sur son épaule. À la fin de son récit qui m'avait conduit au bord de la jouissance, il tira la morale. M'affirma que les aléas de cette nuit lui avaient donné une sacrée leçon de vie, qu'il n'avait cessé d'y penser le reste de son existence. « Oui, une de mes plus belles aventures. » « Merci pour les autres ! » « Sois pas stupide et tiens-toi un peu ! » Je refusai de bouger.

– Et si on nous fait des remarques ?

– Tu dis que je suis malade. Malade de toi.

Pampelonne, samedi 27 juin 2010

J'ai eu soixante-quatre ans la semaine dernière. Yvonne et Irène décidèrent de fêter cet anniversaire à l'Amiral. Nous y avions notre table. La soirée qui s'annonçait joyeuse se termina fort mal. Au moment du dessert, un groupe s'est installé à la table voisine. Irène lui tournait le dos. Yvonne, en revanche, pouvait les observer tout à loisir. Elle pâlit. Un superbe Black s'occupait avec beaucoup d'attention et de délicatesse d'une femme assez âgée. Irène suivit le regard d'Yvonne, se leva et, sans hésiter, gifla le beau Black à deux reprises. Nous avons évité l'émeute. La stature de Jean, ma détermination, notre réputation dans l'établissement calmèrent le jeu. Je ne savais pas qu'Irène avait pour les négros musclés la même attirance que Jean. Nous l'emmenâmes à la Jika. Quelques coupes de champagne et elle s'endormit près de moi, ma bite dans sa main. Passablement embarrassé, je n'ai pratiquement pas dormi. J'ai dû finir ma nuit sur la plage.

Assis sous mon parasol, le corps las, les yeux mi-clos pour atténuer la réverbération, je contemple mes semblables avec une âme d'adolescent. Douloureuse impression : plus le temps m'agresse, impitoyable (le front, les commissures des lèvres, les fanons, les muscles qui se débinent, la mémoire qui se paye ma tête), moins j'en ressens les effets. Les contraintes se dissolvent. Je ne crains plus la compétition. Peu m'importe d'être ignoré, remarqué, dédaigné...

Jamais je n'ai autant profité du soleil, de la mer, de la nature, des promenades en forêt. Jamais je ne me suis senti aussi peu seul. « Quand tu ouvres les volets, le matin, tu sais où tu en es de ta vie. » Jean me l'a répété si souvent ! Les gestes quotidiens, réitérés à l'infini, engendrent chez certaines personnes une lassitude immédiate, l'exaspération de la routine. Je les pratique, moi, dans une espèce de béatitude qui m'étonne chaque fois. Comme si je provoquais les pessimistes ! Ça, j'y pense aux pessimistes, je les plains, j'aimerais pouvoir leur dire que ce n'est pas le malheur qui les tracasse mais le vide et que ce vide, il est possible de le remplir. Faut le vouloir très fort. Chaque être a un satellite qui tournicote dans l'attente de la rencontre. Et son espoir est à la mesure du tien. Il est sain. Je te le dis, Hassan, il est sain, nécessaire, il est la vie même. J'entends tes ricanements : clichés du romantisme, etc.

Les clichés reproduisent les sentiments éternels. Ils me bercent de leur chanson familière. Ce sont les idées reçues qu'il faut craindre et fuir. Les clichés sont des vérités premières, les idées reçues, des mensonges consensuels. À travers toi, je m'adresse maintenant aux sceptiques, aux désabusés : abandonnez vos armures, on ne vous enterrera pas avec !

Un homme s'assoit à mes côtés. Je ne l'ai même pas vu arriver. Il prétend que je lui ai souri et que c'est pour ça... Non, je souriais au soleil peut-être, au bonheur du jour. Ça ne l'a pas fait rire. Il m'a demandé très sérieusement quelle gueule il avait mon bonheur mais, quand il disait gueule, c'est ma queue qu'il regardait.

– Jeune ?

(Lui avait passé la cinquantaine. Il était mince... et joli.)

– Non.

Jeune ! Le jeunisme qui avait sévi dans le début du siècle s'était étiolé. Il rendait l'âme. À leur donner tant d'importance, à les faire parler, à solliciter leur avis sur les sujets les plus divers, on avait fini par comprendre que cette jeunesse était plutôt limitée, que ses opinions reflétaient sans les enrichir les courants traditionnels du moment. Je crois que là, tu seras de mon avis...

Il bandait. Sa jambe intentionnellement relevée laissait apercevoir un anus brun et glabre, sans doute épilé. J'ai détourné mon regard. Il est parti sans que je m'en aperçoive. Un autre nageur attira mon attention : cheveux blonds ondulés qui tombaient aux épaules, musculature puissante, visage carré de légionnaire qui tranchait avec sa coiffure. Je l'avais remarqué déjà quand il était au large : son crawl *étiré*, qui semblait caresser la surface de l'eau, lui donnait l'allure d'un héros antique, d'un demi-dieu. Il s'est ébroué, a frictionné ses cuisses pour chasser l'eau de ses poils légèrement roux, a fixé un œil sévère sur moi. Je n'ai pas baissé la garde. Le hasard ? Sa serviette voisinait avec la mienne. Il s'approcha, je pus le détailler à loisir. Un Zeus revu par Michel-Ange. « Je suis naturiste, pas exhibitionniste. Si vous aviez l'amabilité de regarder ailleurs, j'en serais heureux. » « Ce n'est pas vous que je vois. C'est juste une statue. »

Il haussa les épaules, se coucha sur le ventre pour abriter son sexe, m'offrant ainsi, bêtement, un postérieur attirant. Je repris ma lecture : *L'Œuvre* de Zola. Tout en me régalant de la profession de foi du peintre, héros du roman, je me demandais comment Jean se comporterait avec mon voisin. Mon silence et la couverture du livre l'intriguèrent.

– Zola sur cette plage branchée, c'est de la provocation ?

Je sortis de mon sac à dos *La Philosophie de l'absurde* de Giuseppe Rensi.

– Vous préféreriez ça ?

– Non, là, je capitule ! Mais Zola, vous aimez vraiment ?

– De plus en plus. Sa ferveur qui lui fait braver le ridicule, son intérêt pour les *petites gens*...

– Vous vous moquez ?

– Pas du tout ! Mon ami prétend que le meilleur roman de Balzac, c'est *L'Argent* de Zola... Vous, c'est quoi vos lectures ?

– Rien. Pas le temps. J'ai un fils de dix ans. Ça occupe !

– Votre femme...

– Je suis en instance de divorce et j'entends obtenir la garde de mon enfant.

Bon, il avait placé ses rambardes, balisé le terrain. Je rangeai mes livres, me disposai à retourner nager et, inspiration subite, je tombai sur ma serviette en portant la main à mon front. Il hésita. Me voyant basculer en arrière, il passa son mini-short, se précipita vers moi.

– Bougez pas, je vais chercher...

– Inutile ! C'est rien, un petit malaise, j'ai l'habitude, j'ai dû me redresser trop vite.

– Vous êtes sûr ?

Je ne répondis pas ; j'aspirai profondément par le nez, rejetai l'air par la bouche, plusieurs fois.

– J'ai mon portable. Voulez-vous appeler votre ami ?

– Certainement pas. Il s'inquiéterait.

Mon sexe commençait à prendre de l'ampleur. Il fallait brusquer avant qu'il ne soupçonne ma ruse.

– Le problème, c'est comment rentrer. Je ne suis pas en état de conduire.

– Où vous habitez ?

– Sur les collines de San Peïre.

– Je vous ramène ?

– Ça me gêne.

– Dites-moi où est garée votre voiture et donnez-moi les clés.

Le plus difficile était accompli.

Jean nageait dans la piscine. Je ne doutais pas de sa perspicacité. Néanmoins, je m'appliquai à marcher lentement, m'appuyant sur le bras de Frank. (Pendant le retour, il s'était nommé.)

– Je t'avais prévenu, mon vieux !

Il salua mon ange gardien avec effusion. Tous deux m'emmenèrent jusqu'aux... coussins à l'orientale dans le bureau. Un verre de citronnade bien sucrée, très fraîche, et ils disparurent.

– Dors un peu, m'avait ordonné *mon ami*.

Jean proposa la piscine à Frank.

Je les entendais frapper l'eau de leurs *battoirs*. Ma curiosité était trop forte : je me levai pour les épier. Ils riaient, ils étaient beaux. J'entrouvris la fenêtre, leur dialogue me parvint par bouffées.

– Pas vraiment chômeur, non. Je chante aux terrasses des cafés à Saint-Tropez.

– Ça fonctionne ?

– Assez pour nous nourrir, mon fils et moi.

– Sinon ?

– Un peu de tout : masseur, professeur de tennis...

– Accompagnateur de vieilles dames.

– Jamais ! Une seule femme m'intéresse, la mienne. J'en ai vu pourtant avec elle ! Trois fois, elle m'a quitté. Trois fois, elle est revenue, me suppliant de lui faire un enfant, pour ensuite avorter !

Celui-là, elle l'a gardé, elle a dû comprendre que j'aurais été capable de la tuer.

Et là, j'eus la stupéfaction d'entendre Jean parler d'Irène, raconter son histoire : un Black avec qui elle avait vécu plusieurs mois sans réaliser qu'elle avait affaire à un gigolo. Il souhaitait la lui présenter. Réticences de Frank : son divorce en cours (à ce que j'ai pu induire car, tout à coup, il s'était mis à chuchoter). Jean prétendit que personne n'en saurait rien, qu'il pourrait la rencontrer ici, qu'il ne devait pas se terrer dans une solitude finalement dégradante.

– J'ai mon fils.

– C'est pas avec lui que vous soulagerez vos burnes.

Putain ! Il avait osé. La phrase était partie avec d'autant plus de violence qu'elle avait été prononcée dans la douceur. Le silence en face, et la fureur sur le visage, sur ses biceps tendus comme s'il se préparait à bondir. Et le sourire tranquille de Jean.

– Je vous observe depuis quelques minutes. Votre nervosité se lit sur tout votre corps. En dehors du plaisir, la pratique de la sexualité apporte la détente, la liberté de penser, une meilleure lucidité. Vous me dites que les avocats vous tendent des pièges, que vous ne parvenez pas à les éviter. Trop naïf ? En un sens, c'est vrai : gentillesse et bonne foi ne sont pas des handicaps, OK, mais vos glandes, vous n'y pensez pas assez. Ce sont elles qui vous diminuent sans que vous vous en doutiez. C'est ce que j'ai voulu dire, un peu crûment, pardonnez-moi.

J'ai eu peur : une peur instinctive. Jean n'avait plus l'âge de ce genre de manœuvres. Frank, debout, les poings serrés... J'ouvris la porte du bureau, toussotai.

– Vous allez mieux ?

Il s'était retourné vers moi d'un air narquois.

– Au fond, ce n'était pas bien grave... Vous feriez un excellent comédien !

Jean éclata de rire. Moi, j'étais furieux. Frank s'accroupit auprès de la chaise longue.

– Vous pouvez constater que mes burnes, si chargées soient-elles, ne gênent pas ma lucidité. Votre Irène, je la connais, elle vient souvent m'écouter chez Sénéquier. Elle drague au petit bonheur n'importe quel homme un peu baraqué. Très peu pour moi. Son histoire avec le Black, tout le monde en a entendu parler. Quant à nous, soyons clairs : si j'avais un jour le désir d'une expérience homosexuelle, ce serait volontiers avec vous. Mais voilà, c'est niet ! Juste par curiosité, dans votre plan pourri, qu'aviez-vous prévu, une partie à trois ou lequel des deux ?

Moi, complètement dépassé, je ne pouvais ouvrir la bouche. Jean s'était levé. Il bandouillait en s'approchant de Frank. Il lui caressa le cou et la poitrine. L'autre se laissa faire en le défiant du regard.

– Je t'aurais gardé pour moi.

– Enlevez votre main s'il vous plaît.

– Allez prendre une douche, Kébir va vous ramener.

Lorsqu'il fut parti, Jean parut perplexe.

– Qu'est-ce que tu en penses ?

Il me questionnait ! Avait-il le sentiment d'un échec ?

– Je pense que tu vieillis.

D'un mouvement brusque, imprévisible, il me poussa dans la piscine.

– Je m'occupe de Frank. Prépare le repas... Pour deux !

Pampelonne, jeudi 8 octobre 2010

Frank est devenu mon ami. Peut-être se méfie-t-il plus de Jean que de moi ? Chaque jour, nous nous retrouvons sur la plage entre midi et quinze heures. L'eau est encore possible. Pour supporter la fraîcheur, il faut nager en force, et pas trop longtemps. Lorsque je reviens, il me masse les épaules, les cuisses. *Radio Roseaux* insinue que nous sommes amants, ce qui le divertit beaucoup. D'ailleurs, il accrédite les ragots en se couchant près de moi, contre moi. Il sait que je ne banderai pas, que je resterai correct. Je lui ai prêté *La*

Philosophie de l'absurde. Il a souligné cette phrase « Aucun subterfuge philosophique ne parviendra à supprimer, à écarter ni à modifier les contradictions aux yeux de celui qui sait les considérer sans les œillères de la spéculation intellectuelle. » Jean et moi, selon lui, faisons partie de ceux-là qui *considèrent sans œillères* ses contradictions. Ça l'aide considérablement à mener son combat contre les imbéciles et les salauds, à un point tel que *soulager ses burnes* ne lui paraît pas nécessaire ! Il est certain que l'étrangeté de son comportement sexuel n'est pas la moindre de ses contradictions. Personne ne saurait le séduire. Nombreux sont les appelés, il n'y a pas d'élus… Frank me rappelle cet Ivoirien rencontré par Jean dans *notre* jardin. Lui aussi affirmait : le sexe, non, rien, il suffit de se contrôler ; même les rêves, on peut. Ce discours me trouble. Que me resterait-il à moi si je niais le désir, ce désir qui court les rues, les plages, parfumant l'air de ses émanations doucereuses et sournoises ? Frank me renvoie à Rensi : « Le désir fait partie de ces formes pures, comme le devoir, le remords, la réticence, qui, s'appliquant à tout, comme un récipient peut contenir n'importe quelle matière, ne signifient rien, pas davantage que l'universalité ou l'absolu. » Si *Radio Roseaux* était à l'écoute, nous passerions pour des folles intellectuelles !

Le soir, sans oser confronter mes pensées à celles de Jean qui, certainement, me raillerait, je refuse d'englober le désir dans ces formes pures. Le désir n'a de sens que s'il se matérialise. Comme le magnétisme, il n'existe que par les effets qu'il produit. C'est tout ce que je n'ai pas su dire à Frank : les effets du désir vont d'un pôle d'attraction à un autre. Quand il y a coïncidence, il surgit du néant, et là, son actualité est neuve, rayonnante.

San Peïre, lundi 18 octobre 2011

Été difficile ! Je l'ai passé à surveiller Jean : l'empêcher de se baigner aux heures chaudes (la canicule aussi sévère qu'en 2003 a fait des ravages dans la région), l'obliger à s'hydrater régulièrement (j'avais, à portée, citronnade fraîche et glaçons), approcher le ventilateur du PC devant lequel il se campait systématiquement. Je n'osais plus descendre sur Pampelonne ou sur Fréjus. Mes relations avec Frank s'étaient distendues : quelques coups de téléphone me tenaient au courant de ses procès : il a obtenu la garde de son fils. Un conseiller municipal de Maxime l'a fait engager pour manager des *seniors* : gymnastique douce, natation en piscine, hygiène alimentaire, etc. Il persiste à ne pas répondre à mes questions indiscrètes sur ses amours. À l'en croire, rien n'a changé : il est toujours solitaire.

Jean ne faisait plus allusion à Frank. Il se concentrait sur Internet auquel nous venions de nous abonner enfin. Jusqu'à présent, il s'y était refusé. Ses sites de prédilection, Universgay et Blackhard, lui donnaient à voir de splendides corps d'athlètes, de culturistes. Il imprimait les photos, confectionnait des collages qu'il coloriait ensuite. Assez souvent, Irène et Yvonne l'assistaient dans ses recherches, choisissaient avec lui les *coups de cœur* à envoyer. Les messages affluaient. Mais les correspondances ne duraient jamais très longtemps. Jean éludait, parfaitement conscient de ne plus pouvoir satisfaire les désirs de ses interlocuteurs. 84 ans tout de même ! Une seule exception : Antonello de San Remo, un gérontophile. Nous l'avons reçu à la Jika en compagnie de toute la troupe : Irène, Yvonne, Rodolphe et Alexandre. Il parlait couramment français. Jovial, bon vivant, il acceptait tout : les plaisanteries douteuses du jardinier ne l'effarouchaient pas, les mains baladeuses d'Irène, il les prenait dans les siennes pour l'entraîner dans une danse absurde, effrénée, poursuivi par le chien qui lui mordillait les chevilles. Tout ce qui aurait dû le surprendre, l'agacer même, il l'intégrait dans un jeu permanent, désamorçant ainsi la vulgarité de Rodolphe, les extravagances d'Irène, les assauts d'Alexandre faisant l'amour à ses jambes nues, devinant que j'étais dans l'expectative, jaloux peut-être, que Jean camouflait son désir sous une apparente indifférence… Yvonne, toujours aussi perspicace, allégua un rendez-vous. Rodolphe reconduisit les deux femmes, suivi par le chien.

Antonello redevint immédiatement sérieux. Habitué à ces rencontres hasardeuses, sensible à la gêne qui en résultait, il fit preuve d'une belle élégance.

– La soirée m'a plu beaucoup. C'est déjà ça. Vous savez, le sexe n'est pas une obligation. Je peux m'en retourner chez moi, conduire la nuit ne me pose pas problème. Ou bien, si vous le désirez, dormir avec l'un ou l'autre, qui sait, les deux à la fois.

Jean baissa la tête. Je compris à son embarras qu'il craignait de me faire de la peine et, peut-être aussi, de ne pas être à la hauteur car il désirait l'Italien, il n'y avait aucun doute !

– Tu veux piquer une tête dans la piscine avant de venir dans notre lit ?

Il ôta ses vêtements : un bronze, tellement plus beau que sur les photos du site. Un sexe pâle, non circoncis, la marque du maillot, un ventre particulièrement appétissant. Il cligna de l'œil, nous abandonna. Jean m'embrassa sur le front.

– Merci !

– Merci ? Tu t'imagines pas que je vais rester spectateur ?

La nuit fut courte. Antonello, passif au lit, comme il l'avait annoncé dans sa fiche, avait un tempérament exceptionnel. Après les premiers jeux, les premières jouissances, Jean s'endormit. L'Italien et moi, nous avons poursuivi : caresses, sommes réparateurs, étreintes : il était doux et chaud. Avant de reprendre la route, il sommeilla au bord de la piscine sous le parasol. J'ai vu de petites lumières dans ses yeux lorsqu'il nous a quittés. Personne n'a envisagé le principe de se revoir. Jean prenait son petit-déjeuner près du climatiseur, un peu triste. Je me moquai.

– Post coïtum…

Petit sourire.

– Tu vois, il était formidable. On aurait pas pu trouver mieux sur tous les plans. Eh bien, je préfère quand ça reste virtuel. L'imaginer me satisfaisait davantage. Chimène, qui l'eût cru ?

– Compte pas sur moi pour accepter tes conneries ! Virtuel avec tes fantômes de bodybuildés, d'accord mais pas avec moi !

Les semaines suivantes, il surfa des heures entières, congestionné, rouspétant quand il n'arrivait pas à envoyer ses mails, nu devant l'ordinateur, le sexe mort. Il se plaisait à ressusciter son passé : il y avait toujours une paire de fesses, une poitrine, un sourire, des cuisses pour lui rappeler un de ses amants. Assis à ses pieds sur la moquette, je le questionnais. Il racontait. L'agitation permanente de sa mémoire (souvent répétitive) ralentissait le vieillissement. Les images que nous dispensaient les sites favoris m'excitaient maintenant autant que lui : j'avais fini par épouser ses obsessions. Je ne rêvais que de muscles, j'aurais pu surfer aussi, expédier mes *coups de cœur*, organiser des rendez-vous, ma pudeur vis-à-vis de Jean me condamnait à la réserve. Je rêvais avec lui, c'était déjà bien assez.

Je ne ressentais aucune jalousie mais je n'étais pas sûr que cette monomanie lui soit totalement profitable. J'avais téléphoné à Carl. Il m'a mis en garde : attention aux « fixettes » ! J'essayai le dialogue.

– Qu'est-ce qui t'attire tant là-dedans ? Bon, le cul, les muscles, OK, mais c'est limite schizophrène.

– Erreur, docteur Freud ! Je suis en manque du jardin. Tu comprends, c'est comme si j'allais au marché...

– Avec un camion...

– L'essentiel est dans l'approche de l'inconnu. Ici, c'est vrai, la demande est directe, la connexion immédiate, on sait tout de la personne, ce qu'on peut en attendre, ce qu'elle peut nous donner. Ça, c'est un peu dommage. Au jardin, l'ambiguïté donnait plus de sel aux rencontres, flattait davantage l'imaginaire. Et, quand rien ne se déclarait, quand on demeurait dans le vague, l'aventure était tout aussi exaltante. Ici, ce qui domine, c'est le plaisir des yeux, tu vas pas me l'interdire ?

Je laissai en suspens la controverse. Pour être franc, ces petits trafics, j'en profitais souvent. Le jour, il m'échappait auprès d'eux. La nuit, l'excitation qui en résultait, elle était pour moi. Peu m'importait que ses élans fussent nés d'autres visages, d'autres cuisses, d'autres sexes, d'autres silhouettes, ce qu'il me réservait était le meilleur de lui-même et n'appartenait qu'à moi.

Il lui arrivait de m'interdire le bureau. Il ne fermait pas à clé : il me faisait comprendre que la solitude lui était indispensable. Je suis curieux de nature, tu as dû le remarquer. Avec l'alibi de m'inquiéter pour lui, je l'épiais. Je me glissais sous la fenêtre, risquais un œil. Il mâchonnait un crayon, les yeux perdus, comme un écolier devant sa rédaction. L'analogie ne s'arrêtait pas là. J'ai pu le constater en découvrant dans la corbeille à papiers les brouillons déchirés de deux poèmes que je reconstituai.

PESANTEURS
Parfois c'est en hiver
Que les doutes reviennent
Harcelé par la Mort
Le corps n'est qu'un fantôme

(Il avait barré *qu'un*, remplacé par *que*, puis remis la première version)

Semant dans le désordre
Des traces parfumées
Il rejoint à la Nuit
Sa fragile épaisseur
Au sein de ce jardin
Où naissent les ébauches

(Nous y revoilà !)

Il guette le secret
Que l'on dit à l'oreille
Lorsque le dernier souffle
Épuise les Pensées
Il poursuit le mirage
Qui, infiltrant nos veines,
Nous fait, toute une Vie,
Croire à l'Éternité
Fatal et harassé
Rattrapé par le Temps
Sans avouer sa peur

Fier quand même, alourdi,
Il attend impuissant
Le signe du Destin

(Sous *attend*, il avait mis un point d'interrogation.)

Le deuxième s'intitulait « SOIR »

Dans le Jour qui noircit
S'est enfuie l'Espérance
Restent les Souvenirs
Des rêves enneigés
De bien pâles Promesses
Et des Lampions éteints

Je préférai celui-ci. Mais les deux me paraissaient dignes d'être travaillés. Je recollai les morceaux, notai chaque poème : 7/10 pour le premier ; 9/10 pour le deuxième. Puis je les plaçai sur le bureau, scotchés sur l'ordinateur. Jamais il ne m'en a reparlé. J'ai bien vu qu'il les avait recopiés dans un fichier.

Je *digresse*.

Vers dix heures ce matin, j'ai entendu Alexandre qui aboyait au portail en grattant de toute son énergie. Je suis allé lui ouvrir. Des gémissements succédaient aux aboiements. Il tournait autour de moi, jetait sa patte au hasard comme s'il voulait me parler. Rodolphe l'avait emmené pour le week-end dès le jeudi soir, prétextant qu'il prenait sa RTT... Son air bougon et rieur à la fois signifiait qu'il y avait *anguille sous roche*, selon le cliché. D'ordinaire, il arrivait à six heures le lundi avec les croissants, les légumes frais et, une semaine sur deux, un stock de viande dont nous congelions la plus grande partie. C'était une belle joie de papoter en épluchant les légumes en petits dés pour les cuire à la vapeur. Rodolphe nous racontait ses aventures. Jean et moi faisions semblant de le croire. Jean refusa de s'inquiéter de son absence : cela confirmait ses soupçons. Restait à imaginer l'*anguille* ! Contrairement à nous, le jardinier s'entichait plus facilement d'éphèbes au corps élancé.

Nous avons cherché dans nos connaissances récentes qui pouvait correspondre à ce profil. Puis la matinée s'est avancée. J'ai donc fait le ménage tout seul pendant que Jean s'enfermait dans le bureau. Jusqu'aux aboiements d'Alex.

J'ai, sur les conseils de Jean, téléphoné à Maxime. Les flics m'ont dit qu'ils s'occuperaient de l'affaire, que ce serait bien que je suive le chien. « Mais prudemment ! Prenez votre portable avec vous. » Ils me demandèrent si Rodolphe était ponctuel de coutume. Je répondis que oui, que nous n'avions jamais eu à nous plaindre de quoi que ce soit. Le chien s'énervait, me tirait par le bas du pantalon, m'engueulait. Je demandai à Jean de ne pas quitter la villa au cas où des infos nous seraient communiquées. Il pensa sans doute que je voulais lui épargner une découverte macabre.

Alex courait devant moi sur le chemin, revenait, me lançait un aboiement sec, une approbation ? Brusquement il abandonna la route, fonça à travers bois. Il sautait par-dessus les fourrés, s'arrêtait pour m'attendre, manifestait son impatience, assis, patte dressée. J'avais de plus en plus de mal à garder le contact tant les arbustes s'épaississaient. Je me griffais aux ronciers, évitant les massifs de pyracanthas, ceux-là même qui avaient blessé Ibrahima. Une heure, nous avons progressé par petites étapes. Alexandre allait droit devant lui, sûr de son itinéraire. Moi, je suivais en zigzag. Enfin, il stoppa, se mit sur son cul, leva le museau vers les cimes, hurla à la mort. J'étais terrifié par ses jappements prolongés, sinistres. J'approchai. Ce que je vis tout d'abord, ce fut un pied nu couvert de sang séché. Je ramassai un bâton dont je voulais me servir pour écarter les branchages de pyracanthas quand les gendarmes parurent. Ils me dissuadèrent de regarder : c'était horrible ! Prévenus par des randonneurs qui avaient découvert le cadavre, ils cherchaient quelques indices alentour. Nous repartîmes à la Jika, Alex et moi. Le chien frottait son museau sur mes jambes. Jean avait été prévenu par les gendarmes. Il était habillé chic. Plus de sourire moqueur ou tendre. Un air grave, soucieux que je ne lui connaissais pas.

– Il faut descendre reconnaître le corps.

– Alex l'a déjà fait.

– Peut-être mais c'est la loi.

Non, il ne s'était pas trompé, Alex. De Rodolphe, il ne restait presque rien : le visage aux trois quarts dévoré par des chiens ou des sangliers ou un renard. Le corps déchiqueté, couvert d'ecchymoses, les entrailles à l'air et, miraculeusement intact, le bracelet-montre que je lui avais offert pour ses cinquante ans…

Sainte-Maxime, mercredi 1er décembre 2011

Assis à la terrasse de Pierrugues, notre pâtissier, je bois un chocolat chaud, m'empiffre de viennoiseries. Jean prétend qu'avec l'âge, je deviens gourmand, il pince mes *poignées d'amour* ! J'arrêterai quand je le voudrai. Il ne me croit pas. « Attention, Bilou ! Bibendum te guette ! » « L'an prochain, pour m'entraîner au régime, je ferai ramadan. » Reproches… Moqueries… « Vire à l'Islam si ça te chante, mais m'oblige pas à porter le voile ! » J'ai sorti les trémolos : volonté de rendre hommage à mon père, récupérer mes racines. Et puis, ben, je me suis aperçu qu'il y avait du vrai dans ces prétextes : ramadan, c'était comme une prière pour son âme…

Je sors de la gendarmerie : simple formalité. L'affaire Rodolphe a été enterrée avec son corps. Le cabanon, vendu aux enchères. Bénéficiaire : l'État !!! Jean n'est pas venu. Toujours soucieux. Depuis un mois, le mur de notre terrasse s'orne d'un joli tag : HORS D'ICI LES PD ! Moi, ça me fait rire. Pourtant, d'après l'enquête menée par les gendarmes, Rodolphe aurait été appâté par un jeune non encore identifié, rossé et jeté dans les buissons à moitié mort. Les bêtes, lesquelles, ils ne savent pas, auraient fini le *travail*.

Est-ce le début d'une bataille rangée contre les *homos de la colline* ? Quoi qu'il en soit, il nous faut un nouveau jardinier. J'ai fait paraître une annonce dans *Nice-Matin*. Le soleil est chaud. Le ciel, tout bleu. Je ne crois pas à la guerre.

Pampelonne, dimanche 30 janvier 2012

C'était un dimanche aussi, il y a bien longtemps. Le vent s'était levé alors qu'on ne l'attendait plus. La matinée avait été calme. Je me suis risqué à sortir. Cueilli sur le pont du périphérique par une bourrasque, je me suis obstiné. Les robes se soulevaient, les chapeaux s'envolaient, des femmes criaient. J'ai couru jusqu'aux immeubles près des Maréchaux. Là, un tourbillon hypocrite m'a arraché des grillages où je m'étais accroché, m'a jeté sur le sol encombré de branches mortes. Giflé par toutes sortes de détritus que le vent propulsait, je me suis tassé contre le béton, fœtus et non fétu, riant presque de l'absurdité de la situation. Dans le jardin (fermé pour cause de grave intempérie ; je m'étais glissé par un trou dans le grillage), je m'abritai dans la semi-rotonde, refuge fiable. Seul spectateur de la tempête, remontant le col de mon caban, j'assistai à cette ronde de papiers, de poussières, de branchages, au travers de laquelle je pouvais vaguement apercevoir les grands arbres, bousculés, ramenés, meurtris, tassés, penchés vers la terre, repliant leurs branches comme des pénitents en prière.

Un gardien m'a rejoint. Lui aussi cherchait un asile. C'était un Black très lourd, qui ne souriait jamais. Je l'avais déjà vu dans les allées, ne parlant à personne, s'appliquant à son boulot. Il ne fit aucune remarque sur ma présence illégale. Simplement, il me recommanda la prudence si je devais ressortir.

Il avait la trentaine peut-être. On ne sait jamais trop avec les Noirs, on se trompe sur leur âge. Celui-là était particulièrement vigoureux. Je n'osais pas le détailler, craignant de l'embarrasser. Nous sommes restés silencieux, absorbés dans la contemplation de la *grave intempérie*... La poussière, tout à coup, jaillit dans la rotonde, déroutée par une sorte de cyclone. Le Black me fit grimper sur le banc de pierre, me poussa contre le mur. Il se colla contre moi et, se servant de son manteau, recouvrit nos deux visages. Je sentais sa chaleur. Le vent faiblit. Nous redescendîmes. Il prit une longue respiration.

– J'ai cru qu'elle allait nous étouffer, cette saloperie ! Jamais j'avais eu cette impression. Et vous ?

– Moi, je suis d'un pays où tout peut arriver.

– Moi aussi mais je l'ai quitté trop jeune. Je vous vois souvent promener. Toujours seul.

– C'est que je viens ici justement pour être seul.

– Sans blague ?

Son œil me brocardait.

– Pas trop de conneries quand même. Ça peut craindre une fois. Et ne déchirez pas votre caban en partant, la brèche n'est pas si grande.

Je ne l'ai plus rencontré. Jusqu'au jour où...

Ce matin, à Pampelonne, le spectacle était semblable. À ceci près que les massifs de roseaux servaient de paravent. Les pins, eux, crachaient des morceaux de branches comme des « concessions sans perpétuité » ! Et la mer sans arrêt...

Pas de Black. Pas de White non plus. Frileusement enveloppé du même caban que Jean ne supportait plus « Quand est-ce que tu te décideras à balancer ce *ravant* ? », je serais resté là dans l'iode et les embruns, hypnotisé par cette féroce coalition des éléments, comme si j'assistais à une fin du monde. Je la souhaitais. Mais de l'envisager me ramena à la raison et à la... maison ! Inquiet de le savoir seul dans cette villa avec laquelle le vent aimait à jouer cruellement, je cherchai Jean. Il paradait dans le bureau, chantant à tue-tête un poème qu'il *musiquait* en impro devant la nature déchaînée.

– C'est quoi ce Beethoven ?

– De la merde ! Mais ça soulage...

Nous avions un nouveau jardinier. Miguel, un Portugais. Noiraud aux yeux fureteurs. Jean me raconta comment il l'avait démasqué.

– Intrigué par sa réponse trop rapide, de but en blanc, je lui ai asséné « Les dessins sur le mur de la terrasse qui ornent l'inscription HORS D'ICI LES PD ne sont pas très réussis, tu peux faire mieux. À la rigueur, je suis en mesure de t'apprendre. » Il ne s'est pas démonté, mon vieux, il s'est marré. « Faut bien s'amuser. Dans ce pays, si on travaille pas, c'est la guigne. » Pourquoi la guigne, j'ai pas saisi, mais il avait avoué assez crânement. C'est pour ça que je l'ai engagé. Je lui ai suggéré d'arrêter les conneries. Il a pas protesté, s'est gratté les couilles avec ostentation !

San Peïre, dimanche 28 mai 2012

Miguel ne cesse de m'inquiéter. Qu'il soit indépendant ne me dérange guère ; c'est la façon dont il l'affirme qui me déplaît. Son emploi du temps, il en décide tout seul, à tel point que nous avons renoncé à lui établir un plan de travail. Certain jour, il ne s'occupe de rien, passe des heures à se baigner, à s'exposer, nu, au soleil sans nous demander d'autorisation. D'autres fois, il débarque à la villa de très bonne heure, sort les meubles de la cuisine, lessive le carrelage, active la pieuvre dans la piscine, passe la tondeuse à gazon, s'arrête seulement quelques minutes pour un sandwich, reprend ses travaux d'Hercule le plus bruyamment possible. Il ne nous reste alors qu'à nous enfermer dans le bureau dont nous lui avons interdit l'accès, interdiction qu'il ignore la plupart du temps. Le soir, avant de partir, face à nos fenêtres, il savonne longuement sa queue, s'allonge sur la margelle, en érection. Je fulmine, il le sent bien, s'en moque. Peinard quand je suis là, il réitère ses provocations dès que je m'absente. Jean m'empêche de le corriger. « C'est notre paratonnerre. Si tu le chasses, les malveillances vont reprendre. » Bon, j'ai quand même passé une nouvelle annonce, plus évasive pour ne pas éveiller son attention... « Cherchons factotum, prière appeler... » Suivait le portable d'Yvonne. Trois jours plus tard, elle avait un message, de Miguel ! « Dites aux patrons que, si je leur suffis pas, je peux trouver quelqu'un. »

Il y a aussi le problème Alexandre. Il déteste le jardinier. Plusieurs fois, il a tenté de le mordre. Nous lui avons acheté une niche : le voilà enchaîné. Selon le vétérinaire, la neurasthénie le gagne.

Alors, je l'emmène avec moi au marché, à la plage. Assis à la place du mort, il rayonne. En quelque sorte, j'ai pris le relais d'Adrien.

À ce propos, la dernière lettre du Martiniquais n'était pas spécialement joyeuse. Marius et lui se chamaillent. Adrien nous reproche de lui avoir *ouvert des horizons*, de l'avoir déstabilisé! Il l'aurait aperçu dans un sauna, à quatre pattes! C'est une expression bien à lui! Nous lui avons proposé, affectueusement, de venir passer l'été avec nous, seul ou avec *son mec*. Nous nous serions chargés de les raccommoder... Et, ce matin, un mail bref, très éloquent: « Allez vous faire mettre! »

Pampelonne, samedi 26 août 2012

Les aoûtiens sont déjà partis. Le week-end sera calme. Nous avons organisé notre journée, Marius et moi. Jean, qui avait prévu de se joindre à nous, ne s'est pas réveillé. La veille, il se plaignait d'un mal de tête. Je ne l'ai pas dérangé, je lui ai juste laissé la garde d'Alex. Les Allemands (un couple dans la quarantaine) sont arrivés vers onze heures. Aussitôt préoccupés par le rituel. Un bon quart d'heure pour chacun: du monoï étalé sur les deux faces à petites caresses ponctuées de baisers. « Tu vois comme ils s'aiment, ceux-là! » « Patience, je lui ai dit, là c'est amour toujours. Dans quelques heures, après une séance au fond de la pinède, ils vont se peigner. » Il réfléchit un moment, les yeux humides. « Je te jure, Bilou, une seule fois, ça m'est arrivé! Et pas à quatre pattes comme il le proclame à tout le monde. J'avais trop envie. Lui, il veut pas me prendre. J'ai des besoins, merde! Putain, je le baise bien, et souvent. De quoi il se plaint? »

Il pleurait, la tête dans le sable. Je l'ai consolé. Au large, plus de bouées. Ils perdent pas de temps pour nous signifier que la saison est terminée. Je nageais donc prudemment. Une brève inquiétude: image de Jean seul dans son lit, souffrant peut-être. Je me suis donné à la beauté du moment. Ai-je légèrement sommeillé en faisant la planche ? Immergé brutalement, agressé sur tout le corps, peut-être sur le point d'être noyé, je ne luttais plus, cherchant qui pouvait être mon assassin... Lorsque j'ai repris mon souffle, prêt à me battre, l'œil chaleureux de Frank a désamorcé ma colère. « Sale con ! Tu nous as bien snobés tous ces mois. Si tu reviens avec des intentions belliqueuses, pas d'accord ! » « Pardon ! Tu sais bien que mon fils monopolise mes journées. Là, il est aux Baléares avec sa mère. » « Ah bon ? » Je ne l'ai pas questionné : il semblait heureux, cela seul comptait. Un baiser sur le front et il a repris son crawl. De temps à autre, son fessier pointait au-dessus de l'eau. Difficile, l'amitié platonique !

Surprise : notre campement sommaire était devenu camp retranché. Aidé des Teutons, Marius avait confectionné une véritable cabane avec des branchages, les toiles de tente que nous n'utilisons que par temps de mistral, et les draps de bain. Avant d'arriver jusqu'à lui, j'eus l'explication de la *forteresse* : des pieds entremêlés, remuants, dépassaient de l'abri. Un des deux Allemands était embroché par Marius qui suçait la bite de l'autre. Ce dernier me tendit sa croupe. Merci non, les transports en commun, j'en avais ma claque ! Je partis dans la pinède sans intention de draguer, pour respirer l'air encore léger, repaître mon regard de cette nature généreuse, si différente du jardin, sauvage, indisciplinée, accueillante.

Frétillant de la queue et de la croupe, Alex se jeta sur moi. Miguel le suivait de près.

– Monsieur Jean s'est trouvé mal.

– Explique-toi.

– Un malaise en sortant de la piscine. Je l'ai couché dans le bureau. Y pouvait plus marcher.

J'arrachai Marius aux rapaces. Nous sommes remontés par le Bourrian, évitant les embouteillages. Quarante minutes tout de même pour rejoindre la Jika. Miguel nous avait devancés avec sa moto. Alexandre et lui s'étaient donc réconciliés ? Je lui demandai comment il avait pu l'emmener sur sa moto. Simplissime : Alex avait suivi jusqu'à la route et après, aussi incroyable que cela pût paraître, il lui avait trouvé une voiture. De l'auto-stop canin... Allongé sur les coussins à l'orientale, Jean visionnait pour la énième fois *Cow-Boys*. Je coupai le magnétoscope, fou furieux.

– Si tu veux mourir tout de suite, je peux m'arranger. Sinon, protège ton cœur !

– Mélange pas tout, Bilou... Et puis mourir devant ces corps, c'est le Paradis tout droit !

J'entendis des aboiements joyeux.

– De toute façon, tu vois, j'avais l'infirmier sous le coude.

Adrien !

– Te bile pas, Bilou, fais le bilan ! (J'en avais plus qu'assez de ces jeux de mots.) Électrocardiogramme impec'. Peut-être une légère tachycardie due au soleil. Il faut lui rappeler qu'il est vieux, très vieux. Au fait, combien ?

– Tu me casses les couilles ! Quatre-vingt-cinq... Qu'est-ce que tu viens faire ? Surveiller ton petit mec ?

Et là, je me suis trouvé héroïque parce que, dans la foulée, j'étais prêt à raconter la séance sablonneuse en détail. Un seul regard de Marius, je suis passé au point mort.

– T'allais ajouter quelque chose ?

De la cruauté dans son œil, jamais entrevue auparavant. Et les poings sur les hanches comme une poissonnière. Sûr de lui... Putain de journée ! Je suis retourné auprès de Jean.

Nous avons dîné sur la terrasse, avec le grille-moustiques tout neuf et les lampions. Marius et Adrien se pelotaient. Je dorlotais Jean. Miguel feignait de ronchonner.

– Y me reste le chien. C'est pas mon rêve...

J'ai dormi chez Jean. Il voulait me baiser. Je me suis refusé. *Prudence et merde, sûreté* ! Ça, c'est pour Adrien...

Heureusement qu'ils étaient là... Quelle panique de voir Jean titubant, l'œil dans le vague, souffrir de violents maux de tête, immobile, déjà mort, se poster à la nuit tombante face à la vallée qui plonge vers la mer ! Je restais en retrait, attendant le moment de l'emmener au lit. Les autres, discrets, nous laissaient seuls. Une semaine sans le moindre changement. Journées réglées : la mer pour les amants réconciliés, le ménage (silencieux !) de Miguel, Alex couché aux pieds de Jean.

Puis, un matin, Adrien eut une illumination.

– Tu sais, Bilou, plus j'y pense, plus je crois que ces maux de tête, ces vertiges, c'est des conneries. Seulement, le toubib d'ici, à part lui passer la main sur les couilles et lui serrer la bite pour dire bonjour, il est pas très fiable ! Si t'arrivais à joindre quelqu'un de solide, moi, je peux décrire les symptômes...

Solide ! Comment n'y avais-je pas pensé ? J'appelai Carl, tombai sur sa femme qui promit de transmettre le message. Deux heures après, j'entendis la voix joyeuse, un peu étonnée.

– What's new, Pussycat ?

Je lui passai Adrien qui fit son rapport. Il nous donna les coordonnées d'un spécialiste ORL sur Cannes.

– Allez-y de ma part. Mais, motus sur mes expériences extra-conjugales, il sait rien. Du tact, svp. C'est un Black, lui sautez pas à la braguette, il est fou des bonnes femmes. Enfin, il le prétend...

Nous partîmes en bande, optimistes par nécessité. Jean, prostré dans la voiture, nous regardait sans comprendre. Le spécialiste voulut le recevoir seul. J'insistai.

– Qu'est-ce que vous êtes pour lui ?

– Ben...

Il jeta un bref regard sur Marius et Adrien, revint à moi.

– Entrez.

Pendant une heure, il le manipula. J'eus droit à l'assister. On basculait Jean de droite à gauche avec des pauses. Il hurlait quelquefois qu'il tombait. Le Black le rassurait. « Je vous tiens. » Et le miracle eut lieu. Sur pieds, un peu « ébrieux », il retrouva un sourire timide. Le spécialiste déclara que ça pouvait revenir, qu'il était à notre disposition...

– S'il vous plaît, n'ayez pas honte de votre relation avec ce beau monsieur. C'est magnifique de vieillir de cette façon. Vous faites encore l'amour ensemble ? C'est une question professionnelle, vous l'aviez compris, j'espère ?

Content de lui ! J'eus envie de le provoquer.

– Oui, il me baise assez souvent. Mais il a toujours préféré les Blacks.

– C'est noté, je me méfierai...

Il me tendit sa carte. Sa décontraction, son élégance me plaisaient.

Le soir, fiesta avec Yvonne, Irène, nos amants, et Miguel qui, ayant trop bu, nous fit une scène. On ne s'intéressait pas à lui. On ne lui disait rien. On jouait aux seigneurs. Irène essaya bien de le peloter, il se rebiffa, sortit en claquant la porte sous les aboiements furieux d'Alex.

San Peïre, mardi 30 avril 2013

Jean est vraiment un phénomène ! En huit mois, il s'est tout à fait rétabli, a retrouvé sa vigueur, toute sa tête et... ses désirs. Chaque jour, il surfe sur Internet, fait de longues promenades avec ou sans Alex, avec ou sans sa canne. Moi, je prends la voiture, je sillonne les chemins écartés, les plages naturistes de Fréjus à Pampelonne. Les belles rencontres sont rares, donc précieuses. Le soir, nous échangeons nos journées. Pour lui, je m'invente des aventures faramineuses, utilisant les hommes que j'ai croisés, sans avoir rien fait d'autre que débattre du monde. Je tiens à ce qu'il me croie *infidèle* ; une coquetterie ? De son côté, rien ou presque rien. La campagne, la route, quelques accrocs stupides : un cycliste agressif qui a sorti sa bite et demandé à Jean de le sucer (selon lui, il devait en avoir l'habitude !) et ce brave berger, que nous recevons quelquefois à déjeuner, se plaignant d'être en manque (les femmes ne veulent pas de lui). Jean les a rembarrés, l'un comme l'autre, fermement, avec son humour coutumier... Menaces, lettres anonymes, commentaires larvés, désobligeants ; conversations grivoises... Sourire est notre réponse. Quant aux allusions, aux propositions implicites, nous les tournons à la rigolade, arguant de notre grand âge. Les gens, peu à peu, se sont calmés. Ils sympathisent. Mais il y a Miguel...

Un soir, nous sommes allés à la Cinémathèque de Nice assister à la projection d'*Un petit cas de conscience* tourné en 2002, je crois. Jean a toujours apprécié le travail de la réalisatrice, Marie-Claude Treilhou. Dans la voiture, il m'a fait une belle analyse, toujours lucide et perspicace.

Devant le portail, Jean descendit pour ouvrir. Il s'immobilisa. Je crus à une nouvelle attaque. Je le rejoignis, tremblant. Il me secoua le bras, éclata de rire.

– Regarde, on nous a cambriolés !

Dès le début du film que nous venions de voir, deux lesbiennes, qui se retrouvent le week-end dans leur maison de campagne, constatent que leur refuge a été visité : des choses sans valeur, souvenirs importants pour elles...

– À quoi tu devines ça ?

– Y a plus rien sur la terrasse.

En effet, tables, chaises longues, matelas, parasols, jusqu'à la pieuvre qui avale les saletés dans la piscine, tout s'était volatilisé. En revanche, pas de dégâts dans le bureau ni dans la maison.

– On fait quoi ? Les gendarmes ?

Je lui assurai que c'était inutile.

Le lendemain, debout à cinq heures. J'avais couché dans ma chambre pour ne pas réveiller Jean. J'attendais, calmé, déterminé. Miguel jaillit dans le séjour.

– Z'avez été sur la terrasse ?

– Non. Pourquoi ?

– Bè, y a plus rien, ils ont tout pris.

– C'est au nettoyage. Comme ça, cet été...

– Vous déconnez ?

– Avec Rodolphe, nous le faisions chaque année…

– Z'auriez pu me prévenir ! J'étais pour appeler les flics.

– À cette heure-ci ? Ou bien hier au soir ?

– Hier au soir ?

Il paniquait, s'empêtrait. Je me suis approché de lui. Ma gifle est partie avant qu'il ait eu le temps de se couvrir. Je voyais la trace de mes doigts sur sa joue. Je sortis mon couteau.

– Je te saigne ou tu racontes ? T'as fait ça avec des copains ? Tout seul ?

À cet instant, Jean apparut dans l'embrasure. Je le persuadai de nous laisser. Miguel tenta de profiter de cet *intermède* pour fuir. Je l'arrêtai, le poussai vers le canapé. Ses yeux se plissaient méchamment, il cherchait la riposte, regardait le couteau, me regardait, se sentait impuissant. Alors, changeant de tactique, il prit un air décontracté.

– Bon, j'ai planqué le matériel au fond du jardin. Y avait que moi. Il manque rien, vous pouvez vérifier. Faut comprendre, Monsieur Kébir, juste une galéjade pour que vous fassiez attention à moi.

– Bouge.

– Je vous assure que c'est là-bas. Y a pas de quoi s'énerver. J'en avais marre d'être toujours méprisé…

– Bouge ! Enlève ton froc. Allonge-toi sur le canapé. Pas sur le dos, sur le ventre, j'ai pas envie de voir ta queue.

Il obéit, mort de trouille et de curiosité. Après lui avoir ordonné de fermer les yeux, j'ai placé la pointe de mon couteau sur sa nuque et je l'ai baisé, profondément, en prenant mon temps. Il s'est relevé, le visage tout congestionné.

– Comme ça, ça va, Monsieur Kébir. Comme ça, je me sens dans le coup.

Maintenant, il nous appelle Monsieur Jean et Monsieur Kébir. Je le saute de temps à autre. Jean trouve que c'est devenu un agneau. « Je me savais pas zoophile ! » Ça l'a beaucoup diverti. Nos problèmes avec Miguel n'étaient pas terminés : ils ont changé de nature. Nous l'apprîmes lors d'une visite des gendarmes. Perquisition : simple formalité... « On sait bien que vous n'êtes pas complices mais votre jardinier, c'est un dealer. Alors, vous comprenez, la routine... » Il était très beau, rougissant. Sûr qu'on le reverrait sous peu, en civil, pour un *complément d'enquête* !

En attendant, on était sans jardinier...

Jean se démena, fit appel à tous les magistrats parisiens qu'il avait connus de près. Il ne put éviter la condamnation : un an et pas de sursis.

– J'ai perdu mon pouvoir.

Cette constatation l'a perturbé. Je m'en suis rendu compte lorsque *notre* gendarme nous a rendu visite : il voulait nous présenter *des gens bien comme il faut* pour remplacer Miguel. Jean s'est enfermé dans le bureau. « Vois ça avec monsieur, je suis fatigué. » Fatigué à onze heures du matin, ça ressemblait fort à une dérobade. Le gendarme et moi, nous n'avons pas triché. Il a tout de suite accepté ma proposition de se détendre dans la piscine. Sous son jean, rien d'autre que les fruits de l'amour... À la fenêtre du bureau, un voyeur blasé.

Dans l'après-midi, coup de fil d'Yvonne : Irène a fait une tentative de suicide. Son Black a débarqué chez elle, apparemment repentant. Elle lui a ouvert, éperdue de reconnaissance. Une fois dans l'appartement, il l'a traitée de pute, de sorcière nymphomane et, après l'avoir rossée, il a démoli la chaîne hi-fi, la télé, les bibelots, sa collection d'assiettes rares... « Elle s'est morfalé la boîte entière de somnifères. Comme son portable sonnait dans le vide, j'ai rappliqué et je l'ai découverte sur la moquette en train de râler, inconsciente... Mais ça va, elle est à Fréjus, j'irai la prendre demain. Ils m'ont dit à l'hôpital de plus la laisser seule. Moi, j'ai un boulot depuis trois jours, je vous passe le bébé, OK ? »

Nous avons revu le gendarme, porté plainte pour coups et blessures. Le Black, lamentable, s'est excusé, a promis de rembourser et voilà... C'est d'une « jardinière » que nous avons héritée. « Ta bite dans ma main toute la nuit, Bilou, ce sera mon salaire. » Elle est vraiment mignonne !

Paris, mardi 27 novembre 2013

Fahri est mort. On l'a ramené dans son hôtel particulier de nuit après une partouze : overdose ! Prévenus par Lucien, nous sommes partis à Paris pour assister à l'incinération. C'est nous qui avons fait sa toilette mortuaire. Il l'avait expressément demandé sur son testament. Si beau encore, nous l'avons serré contre nous, embrassé avant qu'on ne le glisse dans son cercueil. Après la crémation sur fond de sambas (terrifiant !), nous étions sonnés, irrités, tristes. Lucien, le chauffeur, nous a ramenés au Campanile où nous avons dormi jusqu'au dîner : Chinois, puis directement le lit. Nous n'arrivions pas à nous parler. Je me suis collé à son ventre pour trouver le sommeil.

Au matin, le jardin semblait nous attendre. Notre banc surtout. Il avait plu, beaucoup, pendant la nuit. Le gris du ciel devint ocre puis se troua de bleu. Je sentais Jean extrêmement nerveux. Peut-être souhaitait-il être seul ? Je craignais que, déprimé, sans ressort, il ne fût vulnérable. Je pris donc comme prétexte le passage d'un jeune Maghrébin, une *petite boule* aux yeux inquisiteurs. Je l'ai suivi, du moins ai-je fait semblant de le suivre. Planqué au coin de la rambarde, j'épiais Jean.

Le vent, tout à coup, s'est déchaîné. Une véritable tempête genre « mistral » a déshabillé les arbres encore feuillus. Jean observa les feuilles à terre. J'eus le sentiment qu'il pleurait. Il était trop tôt pour que je le rejoigne. Mais je redoublais de vigilance : non loin, un groupe de petits vadrouilleurs se shootaient sans vergogne. Comme ils se déplaçaient vers le terre-plein, je revins auprès de Jean, en reboutonnant ma braguette pour accorder plus de vraisemblance à mon récit. Il avait essuyé le banc avec son mouchoir. Je m'assis à ses côtés, racontai ma séance de baise avec la *petite boule*. Je me perdais dans les détails. Il m'interrompit.

– Ramenons-le ! Il est jeune, vaillant. Tu lui vendras la Jika en viager...

Je lui ai demandé de ne pas se préoccuper de mon avenir, un peu sèchement. Il se voulait cruel sous le couvert d'une lucidité douteuse ! Je l'abandonnai : rendez-vous au Train Bleu dans la Gare de Lyon (nous avions retenu pour le soir). Et tant pis pour le danger ! Qu'il se démerde ! J'étais furieux sans savoir pourquoi...

Oh ! Je le savais pourquoi : l'idée de sa mort prochaine me taraudait l'esprit. Je refusais de l'envisager. Qu'il me la jette en pâture comme ça, cyniquement, (oui cyniquement !), qu'il en jouisse secrètement (encore de la manipulation !), je ne pouvais pas l'accepter. Mon exaspération était telle que je faillis partir n'importe où pourvu que ce soit loin de lui. Et ce « loin de lui » me rendit à ma réalité : je l'aimais. Je l'aimais avec une intensité qui risquait de l'importuner. Tant pis, dans notre wagon-lit, je lui ai avoué cet amour dont la force me rongeait, les mots mangés de larmes, les poings serrés, les yeux clos. Je l'ai supplié de ne pas mourir avant moi. Essoufflé, comme vidé de mon sang, j'ai attendu les sarcasmes. Je les avais sollicités... Mais, tu vois, il n'arrive jamais ce qu'on a prévu. Il est monté dans ma couchette, s'est allongé sur moi, m'a embrassé avec tendresse. Sa bite durcissait contre mes cuisses. Je les ai écartées, soulevées et je l'ai encouragé à me pénétrer. Le train était complice. C'est en arrivant à la gare des Arcs qu'il m'a parlé d'Ibrahima II, un splendide Black rencontré au jardin, qu'il avait engagé pour la Jika.

Lundi 24 décembre 2013

Noël. Comment le vis-tu avec tes enfants, mes petits-enfants que je ne connaîtrai pas ? Je n'ai pas, nous n'avons pas, une passion pour les santons et la crèche. Distribuer les cadeaux, boire un peu de champagne, partager la chaleur de l'amitié, nous suffisait. La fin de l'année se profile, une année riche en péripéties, en séparations aussi.

Fin novembre, nous avons réceptionné Ibrahima II. J'ai préféré attendre dans la voiture. De cette façon nous évitions le parking et les longues files d'attente. L'avion était à l'heure. Une chance ! Je ne pensais à rien jusqu'au moment où ils sont apparus, tous les deux : mêmes silhouettes, même énergie, mêmes sourires. Leur couple me condamnait. Jean avait beau m'affirmer qu'il l'avait choisi pour moi, il était évident que je ne serais qu'un spectateur importun de leur histoire d'amour. Je n'avais aucun doute là-dessus : à quatre-vingt-six ans, Jean commençait une nouvelle liaison. Et je n'avais qu'à m'écraser. C'est ça, aimer. J'appréhendais de le voir de près, de le trouver encore plus beau, plus conforme encore aux canons de Jean.

Il mit ses bagages dans le coffre avant de venir me saluer. J'essayais de prendre l'air aimable. Lui, il souriait.

– C'est quand même mieux sans la tornade, tu trouves pas ?

Bon dieu ! Le Black qui m'avait « pincé » dans le jardin lorsque j'étais entré par effraction un jour de *grande intempérie*... Jean semblait ravi.

– Alors, vous vous connaissez, petits voyous ! C'est qui qu'a dragué l'autre ?

Nous nous récriâmes. Ibrahima II ne voulait pas qu'il soit dit...

– Tu sais très bien, Jean, c'était la première fois avec toi.

– Ce sont des choses que l'on dit par politesse.

Furieux, le Black, susceptible !

– Si ça commence comme ça, je préfère m'en retourner sur Paris !

Je devançai Jean.

– Il aime la plaisanterie. Le prends pas mal. Tu verras, tu seras au paradis chez nous.

– Je demande à voir les anges.

S'il avait un peu d'humour, tout devait s'arranger. Et tout s'arrangea. Pour eux, pas pour moi. La chambre était prête. Nous avions demandé à Yvonne et à Irène de ne pas se pointer ce soir-là. Il fallait bien positionner nos rôles respectifs. Il déballa ses affaires, les installa dans l'armoire et la commode puis nous rejoignit.

– Bon ! Si ça vous ennuie pas, je vais pioncer. L'avion, moi, ça me saoule.

Je m'avançai pour lui faire la bise, il recula, me tendit la main.

– Le léchage de poire, c'est pas mon truc. Excuse !

Jean monta dans sa chambre, je ne le suivis pas. Le lendemain, un dimanche, jour du seigneur, repos. Ibrahima II émergea vers midi. Son petit-déjeuner était resté sur la table. Il mit de l'ordre avec dextérité, demanda s'il devait préparer le repas. Jean lui dit qu'il n'y avait plus qu'à se mettre à table. Voyant l'air penaud du Black, il lui caressa légèrement les cheveux.

– Laisse-toi arriver. Demain, tu prendras ton service à plein temps. D'ici là, détends-toi. Si tu aimes le cinoche, on peut regarder des cassettes ou des DVD...

Les *Cow-Boys* étaient de retour !

Allongés tous les trois mais à distance raisonnable, nous visionnâmes ce chef-d'œuvre de la pornographie homo. Ibrahima II ronchonnait sans trop s'extérioriser. Jean, ostensiblement, remit de l'ordre dans son slip, laissa sa main à l'intérieur du jogging. Tétanisé, je fixai l'écran de la télé. Son autre main, Jean la posa sur la cuisse du Black qui ne réagit pas. Du coin de l'œil, il m'observait, conscient et satisfait de ma neutralité.

– C'est un passage obligé ?

Jean sursauta. Il ôta sa main.

– Qu'est-ce que tu veux dire ?

– Je veux dire que cette « mise en scène » est inutile. C'était plus simple de me demander si j'accepte de partouzer avec vous deux.

– C'est pas dans nos habitudes. On aime bien un peu de suspense.

Il se mit à rire.

– Bon ! Respectons les conventions. Qu'est-ce que je fais ? Je ferme les yeux, je joue les vierges pudiques. (Il me désigna.) Lui, il sait pas mais toi, tu sais que j'étais vraiment vierge. Vous prenez pas la tête, moi aussi, j'aime plaisanter !

Il se cambra, ôta son survêtement, le haut et le bas. Pas de caleçon, pas de slip. Et une belle érection.

– Par quoi on commence ? Tu m'encules d'abord et lui après ?

Il avait la manière pour nous déstabiliser. Il ne fallait pas que le flottement se prolonge. Je me jetai sur sa queue et l'avalai. Je crois que mon initiative fut appréciée plus encore par Jean qui profita de l'excitation du Black pour se retourner et poser sa bouche sur son anus. Je n'avais qu'une crainte, c'est qu'il me jouît dans la gorge : sa bite était si longue que j'en étouffais presque. Il eut l'élégance de se retirer, se mit sur le ventre, attendit. Jean me fit signe. Je n'osais pas puis cette croupe était si tentante que je le pénétrai avec précaution. Au moment de jouir, j'abandonnai le conduit brûlant qui m'avait donné un plaisir qu'avec le temps et mes nouvelles habitudes j'avais fini par oublier. Jean me remplaça. Je pus constater que, cette fois, Ibrahima II jouait des hanches, épousait les mouvements, poussait avec ses reins. Jean se glissa sur le côté pour me présenter l'énorme queue du Black. Et là, je me suis demandé ce qu'il attendait de moi. Pas longtemps : le Black m'a pris aux hanches et m'a embroché.

Nous avons dormi tout l'après-midi.

Lorsque nous avons refait surface, Jean et moi, le Black n'était plus à nos côtés. Nous le trouvâmes dans la cuisine. Le dîner était servi. Je me dis que Jean avait trouvé, comme on dit, la perle rare... Au dessert, une surprise.

– Je pense avoir rempli mon contrat. Maintenant, parlons sérieusement. Je ne suis pas un fanatique de la baise à trois. Ni même à deux quand il s'agit d'un autre homme. Alors, dans l'avenir, la main au cul si ça vous échappe mais plus loin, ce sera non. Pour le boulot, y aura rien à me reprocher. Si vous êtes pas OK, on s'explique tout de suite.

Moi, ça ne me contrariait pas. Jean, en revanche, baissait la tête, incapable de répondre.

– Ben tu vois, je préfère ça, en ce qui me concerne.

Il me regarda, un peu surpris. Puis, se tournant vers Jean, toujours le nez dans son assiette.

– Allons, papy ! Tu vas pas nous faire un infarctus ?

Je n'en étais pas si sûr !...

...

11

Yvonne, délicatement, retire le journal des mains d'Hassan qui s'est endormi, nu, sur le canapé. N'osant le réveiller, elle profite à son aise de la beauté brute de l'Algérien. Les questions qu'elle se pose sont simples : sait-il *vivre* seul ? Plus prosaïquement : faire chauffer son café, griller les toasts, naviguer dans une cuisine sans chercher trop longtemps ce qui lui est nécessaire... Elle préfère préparer le petit-déjeuner.

Lorsqu'elle déboule dans le séjour avec son plateau, le dormeur est en train de s'agiter. Ses mains chassent un agresseur virtuel. Sa respiration hachée, grondante, se prolonge en un cri implosé. L'odeur du café le calme. En automate, il passe son kimono, vient s'asseoir au flanc d'Yvonne, ne sachant comment se comporter avec elle. Un grognement sert de bonjour, un long regard chaleureux compense ce qu'il ne parvient pas à formuler.

– Vous devriez prendre la voiture et visiter la région. Le Var est très beau, surtout l'intérieur. Comme ça, en pleine campagne, vous aurez le temps de terminer votre « pensum ».

Il s'étonne.

– J'ai du mal à ne pas exploser parfois. Je me retiens, j'espère que ce n'est pas un alibi, pour apprendre à mieux connaître mon père.

– Évidemment...

– Non pas comme vous pensez. Je me force à m'identifier à lui… Inutile de ricaner, ne faites pas avec moi ce que Jean faisait avec lui ! Lorsque je suis allé à Villejuif, vous avez lu le journal, vous savez ce qui s'est passé, combien je l'ai méprisé, détesté… À mon retour dans mon HLM de Civeaux, j'ai décidé de prendre des cours de littérature française, de me cultiver. Je mimais son parcours après le lui avoir reproché ! En revanche, je ne peux pas concevoir ses obsessions…

– Pas obsessions, c'est trop péjoratif. Ce sont des désirs profonds.

– Pourtant…

Il finit son café, se lève, rince le bol dans l'évier. Elle n'intervient pas : par ce geste tout bête, il prend possession de la maison.

– Pourtant ?

– Eh bien, en lisant, il m'arrive d'avoir des érections.

– Malgré vos inhibitions ? Vous êtes normal finalement…

– Normal !

Il a crié. Son indignation s'évanouit très vite. Sans doute a-t-elle raison. S'approchant d'elle, il lui prend le visage.

– J'ai été *normal* avec toi ?

– Un peu trop… Prends ta douche. Les gens des pompes funèbres ne tarderont pas. J'ai commandé un seul cercueil. Tu aurais vu leur tête quand j'ai donné les dimensions ! Le couvercle sera vissé quand tu le décideras. Va, et n'oublie pas le journal de « papa ».

Le kimono glisse de lui-même. Hassan bande. Il se plaque contre Yvonne.

– S'il te plaît, ne rends pas les choses difficiles.

Il s'écarte, remet le kimono, se dirige vers l'escalier.

– Je pourrais avoir Miguel avec moi ?

– Faute de grives ?

La spontanéité de son rire ranime chez Hassan des élans de bonne humeur.

– C'est seulement pour reconnaître les lieux.

– Maso comme il est, il risque d'accepter... Ne revenez pas avant le soir. Je m'occupe de tout, seule. Je le leur dois.

– Ici, c'est la salle d'attente, comme qui dirait l'antichambre! La vraie pinède commence après les vignes, derrière les roseaux.

Miguel, embarrassé de s'exhiber sur le *sentier de la drague* avec Hassan, chuchote. Il avait accepté de l'accompagner finalement. « Par fidélité à votre père. » *Qu'est-ce que la fidélité vient faire là-dedans ?* En milieu de matinée, l'endroit n'est fréquenté que par les touristes qui garent leur voiture dans le petit chemin au cul du parking. Les habitués, souvent noctambules, n'arrivent par flots que vers l'heure du déjeuner.

– Sauf les gens d'ici, ceux-là, y viennent très tôt pour pas se faire voir. M'sieur Hassan, qu'est-ce qui vous intéresse ici ? Pas le trafic quand même ? Pourquoi vous avez demandé que je vous mène ?

– Je le sais pas moi-même.

– Vous seriez mieux sur la plage.

– Laisse-moi... Je vais roupiller sur les aiguilles de pin. Après, je finirai de lire.

– Gardez votre caleçon. Sinon, attention aux yeux!

Miguel disparaît, maugréant, au coin des roseaux. Une silhouette à moitié nue se profile au loin. Les paupières d'Hassan battent. Il rêve qu'il n'arrive pas à dormir, hanté par des images érotiques, importuné par des rires et des cris. Son sommeil, d'autant plus profond, ne le repose pas vraiment. Il doit, plusieurs fois, ouvrir les yeux, les refermer, inconscient, avant de s'éveiller tout à fait. Il y a du passage, des regards appuyés, des *stations-service* sans ambiguïté. Gêné, il s'installe sous un pin parasol dont les branches courbées jusqu'à terre forment un abri a priori inviolable. Ce qu'il ignore, c'est que ces abris-là sont très recherchés par les dragueurs, que s'y faufiler équivaut à une invite. Plusieurs hommes soulèvent les branchages, l'évaluent, *soupèsent* sa braguette… Sans encouragement avéré, ils tournent les talons, dépités.

L'un d'eux cependant déplie sa serviette aussi loin que le permet l'étroitesse du lieu, ôte son slip, s'assoit, genoux repliés, suffisamment écartés pour mettre sa bite en valeur. Hassan ouvre le journal de son père. Face à cette indifférence affirmée, l'intrus ne se décourage pas. Il demande l'heure. *Encore un original!*

– Désolé… Je ne fume pas non plus.

– Vacances?

– Service commandé: je viens enterrer…

Pourquoi est-ce que je réponds? Pourquoi je l'envoie pas baller? Parce qu'il est discret, sympathique et poli? Ça suffirait?

Comme il le détaille franchement, l'autre se méprend. Il essaie l'humour.

– …Enterrer votre vie de garçon?

– Non, mon père.

– Pardon! Je lève le camp.

– Vous me dérangez pas.

L'intrus qui, donc, n'en est plus un, déplie ses jambes, se met sur le ventre par pudeur. L'incroyable indifférence d'Hassan le trouble fortement. Désir éclos, espoir extravagant, danger probable, instinct sacrificiel? Il constate que le manuscrit ouvert est refermé, devine qu'il a affaire à un Maghrébin, parachuté là par hasard, que l'aventure est improbable, que ses rêves d'adolescent (une histoire d'amour avec un hétéro) ne se réaliseront pas ce jour. Hassan porte un flottant. Il a relevé une de ses jambes: la masse de ses couilles et de sa bite parfaitement dessinée attestent d'une… bonne santé! L'attention soutenue accordée à cette partie du corps ne peut pas échapper au Kabyle.

Que ferait mon père? Que ferait Jean? Ou Miguel, ou tous les autres?

La situation l'intrigue autant que l'intriguerait l'entrée d'une grotte dont on ne pourrait deviner les trésors qu'elle cache.

– Tu es du coin?

Un peu abasourdi par le tutoiement, l'homme se tient sur ses gardes.

– Moitié ici, moitié Lyon.

Les mots peinent à sourdre, retardés par une salive exubérante.

– Je suis saisonnier, je m'appelle Éric.

– Hassan, ouvrier, près de Poitiers.

– C'est ça qui t'amuse?

– Non, une connerie qui me passe par la tête.

Il pense, dans le journal de son père, découvrir quelque mode d'emploi pour la suite des événements. Le consulter comme les pages jaunes ou l'horaire des trains.

– Moi aussi, ça m'arrive. Des trucs qui ne font rire que moi.

– Par exemple?

– Il y a quelques années, un groupe venait ici, sur la plage, trois costauds qui se bousculaient tout le temps, des rigolos, un Black, un Lillois et...

Il hésite.

– Un Beur? C'est si difficile à dire?

– Non. Un Beur assez âgé, avec des yeux bleus si doux... Le gros Black lui disait « Te bile pas, Bilou, fais le bilan! » Des fois, en pleine rue, j'y repense et ça me tord...

– Tu l'as bien connu, ce Bilou?

– Je l'aurais bien connu s'il avait accepté...

– Accepté quoi?

– Oh! T'as compris! Écoute, je sais pas d'où tu sors, pourquoi t'es là, pourquoi tu me questionnes... Je suis homo et tu me plais, c'est clair comme ça?

Hassan se débarrasse de son flottant.

– Maintenant on est à égalité. Je peux t'aider?

Les yeux d'Éric restent méfiants.

– Si tu me racontes, je te laisse me toucher, OK?

– J'ai peur.

– De moi ?

– De votre regard, de votre voix.

Éric fixe la verge circoncise, le gland épais, le ventre creusé, soyeux, glabre comme celui de…

– J'étais amoureux de lui. J'aime pas les jeunes. Il s'en amusait. Tellement gentil, il était, généreux, toujours à aider quelqu'un avec des paroles, de l'argent même. Le Black et son copain (celui-là, il s'appelait Marius, il draguait sans arrêt uniquement pour mettre de l'ambiance), ils partaient se baigner en faisant les cons ; lui, il restait avec moi. « Alors, comme ça, t'as de l'amour ? » Ça le valorisait, on aurait dit. Lorsque je lui ai demandé s'il préférait les femmes, il m'a répondu « Pas les femmes, pas les hommes, un homme, un homme qui est toute ma vie. » C'était terrible d'entendre ça, parce que, dans notre milieu, c'est souvent superficiel, on cherche à droite et à gauche, le plus beau, le plus musclé, celui qui a la plus grosse, qui baise le mieux, on attend l'idéal. Lui, je sais pas s'il avait trouvé l'idéal, il avait trouvé, simplement. J'étais si heureux quand il me parlait de son Jean ! Des heures et des heures. Et pas triste ! Que du bonheur dans les yeux : il pétait la joie de vivre, ce Bilou. Qu'est-ce que vous avez ?

Miguel finit par trouver la *retraite* d'Hassan. Il ramène des sandwiches et des bières, surpris de le découvrir dans ce coin réservé à la baise, en tout cas, à la drague intensive.

– Le mec là, l'était avec vous ?

– Oui.

Miguel lui tend un sandwich.

– Prenez, c'est au thon, j'ai pas pris de porc.

Hassan a un petit sourire. Il se sent pris au piège de la sympathie.

– Il m'a parlé de mon père, de… Bilou !

– Je sais, c'était un de ses potes. Rien de plus. Et vous, y vous a… Putain ! On sait jamais comment s'exprimer avec vous…

– Il m'a pas, non. Je lui ai offert de me toucher en échange des confidences sur… Bilou, je deviens con, mais con !

– Et alors ?

– Il a refusé. Il m'a maté en se branlant, il a joui et il s'est barré. C'était grotesque mais, tu vois… Ça m'a impressionné. Qu'est-ce qu'ils ont tous à penser qu'à ça ? Il y a autre chose que le cul dans la vie !

– Quoi ?

Si je lui parle de Dieu, il va hausser les épaules, ou s'esclaffer. Si je lui dis que ces gens qui se contentent de séduire, d'être séduits, de passer leur temps dans l'excitation, n'ont pas de vie intérieure, là, c'est sûr, il ricanera !

– Dieu. La Pensée. La vie intérieure.

Miguel ne hausse pas les épaules, ne s'esclaffe pas, ne ricane pas.

– Je suis rien qu'un petit jardinier de merde, sans patrie à moi, paumé, quand je réfléchis, j'ai mal à la tête mais, dites, ces grands mots, vous croyez pas que ça vous coupe du monde ? Quand on a une bite dans la main, dans la bouche ou dans le cul, c'est pas seulement sexuel, c'est le contact, un moment partagé, j'ose pas dire de l'amour parce que l'amour, je l'ai vu dans les yeux de Kébir, et ça m'a paru ressembler à rien de ce que je connaissais. M'sieur Hassan, je peux pas vous voir pleurer et, en même temps, pardonnez-moi, c'est un bel hommage que vous lui rendez. Vous savez ce qui me plairait, là, dans cet endroit où… enfin, vous m'avez compris, là, ce serait que vous me lisiez ce qu'il écrivait, votre père, les derniers jours. Jamais je l'avais vu aussi désespéré : il se mangeait les joues, s'enfermait dans sa chambre, parlait presque plus à personne, ni à Yvonne, ni à moi. C'est peut-être ça que vous appelez la vie intérieure !

Hassan sèche ses larmes. Il rouvre le journal, cherche la page.

– Hier, je me suis endormi dessus ! Il faut que je remonte d'un paragraphe.

Quelques rides se sont formées autour de ses yeux, sur son front.

– C’est le Black qui parle…

– Le deuxième Ibrahima.

– Oui. Il leur dit, après la baise à trois dans le bureau, une de plus ! Quel plaisir il peut prendre à raconter ces conneries dans le détail…

– Il les raconte pas, il *vous* les raconte.

– Tu as raison. Un pervers, et je m’attendris sur lui !

– Si ce qu’il leur dit, c’est qu’il veut plus baiser avec eux, vous pouvez passer, j’ai tout entendu. Aussi quand il a provoqué Monsieur Jean en l’appelant papy…

– Bon j’y vais ?

– Oui mais vous braquez pas, M’sieur Hassan. J’ai mon idée sur tout ça.

– On peut savoir ?

– Parlez avec Mme Yvonne, elle saura mieux dire que moi…

12

...

Le soir même, par correction, nous avons invité nos deux femmes pour leur présenter le nouveau jardinier. Effets immédiats : regards intrigués (Yvonne), coup de foudre (Irène). Le dîner fut chaotique : Irène cassait tout ce qu'elle touchait, Yvonne fumait entre les plats, ce qui mettait Jean en fureur. Ibrahima II s'appliquait à jouer les serveurs, serviette sur le bras. Sans cesse debout, il était partout à la fois. Sa beauté, son humour rentré, sa virtuosité nous confondaient. Dès qu'il s'absentait en cuisine, les questions se télescopaient : « Vous l'avez déniché où ? » « Vous baisez avec ? » « Il est bâti comment ? » « Homo pur ou bi ? » On répondait à côté, embarrassés. Avec Jean, nos regards se croisaient, dissimulant notre appréhension. Sur la fin du repas, Irène intervint.

– Vous en avez fait assez ! Venez vous asseoir... Près de moi, s'il vous plaît.

– Si le patron est d'accord !

Il refusa sa part de gâteau, le dernier verre de vin, allongea ses jambes musclées vers la cheminée. À minuit, il s'éclipsa quelques secondes, éteignit les lumières, revint avec le petit Jésus éclairé par un immense candélabre, le déposa dans la crèche entre l'âne et le bœuf, exagérément cérémonieux.

– Vous parlez d'un entourage pour le fils de Dieu : un idiot et un châtré !

Irène approuva d'un rire hystérique, un rire dont nous connaissions assez bien ce qu'il signifiait.

Fréjus, jeudi 28 février 2014

Avant-hier matin, revenant des courses (Nous n'avons plus de jardinier, un vrai gag ! Nous ne nous étions pas trompés : Irène avait vampé Ibrahima. La *chambre d'amis*, au premier jour de l'année, était désertée. Ils avaient disparu tous les deux…), j'ai longtemps cherché où Jean pouvait bien se planquer. Je l'ai découvert dans l'annexe, évanoui. Yvonne, indisponible – elle travaillait maintenant comme assistante de Frank – me suggéra d'appeler Carl. Sur ma demande, il prit l'avion. Ses efforts (manipulations, massages), ne furent suivis d'aucun effet positif. Jean souffrait horriblement de la tête. Je ne supportais plus de le voir tassé sur lui-même, muet, respirant à petits coups, traversé de frissons terrifiants. Nous l'avons conduit à l'hôpital. Et je suis là dans une méchante salle, espérant un diagnostic rapide. Carl s'est entretenu avec le neurologue qui, après un long interrogatoire, a déclaré que ce n'était pas de son ressort. On l'a transporté en médecine générale pour une série d'examens. Carl a téléphoné à sa femme pour lui dire qu'il ne rentrerait pas avant de savoir de quoi exactement il retournait. Il m'a conseillé la Jika. Mes protestations ne l'ont pas convaincu.

– Il faut te reposer. Jean aura besoin que tu sois en état.

– Si tu dis ça, c'est que tu sais quelque chose.

– Cette fois-ci, c'est sérieux mais je ne peux rien affirmer pour l'instant. Tu me connais : je ne te mentirais pas !

San Peïre, dimanche 31 mars 2014

Carl me téléphone chaque soir. Sa fidélité témoigne de son intérêt mais trahit ses alarmes. Jovial, optimiste, il me secoue, me galvanise. Grâce à lui, je fais face. Les résultats des examens n'apportent rien de précis (ou bien on me cache la vérité) : cœur un peu fatigué (quoi d'étonnant ?), reins paresseux, intestins capricieux, rhumatismes, un virus peut-être qui tarde à s'identifier, un cancer possible, mais où ? Comme on dit dans les petites annonces d'Internet, ils *maintiennent le mystère*… Carl, en qui j'ai davantage confiance, prétend que la lumière se fera bientôt.

Miguel est sorti de prison. Je suis plus disponible depuis son retour. Il s'occupe d'Alexandre qui vieillit de façon inquiétante. Il ronchonne, devient hypocrite… Je suis content que Miguel prenne le relais, j'étais arrivé à saturation.

Avec Jean aussi, plusieurs fois, je me suis senti débordé, incompétent. Enragé à l'idée de perdre sa vigueur, mentale et physique, il reporte sur moi une nervosité dont la cruauté me blesse. Ensuite, il se repent, s'excuse, puis prétend que je suis moins sensible à son humour… J'essaie de lui faire admettre qu'il existe entre nous une forme de hiérarchie : il est plus intelligent, plus cultivé, avec tellement plus d'expérience de la vie… L'humour, quand il s'exerce à travers la hiérarchie, devient ironie, une ironie parfois cinglante, dévastatrice. Il culpabilise, s'éteint. C'est encore moi le plus malheureux. Fallait-il que je me taise ? Que je subisse ses caprices dans une abnégation absolue ? Ça non plus, il ne me le pardonnerait pas.

Un cri terrible traverse le jardin, me précipite dans l'escalier… « Bilou ! Bi-lou ! » Je dévale les marches sur les fesses, me retiens à la rampe, glisse sur le carrelage encore mouillé, heurte le coin du buffet. Le coude en sang, la joue éraflée, je déboule dans le bureau. « Viens voir ! » Son œil a retrouvé une surprenante vivacité. « Regarde-moi ce mec ! » Debout devant l'ordinateur, il me fait l'article, bavant d'envie. Sur l'écran, une douzaine de photos d'un Black, dans toutes les positions, dans tous les *états*… Cette fébrilité est-elle un présage d'amélioration ?

– Il me le faut, Bilou !

Comment le dissuader d'une telle démarche ? Comment lui faire admettre qu'un homme si jeune, rayonnant, ne peut que rejeter le désir d'un vieillard ; qu'il trouverait ça déplacé, incongru, obscène ? Au lieu de le raisonner, je renchéris d'une voix pimpante.

– Tu as raison, il est somptueux. Putainement beau ! Non mais t'as vu ces cuisses, ce mastard, ce sourire. Et le cul, t'as remarqué le cul ?

– Hein qu'il est sublime ? On pourrait le recevoir une semaine, un week-end au moins... Non ?

Il me regarde, aperçoit mes blessures.

– Mais qu'est-ce que t'as fait ? Tu t'es encore battu avec Alex ?

Son enthousiasme retombe. Il s'assoit, déprimé.

– Ne dis pas mon âge, ça casserait tout.

Le soir, j'ai tout raconté à Carl qui, au lieu de se formaliser, riait à s'en péter la rate.

– Trouve-le ! C'est la meilleure des thérapies. Mens-lui. Fais un portrait de Jean tel qu'il était il y a vingt ans et, si ça ne marche pas, je viens moi-même !

Naturellement, je n'ai pas recherché le site du Black. Naturellement, tout était oublié le lendemain. Mais Jean s'était réveillé : il espérait même pouvoir m'accompagner à la plage à la fin du printemps.

Gassin, lundi 1er septembre 2014

Encore un hôpital. Encore une salle d'attente. Le journal me tient compagnie. Tu me tiens compagnie. J'espère que tu n'as pas avec ta mère les mêmes problèmes que j'ai avec Jean. Tes enfants, ta femme, suffisent à tes préoccupations. C'est tellement difficile dans un tel contexte de se trouver disponible ! J'ai appris la mort de Rachid, le *beau-père*. Ni chaud ni froid : je n'ai pas apprécié qu'il ait tenté de me faire endosser la paternité de tes frères.

Nous sommes retournés à Pampelonne un jour d'été clément. Jean ne quittait son parasol que pour nager à petites brasses, les joues et les yeux creusés par la peur. Je lui ai proposé de visiter *l'arrière-pays*... Il a fini par accepter. L'agitation derrière les roseaux, le va-et-vient dans la pinède qu'il enregistrait, indifférent, n'ont jamais éveillé sa curiosité. Aucun regard ne s'arrêtait sur nous. Il s'est allongé à l'ombre, un peu à l'écart. Bref retour des facéties...

– Fais-moi une pipe. On verra comment ils réagissent.

Je me suis exécuté, moitié obéissance, moitié désir. Dans l'entourage, de la stupeur. Un vieil Arabe s'est approché, a sorti sa queue, s'est agenouillé près de Jean. Sourire aimable et refus. Notre comédie s'est épuisée.

Au quinze août, nous avons reçu Yvonne, Frank et... Irène accompagnée d'Ibrahima II. Ils ont l'air très heureux. Repas tranquille. Émotion forte pour Jean qui nous a fait un malaise. Par téléphone, Carl, serein, a ordonné cinq cachets de cordarone et au lit. Au matin (Jean m'avait demandé de le laisser pour la nuit), c'est Ibrahima II qui lui a monté son petit-déjeuner. Ils ont parlé longtemps. Jean m'a rejoint, moins triste.

– Il m'a cajolé. Ses mains n'ont rien perdu de leur douceur. Je n'ai pas bandé... C'est Irène qui l'a envoyé, brave petite !

Pas de larmes. Un sourire mélancolique.

Il a voulu participer au ménage, essuyer la vaisselle avec Miguel. Un vertige subit, la main au cerveau et la chute. Sans gravité. Je n'ai pas appelé Carl. Le 15, le SAMU et... Gassin. En deux semaines, tous les examens ont été refaits. Maintenant, on sait : gliome et, sans doute, cancer des os.

San Peïre, mardi 31 décembre 2014

Pour ne pas alerter Jean, Carl est descendu avec Monique, sa femme. Les enfants passent les fêtes chez leurs grands-parents, en Guadeloupe. Je l'ai prévenu.

– Ils savaient pas où aller, j'ai cru bien faire en leur proposant la Jika.

– On va le dire comme ça...

Il m'a tiré l'oreille, pincé les seins.

– Quelles que soient les horreurs qu'il te décrira, ne me les répète pas. Je veux seulement savoir si je dois souffrir beaucoup.

J'ai juré.

Pendant que Monique et moi faisions les courses à Maxime et au *village*, Jean inventoriait ses trésors pour Carl : les collages coloriés, les tirages de *Universgay*, et, pour finir, le panorama des photos du Black faramineux. Ils ont surfé ensemble, donné des notes aux modèles, se sont embrassés chastement, c'est du moins la version de Jean... Il est vrai que nos rapports deviennent carrément familiaux. J'admire Monique. Une femme comme elle, c'est une bénédiction. Rien ne la choque. À l'écoute de chaque problème, elle n'oppose aucun préjugé. Quant aux *écarts* de son mari, elle les évoque avec passion.

– Tu vas pas me croire, Bilou, ce sont des bonheurs supplémentaires ! Carl est d'une loyauté absolue à mon égard. Il me rend compte (c'est l'expression exacte tant il est scrupuleux et précis jusqu'au moindre détail) de chacune de ses aventures. Je sais tout de ses amants, la stature, le regard, la couleur des yeux, de la peau, la dimension du sexe, la capacité sexuelle, leurs manies, s'ils ont ou pas le sens de l'humour, leurs émotions... Je pourrais les reconnaître si je les croisais par hasard... Jean lui a fait cet inestimable cadeau de lui ouvrir la route. Il ne l'oubliera jamais. Je pense que c'est avec lui qu'il aurait aimé vivre si... si je n'avais pas été là ! Tu ne te formalises pas, j'espère ?

– Mieux, je le comprends tout à fait !

Le réveillon fut très joyeux. Jean a bu un peu de champagne, mangé de tout, s'est assoupi en attendant minuit. Ses baisers du Nouvel An sentaient le sommeil. Nous l'avons déshabillé, couché, Carl et moi. Nous le tenions dans nos bras comme nous avions enlacé Fahri mort. Ce souvenir m'a été fatal. J'ai attendu d'être en bas de l'escalier pour sangloter. J'aurais hurlé ma révolte. Carl m'a secoué.

– Chaque jour qui passe nous rapproche de l'échéance. Pardonne-moi cette lapalissade ! De quoi as-tu peur ? De ta solitude après ? Mais tu peux très bien mourir avant lui !

– Carl, si tu veux que je sois fort, ne me cache rien. Sur ce que je dois faire, renseigne-moi minutieusement, et comment le lui présenter.

– Je ne suis pas certain que tu aies raison. Mais bon...

Il se lança dans un long aperçu de ce qu'il croyait être l'état de Jean. Les gliomes concernent les cellules nerveuses, ils forment un ensemble hétérogène, ce qui les rend difficiles à déceler et à traiter. Ils prennent naissance dans les couches profondes du cerveau mais, de leur évolution, on ne sait pratiquement rien. Si ce n'est qu'après soixante-dix ans, ils progressent deux fois plus vite qu'à la cinquantaine. Je lui dis les craintes de Jean concernant la souffrance.

– C'est surtout l'anxiété qu'il faut prévenir. Là, ton rôle sera primordial. Mais il ne suffira pas. Je te prescrirai de la phytothérapie, qui est sans effets secondaires. Jean ne supporte pas les analgésiques ni les antidépresseurs. Oblige-le à boire ses tisanes avec ponctualité. Il faut que je sois franc : si la tumeur se développe, elle risque de bloquer la circulation, d'augmenter la pression intracrânienne. On peut alors tout craindre surtout si les os sont atteints. La douleur chronique n'est plus une conséquence de la maladie, elle devient maladie en soi. Les crises sont violentes. L'une d'elles peut entraîner le décès.

Il ajouta que, pour le malade, c'était sans doute préférable.

– Je comprends ton chagrin. Ne sois pas complaisant avec lui. Le secret d'un bon infirmier (c'est ce que tu seras, ne l'oublie pas !), c'est de se forger une armure de sourires et d'indifférence.

– Je n'y parviendrai jamais.

– Oui, oui, je connais la chanson : tu l'aimes trop, tu peux pas le voir souffrir. Si tu l'aimes tant que ça, tu y arriveras. Le plus difficile pour lui, et qui déclenche ces fameuses anxiétés, c'est de reconnaître les modifications de son corps. Ne lui laisse aucun répit :

masse-le, plaisante le plus souvent possible même et surtout quand il sera furieux contre toi, il n'aura que toi comme exutoire, tu le sais. Pompe-le, caresse-le... Baise-le même !

L'idée ne me faisait pas sourire : je m'en savais incapable. De mon adolescence, de mes premières expériences sexuelles, je conservais cette idée absurde de l'humiliation. Pourtant, quand il me pénétrait, mon plaisir n'avait rien de pervers. En revanche, la perspective de l'enculer (j'emploie le mot à dessein) me glaçait les veines.

– S'il te plaît, combien de temps ?

– Imprévisible ! Deux mois, deux ans, plus : il est costaud. Si la tête reste solide, et c'est la que résident mes craintes, il peut tenir encore plus longtemps.

– Mais les douleurs ?

– Je t'ai dit *tenir*, je t'ai pas dit : *vivre*.

San Peïre, vendredi 28 mars 2015

Le mois de mars m'est toujours douloureux. Je ne suis pas vraiment accro aux anniversaires ; mon subconscient l'est-il davantage ? Les cauchemars reviennent toujours quand l'hiver se défend contre l'inexorable mécanisme de la nature, quand, par son hystérésis incontrôlée, il retarde l'arrivée du printemps... Mon père me regarde, la terre monte, monte... Ma mère hurle. Je me réveille, couvert de sueur. Les bras de Jean m'enserrent. Il me caresse, m'embrasse, chuchote à mon oreille « Je sais, je sais... » Il me fait remarquer, avec un détachement qui m'émeut plus encore, que nous avions seize ans, lui comme moi, quand nous avons perdu nos parents : l'assassinat des harkis en mars 1962 et le bombardement de Toulon du 24 novembre 1943. Sa tendresse, dont je me demande trop souvent si elle n'est pas chez lui un résidu de charité chrétienne, me rassure quant à son gliome : état stationnaire, semble-t-il. J'en avise Carl qui demeure sceptique.

Notre quotidien : Miguel me décharge de tous les problèmes domestiques. Et c'est lune de miel avec Alexandre. D'être plus attentif avec Jean m'a fait découvrir qu'il dissimule son abattement profond. Hier, il a ressorti des collages ; j'ai dû me battre pour qu'il ne les détruise pas.

– Si tu t'ennuies, occupe-toi autrement ! Surfe, télévise, *pornote*, lis...

– Mes yeux sont fatigués. Et je dois laver mes neurones de tous ces culs, ces tétons qui les encombrent. Place nette pour me préparer à la guerre contre la souffrance. J'ai pas le choix, Bilou, je l'attends, ça ne veut pas dire que je l'espère ! Mais les prémisses sont déjà là : vertiges, amnésies furtives... On va remonter le pont-levis, hein ?

Je l'ai trouvé lucide et fort.

Paris, mardi 15 avril 2015

Il regardait dans le vide, walkman aux oreilles pour ne pas m'infliger ses musiques répétitives. Il a déterré ses vieilles cassettes audio qu'il écoutait en boucle. Il s'isolait ainsi du monde, même s'il m'acceptait près de lui. Il y avait Fréhel naturellement : *Sans lendemain,* qu'il chantonnait en même temps qu'elle. Et puis Brel, Barbara, Trénet, Brassens. Ferré enfin : *Avec le temps* et les pleurs... Je lui ai arraché les écouteurs.

– Tu te fais du mal exprès ?

– Bilou, je survis comme je peux... Les larmes, c'est de la matière, quand elles coulent sur mes joues, elles me rappellent que j'existe.

Le soir, crise d'asthme, violente. Et, dans la nuit, comme il avait fini sa bouteille d'Évian, il a voulu en chercher une autre. La chute dans l'escalier m'a réveillé. Résultat : bras cassé. Suggestion de Carl : une fois qu'il serait plâtré, l'emmener sur Paris. Lui, en cette période, ne pouvait pas se déplacer. Avion et directement, dans le XIIIe, la clinique conseillée par Carl.

– La chute, si elle est accidentelle, ne présente aucun caractère alarmant. Il faut contrôler l'évolution du mal. Le spécialiste, ici, est fiable et très bon vivant. Un Black en plus, ça devrait lui convenir, non ?

Je n'étais pas sûr que Jean ait encore ce genre d'intérêt.

– Justement, ça risque de lui donner le choc nécessaire.

Je me suis installé au Campanile. Mes visites au jardin ne m'apportent que nostalgie et découragement. Les travaux le déparent. La mairie du XIIIe a décidé de mettre au jour la Bièvre, rivière souterraine de Paris. L'espace du bas, éventré, sondé, a quelque chose d'obscène. Personne de connaissance. Sur le terre-plein du haut, *notre* banc et tous les autres d'ailleurs, ont été démontés. Le parterre de fleurs envahi par les mauvaises herbes, les arbres mal entretenus, les grillages déchirés, tout laisse une douloureuse impression d'abandon. Boulevard Kellermann, le tramway tintinnabule. Il fait presque désuet, *avec le temps*...

Carl vient de me rejoindre après avoir longuement consulté le spécialiste. Il m'a prévenu, sans pathos : tout ira assez vite à présent, le gliome compresse le tissu cérébral, les accidents se multiplieront.

– Si tu veux, on le garde ici. Contrairement à ce que tu penses, il n'arrête pas de draguer le toubib. Hier matin, encore un peu inconscient, il lui a mis la main au cul... Mon copain n'en a rien à foutre. Il s'est même dit flatté !... Alors ?

– C'est pas à moi de décider.

– Jean préfère partir.

– Bon.

Avant de le libérer, on l'a opéré de la cataracte.

– D'y voir mieux, ça le rassurera.

Je m'avance pour l'embrasser. Il retarde le baiser.

– Bilou, ne t'entête pas par dévouement. On peut trouver, pas trop loin de la Jika, une maison de repos avec soins intensifs. Tu le verrais tous les jours...

– Pas question !

– Et une aide à domicile ?

– À la rigueur si tu fous la main sur un Black sublime avec un gros cul…

– Alors, prépare-toi…

Où trouverai-je la force ?

San Peïre, mardi 2 septembre 2105

Contrairement aux prévisions, la canicule n'a pas frappé cet été. Seulement trois jours de clim'. Jean s'est bien comporté : régularité dans l'absorption des tisanes, prise sans rechigner des médicaments pour la nuit, gymnastique douce enseignée par Frank, *nages de vieux* (c'est son expression) dans la piscine, loin des heures chaudes… Un jour par semaine, Irène et Ibrahima II (installés depuis la fin du printemps à Saint-Tropez, elle, manucure ; lui, maître nageur) nous relaient, Miguel et moi. Jean leur a montré, tout fier, les photos hard de son Black. Jalousie feinte d'Ibrahima II.

– Comment c'est qu'y s'appelle, ton trou du cul ?

– On connaît que son pseudo : « Archange Noir »

– Pourquoi pas Belzébuth ! C'est sûrement un Mélanésien. Franchement, Jean, il est pas si terrible…

Il se déshabillait, jouait de ses muscles, cambrait les reins pour faire ressortir sa queue. Je lui étais reconnaissant de jouer les ombrageux. Sa comédie redonnait du tonus à Jean. Irène les laissait seuls, chantait à tue-tête en nettoyant la maison. « Tu comprends, s'ils veulent se faire des trucs, comme ça, à l'oreille, ils savent toujours où je suis ! ». Je trouvais la précaution inutile mais l'intention généreuse.

Pampelonne ne m'attirait plus : en quelques années, envahie par les familles, la plage naturiste s'était embourgeoisée. Je lui préférais Saint-Aygulf, près de l'Argens, fréquentée par les gens du pays. Quelques habitués m'y attendaient. Nous jouions au scrabble ou… à la main chaude ! Façon de me détendre.

Puis, un matin, vers onze heures et demie, après le passage du facteur, alors que je faisais mes longueurs dans la piscine, Miguel m'a prévenu que le *patron* me demandait.

– Tu sais pourquoi ?

– Les impôts, ou un truc de ce genre, officiel, en tout cas

Jean avait l'œil des mauvais jours : distant, sévère.

– Tu l'as vu ?

– Qui ?

– Joue pas au con ! À Paris, tu l'as vu ?

Il me tendit une grosse enveloppe kraft.

– Tu peux lire. Je ne te cache rien, moi !

J'ouvris : un faire-part et des photos. Jean, le petit Jean était mort.

– Il me ressemble, tu trouves pas ? Pourquoi t'as rien dit ?

– J'avais promis.

– À la mère de Lily ?

– C'était mieux pour sa tranquillité.

– La sienne ou celle du petit ?

– Tu m'as compris.

– Puisque je devais l'ignorer, pourquoi m'en informer maintenant ? Elle voulait se venger, la vieille ? Regarde.

Il a écarté son peignoir.

– Mes bras, mes mollets, une ruine ! Et ma peau, j'arrive plus à me raser tellement il y a de plis sur ma gueule !

– La barbe, ça t'irait très bien.

– Le sapin m'irait encore mieux !

Dans une vasque en porcelaine, il a déposé faire-part et photos. Pour les brûler.

J'ai téléphoné à Frank. Il viendra le masser deux soirs par semaine. Jamais nous n'avons reparlé du petit Jean.

13

Hassan a laissé le volant à Miguel pour s'imprégner du paysage : Gigaro, l'Escalet, Ramatuelle, le détour par la forêt du Bourrian, dense, abritée, l'hôpital au pied de Gassin, la remontée par Plan de la Tour, le Ponte Romano, ancien hôtel restaurant devenu chambres d'hôtes, le village Kodak en reconstruction depuis l'inondation de l'hiver. Il sait que sa décision est prise : il ne partira pas, il est envoûté. Mais vivre en rentier, il ne s'y résoudra pas. Plusieurs possibilités. Excellent joueur de football dans son enfance, comme son père, il se verrait bien entraîneur d'une équipe locale. La région regorge de Maghrébins troisième et quatrième générations, ils sont bien acceptés. Alors, pourquoi pas conseiller municipal, ou responsable de groupe ? Les aider à gérer leur quotidien, à respecter le Coran... Le problème du voile ne se pose plus : la démagogie a vaincu la laïcité. Il n'en est pas plus satisfait. Les conflits, même larvés, maintiennent la vigilance. Le consensus, souvent, entraîne le relâchement des mœurs. Il demande à Miguel de ralentir.

– Tu me laisses pas regarder. On a le temps d'aller jusqu'à Fréjus ?

Ils ont déjeuné sur la route des plages dans une petite auberge enfouie sous les arbres. Miguel, prudent, attend toujours que la conversation vienne d'Hassan. Là encore, il choisit la prudence.

– C'est pas un endroit pour vous.

– Tu me banderas les yeux.

– Et le journal de Kébir, vous l'avez pas fini...

– J'ai pas la tête. Ce soir ou cette nuit. Accélère. Direction les PD de Saint-Aygulf!

– Parlez pas comme ça.

– Excuse-moi.

En début d'après-midi, un peu partout, la sieste engourdit la plage. Plus gris qu'à Pampelonne, le sable semble rapporté. Des bandes de *culture sauvage*, protégées par des barbelés où s'emmêlent arbustes et ronciers, marquent la frontière du naturisme. Plus loin, près de la rivière, des îlots de pinède touffue bardée de fins roseaux proposent leur fraîcheur et, voisinant avec les marais où s'aventurent quelques pêcheurs, de petites savanes servent de refuges aux dragueurs invétérés.

Hassan se baigne nu, par respect des usages. Revivifié par l'alternance de courants chauds et frais, ceux-ci dérivant de l'Argens, il cabriole dans l'eau, tourbillonne sur place, enfance retrouvée. Plein de tonus, il avise la bouée la plus lointaine qu'il atteint rapidement, s'accroche à elle pour reprendre son souffle. Un nageur arrive en sous-marin, puissant et souple. Il le reconnaît. Allongé sur le sable, au moment où Hassan passait, il sommeillait près de sa femme et de son enfant endormi. Très bronzé, les yeux verts quasi phosphorescents, le sourire tranquille d'un homme sûr de lui, sain, équilibré, favorisé par la vie. Par politesse, il s'abstient de s'agripper à la bouée. Il tourne autour : circonvolutions lentes, chorégraphiées, enroulements du corps qui dévoilent par instants un fessier ramassé, un ventre durci par le sport, un sexe baladeur de belle dimension.

– Vous permettez ?

Hassan acquiesce.

– Comment vous en empêcher et pourquoi ?

– C'est que, si loin de la... civilisation, ça pourrait ressembler à de la drague. Vous connaissez l'endroit, je suppose ?

– Pas depuis longtemps.

– Et sa réputation ?

– Ça me préoccupe pas.

– En tout cas, on vous a remarqué.

– Qui c'est, on ?

– Les beaux messieurs.

Un hors-bord, vitesse outrancière, traverse la baie. Par vagues de plus en plus agressives la mer attaque les baigneurs qui se cramponnent à la bouée. Submergés à contretemps, ils peinent à respirer. Leurs corps ballottés se frôlent, s'éloignent l'un de l'autre pour, au retour, se heurter plus vivement. Les yeux brûlés de soleil et de sel, Hassan colle son torse à l'anneau, s'efforçant d'éviter le contact avec son *colocataire*, dont il a perçu l'érection. Le répit n'est pas loin, il l'attend pour regagner la terre. Ne reconnaissant pas en l'autre les caractéristiques de l'homosexuel tel qu'il se le représente, il se persuade que cette érection fortuite ne correspond à aucun désir. L'homme lâche la bouée, plonge et, saisissant la verge d'Hassan, la prend dans sa bouche tandis que ses mains pressent les fesses du Kabyle. La surprise déclenche une jouissance instantanée.

La houle calmée, Hassan se retrouve seul, désemparé : pas de colère, un peu d'amusement. Il pense que cette éjaculation n'est qu'un réflexe naturel dû à l'étrangeté de la situation, à la rapidité de l'action. Il rentre en brasse coulée. Son *amant d'une seconde* huile sa femme en toute sérénité. Miguel rejoint Hassan sous la douche publique. Il voit les dernières gouttes de sperme suinter du méat.

– Putain ! C'est un rapide, çui-là ! Faites pas d'histoire, hein ?

– J'en ai pas l'intention. Encore pas compris comment ça s'était passé !

Il rit.

– Méchante plage ! Méchante mer ! Méchant bonhomme… Il faut rentrer.

– Eh ! Mais j'ai pas eu mon compte, moi. Et puis z'avez le temps, Yvonne est nickel pour ces trucs. C'était organisé de A à Z. Le trou dans le jardin, la pierre tombale, tout…

– Dans le jardin ?

– Bè ouais ! On a eu l'autorisation. C'est plus comme avant : les cimetières, ils débordent, les crématoriums, y z'en peuvent plus. Alors ceux qui veulent finir chez eux, à condition qu'ils aient un grand jardin, pas de problème… Bon ! Séchez-vous pendant que je me fais les marais. Je vous promets pas que ça ira aussi vite qu'avec vous !

C'est au flanc d'un monticule que la pierre tombale a été dressée. Lorsque Miguel et Hassan descendent de l'Audi, Yvonne règle les ouvriers. Elle attend qu'ils aient repris la route avec leur camion pour se rapprocher d'Hassan. Il lit dans ses yeux une tendresse sans affectation.

– Va te doucher. Prends ton temps. Encore deux ou trois trucs, juste par téléphone.

Par la fenêtre, on peut apercevoir la pierre tombale. Dans la chambre, le cercueil. Partout, le deuil, les ondes de la mort.

Hassan laisse longtemps l'eau couler sur son corps. *Finir de lire ou brûler toutes ces pages encombrantes ?* La haine qu'il a éprouvée pour son père, il se l'avoue maintenant, n'était qu'amour déçu. Fasciné par son apprentissage de la liberté, il avait toujours souhaité en connaître le mode d'emploi. *On déteste ce qu'on ne peut pas comprendre…* C'est son envoi pour une *simili ballade à Bilou* ! Ensuite, il s'habille chic. Petit à petit, il se plie aux conventions. Son image dans le miroir de la salle de bains lui plaît. Son seul souci : comment Rachida va-t-elle s'adapter à ses nouvelles manières ? Parviendra-t-il enfin à connaître sa femme, à la considérer autrement qu'en objet de plaisir ?

– Miguel a préféré que nous dînions seuls. Qu'est-ce qu'il a changé depuis son *élargissement*!

Elle s'amuse du mot. Hassan comprend qu'elle en joue aussi par rapport à lui. Il prend la coupe de champagne qu'elle lui tend. Yvonne conserve dans son regard les mêmes lueurs de tendresse que tout à l'heure.

– Cette petite galipette à Fréjus, entracte ou palier?

– Électrochoc, tu veux dire! Changé ou pas, Miguel ne sait pas tenir sa langue!

– Écoute, il m'a raconté ça comme s'il parlait seul tellement il était émerveillé... Une idole, tu es devenu pour lui. Garde-le... Mais à distance! Lui avoir lu quelques pages du journal de Kébir l'a complètement bouleversé. Tu peux compter sur sa reconnaissance.

– Yvonne, je me reconnais plus. J'ai peur pour demain. Au milieu de... Au fait, qui viendra?

– Ils seront tous là.

– Ma présence est obligatoire?

– Ton père pensait que chacun de nous devait faire selon sa conscience. Ça te suffit comme réponse?

– Non! Miguel m'a laissé entendre qu'il avait son idée là-dessus mais que toi, tu le dirais mieux...

Yvonne se concentre un temps, va s'asseoir sur le canapé. Hassan veut la rejoindre. Elle l'en dissuade.

– Loin de moi, s'il te plaît. J'attends tes questions.

– Irène et toi...

– Nous nous sommes rencontrées par hasard: même psy, même problème. Violées enfants. Elle par son père. Moi par un journalier. Mon papa possédait une métairie dans l'arrière-pays cannois. J'ai mieux vécu l'histoire qu'Irène. Mais, associées pour le jeu, nous avons décidé de nous venger des hommes. On était canons, tu sais! Je faisais dans la femme fatale, Irène dans l'innocence perverse. Elle a pas tenu le coup. Contrairement à moi, elle aimait trop la queue. Nymphomane, elle perdait son pouvoir. Je me sentais pas de continuer seule. Et puis Jean est arrivé… Ça nous reposait d'avoir en face de nous quelqu'un de cultivé, de généreux, de cruel aussi. Et, par lui, le milieu homo… Ils sont tellement gentils, tellement tout ! Jean trouvait des costauds pour Irène ; elle en dégotait pour lui. Du velours !

– Toi ?

– Incurable ! J'espérais le grand amour. Le viol ne m'avait pas découragée. J'aime les hommes avec leurs défauts, leurs insuffisances, leurs lâchetés… Jean était un handicap difficile à combler. Tous me paraissaient pâlichons. Lui, j'aurais pu… Peut-être. Mais il n'en était pas question.

– Frank ?

– Il a sa femme, son gosse qui grandit vite. Parlons de ton père plutôt.

– J'en ai fait le tour !

– Tu crois ? Nous, nous l'avons bien connu. Quinze années de compagnonnage… de rires, de complicité lucide. Toi, deux jours à te braquer contre ses souvenirs, sa vie « de débauché » ! Mon pauvre ! As-tu déjà lu des journaux intimes ?

– Quelques-uns.

– Y avait-il des dialogues ? Aussi nombreux ? Ce n'est pas un vrai journal, c'est une sorte de roman : affabulations, extrapolations… Mais c'est aussi une lettre, une lettre adressée à son fils. À toi ! Avec plein d'arrière-pensées à coup sûr… Et tout se mélange : la volonté de se *blanchir* à tes yeux y côtoie une provocation constante, suicidaire. Puis, sur la fin, mais l'as-tu remarqué ?, l'écriture se défait, le style se décompose, la sincérité prend le dessus avec, de temps à autre, des retours à la ruse… Tu verras.

– Tu ne crois pas à leur histoire d'amour ?

– Bien sûr que si ! Mais quelle sorte d'amour ? Un peu d'exaltation, un peu d'autopersuasion, beaucoup de désir, des bras de fer…

– Une chose me dérange plus que tout.

– Quoi ?

– Leur oisiveté permanente. Passer des journées à *surfer*, à draguer, à jouer… Comment ont-ils pu se contenter de ça ?

– Le plaisir, ça occupe.

Elle se lève, vient vers Hassan, lui caresse les cheveux.

– Réfléchis. En amour, il y en a toujours un qui aime plus que l'autre. D'après toi, lequel de Kébir ou de Jean ?

Elle l'abandonne tôt dans la soirée. Hassan s'installe dans le bureau et, avec Fréhel pour compagnie, allongé sur les *coussins à l'orientale*, il se recueille quelques minutes avant de se replonger, bouleversé, dans le *testament* de son père.

14

Toulon, mercredi 31 décembre 2015

Comme les douleurs devenaient intolérables, Carl nous a conseillé l'hôpital Sainte-Anne. « Ils se sont procuré le matériel nécessaire qu'on ne trouve ni à Draguignan, ni à Fréjus, ni à Gassin. Ce n'est pas le cerveau qui est sensible mais le liquide céphalorachidien, les méninges et les os. Les chercheurs ont expérimenté une nouvelle technique à base de stimulation électrique. Parfaitement au point après quatre années de rodage, elle permet de nouvelles approches de la douleur. »

Si je lui demandais quand, comment, pourquoi, il répondait de façon évasive avec une gentillesse qui me laissait subodorer une fin prochaine. Il m'a recommandé de ne pas venir trop souvent, pas tous les jours en tout cas.

– Tu es son témoin, tu comprends ? En tête à tête, à la villa, il supporte. Mieux, il en a besoin comme d'une espèce de météorologie. Mais, devant ce monde en blanc, c'est plus délicat : ton regard le juge au lieu de le renseigner.

C'était la veille de Noël. Il a repris l'avion. Pour m'évader, j'ai assisté à la messe de minuit. En souvenir de Carl et de sa famille ? La cathédrale, que je ne connaissais pas, était magnifiquement décorée avec des santons presque grandeur humaine et des lumières conte de fées. Sur qui ai-je pleuré ? Sur cet enfant précoce, dépêché *ici-bas* pour sauver le monde ? Sur ce vieillard épuisé dont, mécaniquement, on étouffait les douleurs ? Sur ma propre solitude qui se profilait, soutenue par les grandes orgues : mélodrame désuet ? La vie sans Jean. Les journées inutiles. Les soirées oppressantes. Les nuits cauchemardesques. Et, le matin, les volets qu'il faudrait rouvrir...

Je lui ai rendu visite deux fois. Il regardait à travers moi, bouche pincée, respiration appliquée... Si seulement il mourait, là, tout de suite !

Il n'est pas mort. Ses douleurs ont été maîtrisées. Albert nous a offert de franchir avec lui, chez lui, le cap de la nouvelle année. Que tout cela était dérisoire, malsain : les baisers sur les joues, le faire semblant ; jouer la comédie des traditions, ne pas voir au-delà de la minute présente, lever son verre, former des vœux de bonne année, de bonne santé !!!

Mais Albert est si chaleureux. Il nous a gardés quelques jours, le temps que Jean reprenne un peu de force, drivé de loin par notre fidèle Carl. Au retour, Jean a voulu conduire. J'ai eu peur dans la montée du Dom. Il s'accrochait au volant, penchait son corps pour mieux voir la route. La neige nous attendait à Cogolin. La beauté du pays retouché de blanc, ou peut-être seulement le froid, a raffermi sa maîtrise. Il était plus calme, souriant même et, plutôt faraud en arrivant à la Jika, il m'a demandé de descendre ouvrir le portail. Miguel, ponctuel, avait mis des bûches dans l'âtre, dressé la table. Nous avons dîné, bavardé, ri. Au moment d'aller au lit, Jean m'a serré dans ses bras.

– Merci pour tout. Reste avec moi cette nuit. J'ai besoin de sentir la vie.

San Peïre, dimanche 1er février 2016

Il s'appelle Ronaldo. D'origine brésilienne par son père, né à Draguignan vingt-cinq ans plus tôt, formé sur le tas au hasard des rencontres, doué pour tout, petit et musclé comme je l'étais à son âge, il circule en vespa, se loue au plus offrant. Miguel me l'avait présenté l'été dernier : notre piscine bleue, devenue d'un vert sale, virait à l'ocre. Je l'ai reçu quatre minutes, le temps de convenir d'un prix. L'après-midi, l'eau étincelait de nouveau en azur. J'ignore encore comment Miguel l'a connu. Ces jours-là, les plus chauds d'une saison indulgente, ma seule préoccupation était de veiller à ce que Jean s'hydrate fréquemment. Je ne lâchais jamais : chaque fois qu'il se fatiguait d'un jeu, d'un film, d'un livre, je le relançais ailleurs, ressuscitais le passé, émotion légère, ironie surtout, ou bien je perdais aux cartes en râlant très fort de peur qu'il ne devine mes ruses.

J'avais oublié Ronaldo. À notre retour de Toulon, comme Jean se portait mieux, il avait repris ses séances de *hardsurf* sur le Net. J'ai pu m'offrir quelques *vacances*, me livrer à mon passe-temps favori : flâner le long des étals au marché de Maxime, le vendredi surtout, jour d'affluence. Un vendredi donc, je chinais sans but mais consciencieusement comme Jean le faisait avec ses bodybuildés... À comparer nos *errements*, me vint le désir de lui ramener un cadeau : une bêtise, un de ces objets inutiles auxquels on s'attache pour sa singularité, qui déclenchent notre imaginaire... Comment ont-ils abouti là ? Par quel parcours ? Quelles mains les ont choisis, caressés, époussetés ? C'était une brocante de misère. Rien que des nanars, bons pour la poubelle mais obstinés à perdurer : un peu de charme, un peu de fierté, de la mélancolie. En fouillant, en écartant les vanneries usagées, les cabas troués, les porte-parapluies rouillés, je dégotai un tiroir poussiéreux, résidu d'un bonheur-du-jour, un de ceux que nous admirions chez les antiquaires, Jean et moi, et que nous n'avions jamais achetés. Lorsque je l'extirpai, la pile de rossignols qu'il soutenait s'écroula. Un bronze apparut. L'artiste avait dû s'inspirer de Michel-Ange pour sculpter cet athlète, nu, couronné de lauriers : un lanceur de marteau. J'avais trouvé.

– Il me ressemble, non, M'sieur Kébir ?

Ronaldo me fixait sans pudeur.

– C'est vrai que vous m'avez à peine regardé.

Je m'étonnai qu'il donne aussi dans la brocante. Il se pencha vers moi.

– Juste un coup de main l'hiver quand j'ai pas de chantier. Achetez-le moi ou marchandez parce que le boss, il est très jaloux. Il aime pas que je baratine trop longtemps avec les clients. Moi aussi, je suis une occase. On peut se parler ? Je finis dans un quart d'heure. À la Crevette, le café derrière le Wafou. OK ?

OK mais pourquoi ?

Il arriva tout joyeux, insista pour me payer le pastis, me saoula... de ragots, de plaisanteries, vulgaires à dessein. Bref, il se mettait en valeur !

– Je vous raccompagne à la voiture.

– Perds pas ton temps, petit.

– Quoi ?

– Perds pas ton temps, je suis pas preneur.

Je le trouvai près de l'Audi sur le parking du port. Je n'avais pourtant pas traîné : juste quelques violets achetés à l'épicerie de luxe où Jean aimait se fournir.

Il se taisait, n'osait même pas me regarder. J'actionnai la télécommande, m'installai au volant. Toujours muet, il monta, détourna la tête. J'essayai l'ironie.

– Et maintenant, on fait quoi ?

Il murmura.

– Vous m'avez vexé.

– Cesse ta comédie !

– Emmenez-moi. Jusqu'au Champion. Je vous dirai.

Soi-disant, depuis qu'il était venu à la Jika, il pensait à moi jour et nuit. Il sautait le mur de la villa pour nous épier par la fenêtre du bureau. Quelquefois, il attendait le matin, dans l'espoir que je sorte, que j'aille prendre mon bain à poil dans la piscine... Il avait posé une main sur ma cuisse, remontait prudemment jusqu'à la braguette.

– Faut que vous m'aidiez, m'sieur Kébir, que vous partiez de ma tête... Ça peut plus durer, que je rêve de vous tout le temps.

– Tu vas me dire que tu m'aimes ?

– Non, on le sait qu'après, ça. Mais j'ai envie de votre bite, où vous voulez me la mettre, je suis d'accord.

– Ah bon ?

Je passai au point mort, tirai le frein. Je commençais à bander, il s'en était rendu compte. Déjà, il s'attaquait à mon zip.

– Ça suffit ! Tu descends.

– J'suis trop chaud, je vous assure, une connerie, je peux la faire sans le vouloir... Qu'est-ce que ça vous coûte, merde ? Montez plus haut par là, dans le chemin des vignes. Vous me fabriquez, je vous emmerde plus après. Plus jamais.

Il était peut-être sincère. Ça ne me coûtait rien en effet, il y avait des semaines que je n'avais touché personne, je m'étais même pas branlé. La tête me brûlait. Je pris le chemin des vignes, m'arrêtai sous un gros arbre, baissai mon pantalon.

Comme je m'y attendais, il n'a pas tenu parole. Souvent, il rôde autour de la villa, attend que je sorte, me supplie de le baiser. J'en ai parlé à Miguel. Il m'a confirmé qu'il y avait du danger, qu'il était plus ou moins maqué à un gitan, malade de lui, prêt à tout pour le garder.

– Qu'est-ce que je peux faire ?

– Je m'en occupe mais je suis pas sûr de rien.

Il y a un mois de ça. Ronaldo ne m'importune plus. Miguel ne veut pas me dire comment il a négocié. J'ai tout raconté à Jean qui m'a traité de con.

– Fallait l'amener ici. J'aurais fait le voyeur... Bilou, tu as tous les droits, je suis plus rien qu'une loque. Baise avec qui tu veux sans remords.

C'était lui que je désirais et personne d'autre. Il finirait bien par l'admettre.

Ce matin, les douleurs sont revenues. Il perd son équilibre, avale comprimé sur comprimé de codoliprane, somnole toute la journée, hurle la nuit quand je ne couche pas avec lui : je l'entends de ma chambre sans oser le rejoindre. Il me le reprocherait.

Draguignan, vendredi 27 février 2016

On l'a mis sous morphine. Il refuse la chimiothérapie. J'ai aperçu Ronaldo sur l'esplanade. Il évite mes regards. Tant mieux ! Le cancérologue vient de me convoquer.

– Il est sourd à tout ce qu'on lui propose, je suis impuissant. Au train où vont les choses, ça ne durera pas plus d'un mois.

Jean m'a supplié de le ramener à la villa.

San Peïre, mercredi 1er avril 2016

Malgré ses protestations, je ne le quitte plus de la nuit. Je lui masse la nuque, les épaules, il finit par s'endormir. Veiller à ses côtés me permet de plonger dans les souvenirs. Je les choisis heureux. Vers trois heures, il s'est tourné vers moi, m'a parlé à l'oreille. J'ai cru entendre « Tue-moi ! » Un premier avril ! J'ai prévenu Carl. Grosse voix pour me menacer : « Si tu fais ça, je te dénonce. » « Ah bon ? »

San Peïre, vendredi 24 avril 2016

Frank vient de repartir, découragé. Les massages n'ont plus aucun effet. Jean ne ressent rien. Ce qu'il ne m'a plus jamais dit à l'oreille, il le crie avec ses yeux. Miguel a remis la piscine en route. La nage me rassure. Le reste du temps, immobile, face à Jean, je me demande quel signe, quelle phrase, quel mot, quel soupir, quel mouvement de son corps m'apprendront que c'est la fin. Je le vois souffrir, dents serrées, s'obstiner à ne pas gémir, sourire quelquefois.

Comme ça me soulagerait qu'il hurle, qu'il hurle à m'en péter les tympans, que cesse ce silence !

San Peïre, dimanche 3 mai 2016

Relayé par Yvonne, je suis descendu à Maxime : désir violent, incongru, de douceurs. J'ai dévalisé Pierrugues. J'espérais partager avec Jean ma fringale de gâteaux : millefeuilles, babas au rhum dont il se délectait, avant... Sur le port, les yachts tanguaient en cadence, sous les rafales du mistral. Je les fixais jusqu'au vertige. Déraciner mes pensées seconde après seconde devenait mon obsession. Sortir de mon corps, voguer dans l'espace, une sorte d'inextinguible soif d'infini.

Un coup de klaxon. Yvonne. Je courus vers elle.

– Remonte ! Il est comme fou. Il t'appelle, il vocifère ! Miguel n'arrive plus à le contrôler.

Enfin, il se passait quelque chose.

Paris, mardi 3 juin 2016

Jean devenait raisonnable. Il avait accepté la chimio à condition de la faire dans la clinique du XIIIe. Pour le cancérologue black ? Carl en était certain.

– Plus les hommes vieillissent, plus les obsessions basiques monopolisent leur cerveau.

Il me demanda de lui raconter cette dernière crise dont l'avait informé Miguel.

Lorsque Yvonne m'avait croisé à Maxime avec mon paquet de gâteaux, à son air affolé qui n'était pas dans ses habitudes, j'ai immédiatement pensé que Jean était en train de mourir. Pas du tout ! À poil dans le bureau, il se démenait devant l'ordinateur, imprimait sans relâche des photos d'« Archange Noir ».

– Il me le faut, Bilou ! C'est pas le cancer qui me ronge les méninges, c'est lui ! Cherche-le, fais-le venir, je paierai ce qu'il faudra...

J'essayai d'éluder, de lui faire admettre que ce caprice n'était plus de son âge, qu'un miracle même ne suffirait pas à nous mettre sur la trace de ce mec et que, si on y parvenait, il ne se dérangerait pas...

– Vu le contexte ? C'est ce que tu veux me dire ? Les vieillards n'ont plus droit à rien ? N'est-ce pas ? Eh bien, je ne suis pas d'accord !

Il me montrait son sexe en érection, me narguait, bite à la main.

– Qu'il se pointe, il verra si je ne suis plus bon à baiser.

– La question n'est pas là.

– Alors, elle est où ?

Carl s'esclaffait, demandait la suite.

Pendant des heures, avec Yvonne et Frank que j'avais appelés en renforts, nous nous sommes battus avec l'ordinateur, nous avons *cliqué, surfé, recherché*, téléphoné... Je ne sais pas quel tour de passe-passe a fait apparaître son mail. Alors, là, panique : comment le contacter ? Que lui dire ? « Venez au chevet d'un moribond qui rêve de baiser avec vous. » Ridicule ! Et Jean tempêtait, nous insultait, semblable à ce qu'il était avant... Nous en arrivions à douter de ce cancer : il avait peut-être raison au fond... Yvonne décréta qu'il fallait parler *net*, et mentir. Elle n'était pas à un paradoxe près. Réfléchie, sereine, elle tapa « Dans quel pays, dans quelle ville promènes-tu ton corps splendide ? » Deux heures après, nous recevions : « En France, Nice et Antibes. Décris-toi, s'il te plaît. » « Ancien rugbyman, les yeux verts, très à l'aise dans la vie. Plus très jeune. L'âge est-il un problème pour toi ? Veux-tu que nous parlions ? » « Non, l'âge n'est pas un problème. Je suis toujours heureux de rencontrer des gens d'expérience. » Suivait son téléphone. Très fiers, nous avons informé Jean.

Là, il s'est écroulé. L'aventure devenait plus concrète. Il regardait, découragé, son ventre plissé, ses épaules rétrécies, ses jambes flageolantes. « C'est fichu ! » Nous nous sommes fâchés. Yvonne surtout.

– Tu nous as assez emmerdés. Maintenant tu assumes. Tu vas prendre ton portable et l'appeler. Et ne compte pas sur moi, sur nous, pour te dicter les mots. Tu l'as voulu, tu l'as. Si tu ne sais pas quoi lui dire, c'est que tu nous as bourré le mou avec tes histoires de méninges rongées par cet *archange noir*.

– Non ?

Carl, tout émoustillé, me secouait.

– Il est venu finalement ?

– Jean l'a convaincu. Il avait récupéré ses dons de manipulateur. Un peu de vérité, beaucoup de mensonges et hop : emballé, l'Archange.

Il était arrivé à la Jika, vêtu de cuir, noir naturellement, sur une Harley Davidson. Yvonne, Frank, Miguel s'étaient retirés. C'est moi qui l'ai réceptionné. Un instant, j'ai cru qu'il allait repartir. Je lui ai tout de suite affirmé que je n'étais pas la personne concernée, que son *correspondant* se préparait. Pendant que je lui offrais à boire, je l'ai un peu branché sur la « personne ». Lui s'était à moitié déshabillé : torse nu, short de boxeur, baskets. Les photos étaient au-dessous de la vérité ! Il me demanda ce que j'entendais par très vieux. Je lui dis : quatre-vingts passés. Il crut à une blague. « Il tient debout à cet âge-là ? » « Oui, tout tient debout, si tu me suis. » « Bon, merci pour le verre, je me tire ! » Je mis le paquet de fric sur la table. Il hésita. « L'argent devrait te décider mais je préférerais que tu acceptes pour une autre raison. » Il me demanda froidement laquelle. Sur le même ton, je répondis que mon ami était au plus mal, que ce serait généreux de lui faire ce cadeau, le dernier qu'il recevrait très certainement. « Qu'est-ce que je devrai faire ? » « Ce qu'il te demandera. » « Jusqu'au SM ? » « Pas le genre. Surtout des caresses. » « Des caresses, ça va mais pas plus loin. » Il a exigé que je sois présent pour le cas où… Le cas où quoi, il n'a pas précisé. Jean était sur son lit, nu. L'Archange l'a regardé, m'a regardé « C'est pas vraiment une épave, le mec ! » Je l'ai rapproché de Jean qui semblait timide. En fait, il était impressionné, fébrile, amoureux. Le Black a ôté short et baskets. Debout devant Jean, il me consulta des yeux. Je lui fis signe de se retourner, de se pencher. « Désolé, je suis pas réversible. » « Je te paierai. »

– Il a un peu grogné, a pris la position. Jean a passé la langue sur ses fesses, longuement, tournant autour de l'anus. Il a glissé un doigt puis deux. « Dis-lui d'arrêter ou je me tire ! Je vais quand même pas me faire enculer ! » Je ne savais plus quoi répliquer. Mais tu connais Jean… Il lui a bouffé le cul, le Black s'est mis à bander.

– Non !

– Eh si ! Quand Jean a présenté sa queue, il a recommencé à râler. « Ça va comme ça, c'est un Martien, ce mec ! »

– Et ?

– Jean l'a retenu par les hanches avec une force qui me stupéfiait. L'autre se débattait mais il continuait à bander. Alors, malgré mon envie de rire, je suis allé pomper l'Archange. Il a fermé les yeux, serré les dents, respiré fort. Jean l'a pénétré et moi, j'en ai pris plein la gueule !

Carl n'arrêtait pas de murmurer. « Incroyable, incroyable ! » Je lui rappelai un moment de notre vie d'avant, quand Jean m'avait affirmé « Si tu me vois sur le point de mourir, amène-moi un beau cul, bien plein, bien rond, le tien à la rigueur et, si je ne réagis pas, c'est que je suis mort ! ».

– Quel phénomène ! Et l'Archange, vous l'avez revu ?

– Jamais ! En revanche, il a laissé l'argent. Il prétendait que la leçon qu'il avait reçue le payait de tout. De temps en temps, on reçoit un mail. Dans le dernier, il nous annonce son mariage…

Après cette séance, Jean s'est déclaré prêt pour la chimiothérapie.

– J'ai envie de vivre, Bilou. J'ai envie de tout recommencer et je m'en sens capable. Appelle Carl, dis-lui que j'aimerais revenir à Paris. S'il le faut, vends la villa.

Je crois bien que je l'aurais fait. Mais je savais que ce ne serait pas nécessaire.

San Peïre, vendredi 19 juin 2016

Me voici au bout du chemin. Ces jours derniers m'ont appris qu'il n'y a pas de grands drames sans incidents comiques, que les plus affreuses douleurs se nuancent toujours de ridicule, que seuls l'amour et le travail peuvent remplir une vie.

Jean s'était décidé trop tard. Peu de temps après l'arrivée à la clinique, son état s'est brutalement dégradé. La chimio devenait superfétatoire. On décida de faire semblant pour ne pas l'alerter. À mes airs compassés (je n'ai jamais su contrôler mes émotions), il comprit. Il remercia le professeur : prenant son visage dans ses mains, se redressant du mieux qu'il put, il l'embrassa sur la bouche. Le Black laissa faire. Puis il le recoucha, se pencha.

– On peut vous garder ici en soins palliatifs ? Je resterais près de vous jusqu'à la fin.

Il refusa. Une ambulance nous ramena. Miguel avait préparé la chambre. Nous le couchâmes. Yvonne, Frank, Ibrahima II, Irène vinrent en visite. Une seule fois. Ensuite, il refusa de les recevoir. « Toi, toi seul. Même pas Miguel. »

Ensuite.

Les journées, les nuits se ressemblaient. Carl m'avait recommandé de ne pas le laisser souffler, de repousser la mort par les mots, sans cesse les mots, la voix présente, la vie en marche « comme les éléphants de Tarzan, tu sais, qui chargent les tigres et les lions. Autant que tu pourras, tiens-le éveillé. »

J'ai parlé, j'ai ri, j'ai ressassé des souvenirs.

– Tu te rappelles les feuilles mortes que je prenais pour des oiseaux, les journées ensoleillées dans le jardin avec les cortèges d'hommes en manque, tu te rappelles Fahri, ma bourde quand j'espérais que, face à lui, tu succomberais, et ce masseur que tu as loué, croyant que j'étais frustré de ne plus baiser, la tronche qu'il a faite quand, au moment de jouir, je t'ai appelé pour te dire : je t'aime.

Je parlais sans suite, alignant les phrases, les poussant vers lui ; je dressais des barrières de verbes, d'adjectifs, de compléments directs, les oubliant aussitôt que prononcés pour en chercher d'autres, plus précis, plus aptes à titiller sa mémoire, la choquer, bannir les sensations immédiates...

– Et cette famille à l'Amiral qui nous avait invités au dessert, ma fierté de te présenter comme mon compagnon, et quand tu analysais tes films préférés, assis en tailleur sur nos coussins à l'orientale, et les pornos dont nous n'avions pas besoin, qui nous amusaient, et quand tu détaillais tes aventures : avec Carl, avec ce footballeur à la rotule cassée, quand tu évoquais Lily, les yeux mouillés, ou la petite Louisette, ou Félix, le marin de Toulon, ton premier amant ou Marcel, le généreux...

Il me jeta un regard exaspéré. Je ne pouvais pas m'arrêter. Il ne le fallait pas ! Je vins plus près de son visage.

– Marcel, tu te rappelles, lui qui rêvait de mourir une bite dans la bouche, et qui n'a pas pu fêter son centenaire parce qu'il avait triché sur son âge de deux ans, qui est mort quelques jours avant, avec le maire, et tout le tremblement comme il disait, la télé et le reste qui s'étaient préparés pour rien... Tu te rappelles le vent sur les tuiles quand je chantais Aïcha en dansant du ventre, la pluie, Ibrahima, le vrai, Adrien et ses mouches, Rodolphe qui aurait aimé savoir « comment ils font les hommes qui couchent avec les hommes », ma réplique qui l'avait assommé : « Vous voulez pas que je vous montre, là, tout de suite ? »

Je me rapprochais davantage pour les choses plus intimes, secrètes, que nous étions seuls à connaître, lui et moi.

– Et le chauffeur-cadeau des Trois Obus ? Et l'Arabe ? La nuit atroce où j'ai fait cramer l'assassin de mes parents... Rappelle-toi comme tu étais tendre avec moi, tu ne te souviens pas ? Tu étais si tendre, tu m'enlaçais, tu jurais que ce n'était qu'un cauchemar, rien d'autre... Rien d'autre, ce sont tes mots... Dis-le moi que tu faisais semblant de ne pas m'aimer, de garder tes distances, de m'humilier... Moi, je me souviens, tu passais des petites annonces pour moi, tu cherchais un remplaçant: « la cinquantaine, bien dodu, passif, TBM, pour vivre une belle histoire à trois ». Et, quand des réponses arrivaient, je te les cachais, oui, je te les ai cachées parce que je n'aime que toi, parce que, un troisième ici près de nous, je crois que je l'aurais tué comme l'Arabe! Mais tu étais malin: il y avait le Net! Un jour, au portail, s'est présenté un métis « 43 ans pour mec d'âge mûr » qu'il m'a dit. Tu lui avais donné rendez-vous en cachette. Je pouvais pas le renvoyer! Je vous ai laissés dans le bureau, j'entendais le son de *Cow-Boys*. Je me disais: ça y est, le grand jeu, alors, je suis entré, il était à poil, un exhibitionniste, pas davantage! Pour toi, je lui ai sauté dessus, je l'ai retourné, il a fallu que je me batte. Toi, tu riais... C'est vrai qu'il était beau. On l'a baisé tous les deux. Quand il est parti, épuisé, j'étais dans une telle colère que tu m'as promis de ne pas recommencer, de tout me dire... Jusqu'à la prochaine, hein? Je devrais te haïr! Mais tu sais bien que ça m'est impossible! Et le dîner d'adieu à Saint-Raphaël? Adrien furieux après ta nuit avec Ibrahima, tu t'en souviens de ta nuit avec lui, ça, j'en suis sûr, tu t'en souviens... Et quand tu m'as demandé...

– Tu me fatigues, Bilou!

Ensuite.

Il ne disait plus rien. Je n'osais plus me battre avec les mots. J'essayais les caresses. Il me repoussait gentiment, avec des sourires blessés. Il subissait les douleurs tête haute, muscles crispés, l'œil vacillant. Cet œil dardé sur moi qui me criait toujours « Tue-moi! ».

Après les douleurs, les vertiges, il ne descendait plus. Après les vertiges, les escarres, le matelas d'eau dans le lit, les cachets de lexomil pour qu'il dorme un peu malgré la souffrance. Je l'aidais à se lever, à marcher: seulement le tour de la chambre. Je le soutenais quand il allait à la selle, je le torchais, je lui coupais les ongles des mains et des pieds. Je le massais avec du lipiderm pour pallier la sécheresse de sa peau. La nourriture, il l'avalait à la cuiller, grimaçant parce que son palais n'était plus qu'une plaie. Quel effarement de superposer à ce grabataire le Jean de jadis, vif et souple, sûr de ses gestes, constamment en action…

Là, ce bébé, dont j'essuie la bave, qui jamais ne geint, laisse couler ses larmes, la respiration de plus en plus courte, en me suppliant encore et toujours du regard : « Tue-moi. Tue-moi ! » Je n'arrivais plus à le laver dans la baignoire, malgré le siège à poignées que j'avais fait installer. La douche le fatigue, le bain l'irrite. Je l'assois sur une chaise, le savonne avec un gant. Sa peau se rétracte, frissonne au contact. Je frotte à peine, prudemment. Un jour, il m'a saisi le bras, m'a attiré vers lui. Nous nous sommes regardés longtemps. Il a essuyé mes larmes. Alors, j'ai pris la décision.

Frank m'a rejoint dans la soirée. Je fis mon dernier mensonge.

– Je dois aller à Toulon, trois jours pas plus : des trucs avec le notaire. Jean ne veut plus personne auprès de lui. Être vu dans l'état où il est, tu comprends… Mais toi, il acceptera. Peut-être ne se rendra-t-il même pas compte de mon absence. Rends-moi ce service, je te dédommagerai.

Il n'a pas refusé. Il est de plus en plus rayonnant. Baise-t-il avec Yvonne ?

Je suis donc parti. En voiture. Mon plan était simple : convaincre les pharmaciens. Et, pour cela, draguer toutes les villes, tous les villages entre Toulon et Marseille s'il le fallait. Je commençai par Toulon. Chou blanc neuf fois de suite. On me rembarrait sèchement, on me soupçonnait, mais de quoi ? À la dixième, je jouai du mélo. En larmes, j'expliquai que j'avais perdu l'ordonnance, que ma femme souffrait atrocement de maux de tête, que je ne supportais plus de l'entendre crier. La pharmacienne, interdite, hésitante, me demanda si je connaissais au moins le produit que l'on m'avait prescrit. « Bien sûr ! Du mandrax. » « Quelle dose ? » « 100 grammes au coucher. » « 100 grammes ! » « Non, pardonnez-moi, je sais plus ce que je dis. Cent milligrammes au coucher ou en cas de crise grave. Je vous en prie, madame ! » « Attendez quelques secondes. » Elle me laissa pour aller téléphoner. J'ai cru m'enfuir et, finalement, je fis mine de me trouver mal. Lorsqu'elle revint pour m'affirmer que c'était impossible, elle fut prise de panique en me découvrant par terre. Elle m'offrit un verre d'eau. Je sanglotais. « Elle m'attend, j'ai peur qu'elle se jette de la fenêtre. » Par chance, il n'y avait pas d'autre client que moi. Je crois que j'aurais éclaté de rire devant l'embarras de la femme. « J'espère que vous ne vous droguez pas… » Je protestai, là de bonne foi. Elle me tendit le paquet, exigea de connaître mes coordonnées, le nom du neurologue. J'inventai avec un aplomb tel qu'elle perdit sa méfiance. Avant de partir, après mille remerciements, je lui demandai si je pouvais revenir avec l'ordonnance. « Pour le remboursement… »

Une boîte ne suffirait pas. Je m'arrêtai à Hyères, changeai de tactique. Je sonnai chez un médecin, forçai sa porte, affolé, pleurant de nouveau. J'exposai le cas de « ma femme ». Naturellement il voulut savoir où je résidais. Je dis Le Muy à tout hasard. Il fit une légère grimace. « Pas de spécialiste là ? » Je haussai les épaules. Il baissa la tête, complice. « Quelle dose, vous vous souvenez ? » « 80 milligrammes le soir un peu avant le coucher. » Sur le Web, j'avais trouvé tous les renseignements. « Ne dépassez jamais les 120 milligrammes, même si elle vous le demande, ce serait très dangereux. » Je l'espérais bien… Comme à Toulon, je payai en liquide, pris la feuille de sécu. « Tenez-moi au courant. » Sur le pas de la porte, il m'a rappelé. « Prenez, c'est un confrère de Draguignan. » Ouf !

Frank ne m'attendait pas. Il était en train de masser Jean avec des huiles essentielles. « Le notaire avait tout bien préparé. J'ai fait plus vite que prévu. » Il termina le massage, empocha l'argent, me serra dans ses bras en me souhaitant bon courage. Du courage, je n'en avais pas besoin. Il me suffirait de me plonger dans l'œil vert de Jean.

Quand il m'aperçut, il m'interrogea du regard. Je lui souris. Attrapant un feuillet sur le chevet, il écrivit : « Quand ? ». Le calendrier affichait 18 juin, Saint-Léonce.

– Demain.

Il me fit signe de m'asseoir près de lui, posa sa tête sur mon épaule, embrassa mon cou puis, se redressant, écrivit à nouveau. « Déshabille-toi, couche-toi contre moi. » Je le caressai un peu, m'endormis trop vite. Heureux et vanné.

Ce matin, vers dix heures, sans même penser au déjeuner, j'ai sorti du placard un joli verre, je l'ai rempli d'eau, j'y ai vidé tous les cachets, j'ai remué longuement avec une petite cuillère. L'eau se troubla rapidement. Je continuai à remuer. Enfin, les morceaux de mandrax se sont entièrement dissous. Je remontai dans la chambre. Jean somnolait encore. Il semblait calme. Je m'agenouillai. Je m'apprêtais à le réveiller quand il se dressa brusquement.

– Bilou, mon poème, vite !

Éberlué, je posai le verre.

– Quel poème ?

– LE poème...

Assis sur le lit, il déclamait.

Les oiseaux de l'hiver ont de bien petits yeux
Leurs chants stridents et fiers célèbrent la misère
Ils sont menus, fragiles, ressemblent à ces vieux
Qui, fuyant leur mémoire, ne se parlent plus guère
Dans le jardin désert, ils maîtrisent les lieux
Surveillent alentour, distillent leur colère
Quand l'impudent corbeau se détachant des cieux
S'immisce dans leur arbre, croasse et vitupère.

– Y a un pied de trop, Jean ! Et puis « se détachant » juste avant « s'immisce », c'est pas très joli à l'oreille...

J'ergotais, décidé à reprendre la bataille des mots, des litanies, pour le ramener à la vie.

– Cherche mieux. On peut avoir une autre image pour le corbeau, non ? Il faudrait... Écoute ça : Quand l'impudent corbeau, dégringolant des cieux, intrus, mal embouché, croasse et vitupère... Qu'est-ce t'en penses ?

– Intrus, mal embouché !

Il riait, se moquait de moi. Soudain, son œil s'est fixé sur la fenêtre où frappait le soleil. « Qu'est-ce que j'ai pu l'aimer, celui-là ! » Il a basculé en arrière, foudroyé. J'ai pris le verre, j'ai bu. Maintenant, je vais me déshabiller, me lover contre lui, mettre ses bras sur ma poitrine, penser au jardin, à notre banc, à son rire, attendre.

15

Alexandre, c'est fini. Depuis la mort de ses maîtres, il traîne les pattes, incapable de les soulever. Un caillot dans les reins, c'est ce qu'a diagnostiqué le véto. Trois aboiements secs : des aboiements de révolte. Miguel, devenu fragile après s'être assagi, n'a plus voulu l'entendre. Il l'a emporté derrière le bureau, au fond du jardin. Un coup de feu, un seul. Accablé de fatigue, indifférent à cette bête qui ne lui était rien, Hassan, informé, demande à Miguel de prévenir l'assurance. Réflexe purement fonctionnel.

– Est-ce que je peux l'enterrer à côté de…

– Au point où on en est !

Miguel ne sait pas si c'est de l'humour ou de l'agacement.

Les employés des pompes funèbres ont vissé le couvercle sur l'ordre d'Hassan qui n'a pas souhaité revoir les corps. Yvonne et Frank, près du portail ouvert, attendent les voitures. Réfugié dans la chambre de son père, Hassan, il se l'était juré, n'assistera pas à la cérémonie. De la fenêtre, il pourra en voir le déroulement qui, il n'en doute pas, n'obéira pas aux rites musulmans. Miguel s'est insurgé.

– C'est votre père !

– Et l'autre, mon beau-père ? Te mêle pas de ça, Miguel.

– Si ! Je m'en mêlerai. La honte, le malheur sur vous et votre famille, moi, je crois aux punitions « imminentes ». La honte, je vous dis !

Hassan dépose les feuillets de Kébir dans l'âtre : ce journal qui lui appartient en propre, il y met le feu. Les mots s'envolent, deviennent fumée, comme il eût été décent que les corps le deviennent aussi. L'inhumation dans ce jardin où il allait vivre en compagnie de ses enfants et petits-enfants, de Rachida, sa femme, lui arrache des soupirs de rage. Que faire contre un testament ? Il a l'impression, sinistre, que cette tombe le narguera jusqu'à la fin de ses jours, qu'elle sera là comme un reproche permanent et, plus encore, comme le rappel incessant des turpitudes passées. Il a fait le ménage dans le bureau, éliminé les dernières traces : journaux porno, DVD compromettants, cassettes infamantes, courriers salaces. Il a scrupuleusement vidé l'ordinateur de tous les messages, tout éliminé de la corbeille, annulé l'abonnement au nom de Jean pour éviter les *retours d'affection…* Mais la tombe, les secrets de polichinelle, les voisins, les fournisseurs, ce gendarme complice, tous les témoins enfin, comment neutraliser les conséquences ? Certes, il a ordonné à Rachida de s'abstenir, prétextant qu'elle ne connaissait personne, que lui était contraint d'assister par devoir (?), par quoi… *Respect humain simplement, ou respect des convenances ?* Il est resté évasif. Il le doit, ça ne se discute pas. Pourtant tous, au téléphone, impatients de connaître leur future demeure, piaffent sans retenue. « Quand est-ce qu'on va la voir, la maison ? Quand est-ce qu'on va s'y installer ? Où est-ce que les petits enfants iront à l'école ? » Pour aucune de ces questions, il n'a la réponse : il pense encore refuser l'héritage.

La solution lui apparaît : mentir ! Instaurer la légende de Kébir. Émailler son passé de brimades qui l'auraient éloigné de son pays. Lui fabriquer une vie de solitude, d'acharnement au travail dans le but de nourrir sa progéniture. L'auréoler du martyre. Justifier son isolement par la prudence, suite à l'exécution de l'Arabe, ce traître qui avait dénié toute participation de Kébir à la révolution, qui avait massacré ses grands-parents…

Exécution qui, dès lors, devenait acte de courage et d'abnégation ! Mais l'autre ? Jean ? Quel lien les unissait ? Là aussi, tout pouvait paraître limpide : Jean complice, Jean qui avait non seulement permis la vengeance mais en avait été l'initiateur, l'organisateur. À bien y réfléchir, rien de tout cela n'était faux. Il ne mentirait pas vraiment, il *omettrait.*

Pour accréditer cette version, il lui faut l'aval des proches : Yvonne, Irène seront faciles à convaincre mais Frank, mais Miguel ? Encore qu'avec celui-là, l'argent risque fort d'être persuasif ! Il tente l'expérience. Le jardinier n'a pas l'air surpris.

– À votre place, j'aurais pensé pareil, sûr ! Par exemple, je sais pas si j'aurais eu l'astuce de tout arranger comme ça… Mais vous êtes quelqu'un d'instruit, quelqu'un pour qui les sentiments d'honneur, ça compte, alors, je comprends plus. Je comprends plus tout ce que vous m'avez dit à moi, la dignité, le respect de soi-même… Ça vous honore pas. Mais si c'est pour votre tranquillité, gardez votre fric, M'sieur Hassan, je dirai rien. Si on me questionne, je répondrai que je savais rien. Je mentirai pas ! Et c'est à cause de vous. C'est vous qui m'avez appris à pas mentir, et je vous remercie. Maintenant, le plus simple, c'est de me virer. Des jardiniers, y en a comme qui dirait *à la pelle* par ici.

La leçon est rude. Logique au fond. Hassan n'a d'autre réaction que d'en rire. Il s'est ligoté lui-même. Effarant ! Réconfortant ? Non, il ne renverra pas Miguel. Non, il ne demandera pas aux amis de Jean et de Kébir d'entériner cette version romancée des faits. Il affrontera le hasard, en espérant qu'il sera indulgent.

Les voitures avancent lentement, comme des corbillards. La componction flotte dans l'air. Irène, la première, en larmes, accompagnée d'Ibrahima II. Suit Albert qu'Hassan ne connaît pas. Derrière, Carl et Monique, inconnus eux aussi mais identifiables ! Enfin, Adrien et Marius. Les employés des pompes funèbres descendent le cercueil. Voyant leur embarras, Carl vient les aider, et Miguel, et Ibrahima II. Yvonne paye, congédie les employés. Hassan perçoit le va-et-vient dans le séjour. Tous se sont rassemblés là. Tendre recueillement, que soupçonne Hassan toujours sur la réserve. Une petite heure s'écoule. De la fenêtre, il voit s'ébranler le cortège, rejoint par Frank. Lorsqu'il atteint la piscine, une dernière voiture pénètre dans le jardin. Ibrahima 1er en descend. Sans saluer personne, il vient prendre une des poignées du cercueil. Regard bouleversé d'Adrien. Les fenêtres de l'étage ne sont pas assez hautes pour qu'on suive au-delà du bureau.

Les bruits sont significatifs : le cercueil est guidé automatiquement vers le fond de la fosse. Les grincements de la pierre tombale parviennent jusqu'à Hassan, figé, persuadé de sa bonne foi. Il constate en même temps combien l'émotion tout à coup le traque : une émotion qu'il ne cautionne pas mais qui, sournoisement, l'envahit.

Il hésite, revient vers la petite table, découvre un message d'Yvonne abandonné sous la statuette du lanceur de marteau, dernier cadeau de Kébir.

« Jean a expressément demandé que l'on chante une chanson. Quand tu l'entendras, demande-toi pourquoi cette chanson-là ! Pourquoi cette dénégation de l'amour, cette mélancolique et sublime amertume... »

La voix de Frank (ce ne peut être que lui) s'élève alors, chassant les stridulations des cigales.

Avec le temps...
Avec le temps, va, tout s'en va
On oublie le visage et l'on oublie la voix
Le cœur, quand ça bat plus, c'est pas la peine d'aller
Chercher plus loin, faut laisser faire et c'est très bien

Il doit être neuf heures : un mistral léger descend des cimes pour honorer la cérémonie. Hommes et femmes mêlent leurs voix à celle de Frank, hommage rendu aussi bien à Ferré qu'à leurs amis morts. Hassan apparaît au coin du bureau.

> …
> Avec le temps…
> Avec le temps, va, tout s'en va
> L'autre à qui l'on croyait pour un rhume, pour un rien
> L'autre à qui l'on donnait du vent et des bijoux
> Pour qui l'on eût vendu son âme pour quelques sous
> Devant quoi l'on s'traînait comme traînent les chiens
> …

Monique la Black, Irène la nympho, Yvonne la raisonnable et les hommes, Adrien, les deux Ibrahima, Frank, Marius, Miguel, se tiennent par la main, formant une chaîne soudée. Hassan s'approche, casse la chaîne, trouve sa place entre Miguel et Yvonne.

> …
> On oublie les passions et l'on oublie les voix
> Qui vous disaient tout bas les mots des pauvres gens
> Ne rentre pas trop tard, surtout ne prends pas froid

Miguel est le seul à pleurer. Il serre les phalanges d'Hassan à les écraser.

> …
> Et l'on se sent blanchi comme un cheval fourbu
> Et l'on se sent glacé dans un lit de hasard
> Et l'on se sent tout seul peut-être mais peinard
> Et l'on se sent floué par les années perdues
>
> Alors vraiment
> Avec le temps on n'aime plus.

Les fleurs maintenant : des roses rouges. Personne ne songe à présenter ses condoléances. Hassan trouve cela juste. Il prend une grande respiration et s'adresse à l'assistance.

– Je voudrais vous annoncer ma décision.

Yvonne sourit. Elle a deviné. Les autres attendent, intrigués.

– Cette maison que j'ai reçue en héritage ne m'appartient pas. J'en suis bien le propriétaire. J'entends le rester pour répondre aux desiderata de mon père mais je ne l'habiterai pas. Miguel en prendra soin, je le paierai. En faire des logements sociaux destinés à secourir des personnes démunies me conviendrait. Je vous serais reconnaissant de vous en occuper et de me tenir au courant. C'est tout ce que je puis dire.

Il recule de quelques pas.

Chacun regagne sa voiture. Pas une parole n'a été échangée. Yvonne jette un regard vers Hassan. Déjà, il s'est approché de la tombe.

Penché sur la dernière demeure de son père, il médite la phrase d'Yvonne. « Il y en a toujours un qui aime plus que l'autre. »

Lequel ?

Les extraits d'*Avec le temps* de Léo Ferré
ont été reproduits avec l'aimable autorisation
des Nouvelles Éditions Méridian, Paris, France
et des Éditions La Mémoire et la mer, Monte-Carlo.
Aucun passage du présent ouvrage, comportant ces extraits,
ne pourra être reproduit sans leur consentement préalable.

Achevé d'imprimer en octobre 2004
par l'imprimerie Barnéoud à Laval
pour le compte de

H&O ÉDITIONS

BP 14090 - 34502 Béziers cedex
Tél. 04 99 43 05 52 - Fax 04 67 35 14 23
E.mail : heto1@wanadoo.fr
Internet : www.ho-editions.com

Dépôt légal : novembre 2004
N° d'imprimeur : 15407
Imprimé en France